Amanda Frost

Fallen Agents

Clive

Buch:

Fallen Agents – die gefährlichsten Spione dieser Welt. Nichts kann sie stoppen – außer vielleicht die wahre Liebe.

Als Geheimagenten gerieten sie auf die falsche Bahn, doch das Schicksal gab ihnen eine zweite Chance. Seitdem führen sie ein zurückgezogenes Dasein. Kommen sie jedoch zum Einsatz, geht es um Leben oder Tod.

Plötzlich seiner Jugendliebe gegenüberzustehen, während man den britischen Premierminister beschützen soll, ist bei Clive Finleys erstem Auftrag für die Fallen Agents alles andere als hilfreich. Vor allem, da er sich nicht gerade einvernehmlich von Amber Stuart getrennt hat.

Als er zudem herausfindet, dass die rothaarige Schönheit ebenfalls in Gefahr schwebt, beginnt ein Wettlauf gegen die Zeit.

Kann er diesen Kampf gewinnen oder wird das Böse am Ende dominieren?

Autorin:

Seit 2013 erobert Amanda Frost mit ihren romantischen Liebesromanen die Herzen der Leser. Die Menschen ein paar Stunden aus dem Alltag zu entführen, ist Amandas Erfolgsrezept. Gewürzt mit einem guten Schuss Erotik geht es in ihren Büchern grundsätzlich um die ganz große Liebe. Doch auch Fans von Spannung und Fantasy kommen nicht zu kurz, denn hin und wieder erschafft Amanda in ihren Romanen fremde Welten oder lässt ihre Protagonisten Kriminalfälle lösen. Mittlerweile hat sie 27 Bücher veröffentlicht, die fast ausnahmslos in den Amazon-Bestsellerlisten zu finden sind.

Amanda wohnt mit ihrem Mann im wunderschönen München. Viele Jahre war sie weltweit im Marketing und der Supply Chain großer Konzerne als Managerin tätig und lebte lange in der Schweiz. Ihre Ausbildungen sind ebenso umfassend wir ihre Bücher: Betriebswirtschaft, Sprachen, international anerkannte Zertifizierungen. Dann jedoch entdeckte sie die Liebe zum Schreiben und kehrte der Industrie den Rücken. Als Tochter eines Rennfahrers liebt sie schnelle Autos und Motorräder genauso sehr wie gutes Essen und Reisen in ferne Länder.

Fallen Agents

Clive

von

Amanda Frost

Roman

Kapitel 1 - Fünf Jahre zuvor

Clive

„Nun komm schon, Nathan, du hast für heute genug." Bei dem Versuch, ihn vom Barhocker hochzuziehen, gerät mein Begleiter ins Wanken. Geistesgegenwärtig schlinge ich ihm einen Arm um die Taille und stabilisiere ihn. Nicht, dass er mir noch zu Boden geht.

Mit vernebeltem Gesichtsausdruck grinst er mich an, bevor er sich eine seiner rotblonden Locken aus dem Gesicht pustet. „Ach, Clive, nun sei doch kein Spielverderber. Man wird nur einmal achtzehn."

„Schon, aber dein Vater bringt mich um, wenn ich dich sternhagelvoll zu Hause abliefere."

Er lacht leise. „Der hat mir doch jetzt gar nichts mehr zu sagen." Sein Blick schweift in Richtung der Bar. „Noch eine Runde?"

„Denk noch nicht einmal daran!" Ich setze mich in Bewegung und schleppe Nathan mehr aus der Kneipe, als dass er eigenständig läuft. Seinen lautstarken Protest ignoriere ich.

An meinem dunkelblauen BMW angekommen, öffne ich die Beifahrertür und lasse mein Anhängsel auf den Ledersitz sinken. Während ich mir alle Mühe gebe, Nathan anzuschnallen, gestikuliert er wild mit den Armen. Als der Gurt endlich an Ort und Stelle sitzt, umrunde ich zügig den Wagen und steige ebenfalls ein.

„Du bist ein netter Kerl", lallt Nathan in meine Richtung. „Amber hat einen echt guten Männergeschmack."

„Das merkst du erst jetzt?“, scherze ich. „Immerhin bin ich seit fast drei Jahren mit deiner Schwester zusammen.“

„Am Anfang konnte ich dich nicht ausstehen“, verkündet er im Brustton der Überzeugung. „Schließlich bist du Beamter.“

Ich unterdrücke ein Grinsen. Nathan weiß, dass ich für das Innenministerium arbeite. Allerdings hat er keine Ahnung, dass es sich dabei um den MI5, den britischen Inlandsgeheimdienst, handelt. Im Grunde genommen ist das sogar von Vorteil, denn ich bin für die Vereitelung von Terroranschlägen zuständig, was nicht einer gewissen Gefahr entbehrt. Je weniger Menschen über meine tatsächliche Aufgabe informiert sind, desto besser.

Mit einem satten Grollen erwacht der hochgezüchtete Motor meines Wagens zum Leben. Ich lege den Gang ein und gebe Gas, woraufhin der BMW sich zügig in Bewegung setzt.

Amber und Nathan wohnen mit ihren Eltern in einer prächtigen Villa einige Meilen südlich von London. Der Vater meiner Freundin ist ein reicher Industrieller, der an der Seite seiner Tochter lieber einen Adligen als einen Geheimdienstoffizier sehen würde. Daher versteht sich von selbst, dass das Verhältnis zwischen mir und ihrem Dad nicht das beste ist. Glücklicherweise kommt Amber damit klar, sodass dieser Umstand unsere Beziehung in keiner Weise trübt.

Kennengelernt haben wir uns in einem Londoner Pub. Sie stolperte mir im wahrsten Sinne des Wortes in die Arme. Unsere Blicke trafen sich und ließen einander nicht mehr los. Mit ihren gerade einmal 22

Jahren war sie schlicht und ergreifend entzückend. Schnell begriff ich, dass die junge Frau einem kostbaren Diamanten gleichkam, den man unter gar keinen Umständen wieder verlieren durfte. Noch am selben Abend habe ich sie geküsst und seitdem sind wir unzertrennlich.

Vor ein paar Wochen hat meine Süße ihr Medizinstudium abgeschlossen und wird nächsten Monat einen Job als Assistenzärztin in einer Londoner Klinik antreten. Dann können wir auch endlich unsere erste gemeinsame Wohnung im schicken Chelsea beziehen, die momentan noch renoviert wird. Ambers Eltern sind darüber zwar wenig erfreut, doch sie müssen lernen loszulassen.

Ein Hicksen vom Beifahrersitz reißt mich aus meinen rosaroten Zukunftsvisionen. Unauffällig mustere ich den betrunkenen Teenager neben mir. Ambers kleiner Bruder hatte für den Abend seines achtzehnten Geburtstags eine Kneipentour mit einem Kumpel geplant. Als sein Freund jedoch krankheitsbedingt ausfiel, war Nathan am Boden zerstört. So kam ich nicht umhin, kurzerhand einzuspringen.

Offensichtlich nicht meine beste Idee. Ich darf mir gar nicht vorstellen, wie der arme Kerl am nächsten Tag leiden wird. Jetzt kann ich nur hoffen, dass er mir nicht den BMW vollkotzt. Zwar handelt es sich dabei um einen Firmenwagen, aber ich will dem MI5 nicht erklären müssen, wie es zu einem derartigen Missgeschick kommen konnte.

Routiniert steuere ich das Fahrzeug aus London heraus auf eine Landstraße, die zu dem Anwesen von Ambers Eltern in der Nähe von Biggin Hill führt. Als Nathan aus vollem Hals zu singen beginnt, schüttle ich ungläubig den Kopf.

Na, mit dem wird seine Familie heute Nacht noch ihre wahre Freude haben.

Ich beschleunige leicht, um das hier schnellstmöglich hinter mich zu bringen. Nieselregen befeuchtet die Windschutzscheibe, zudem ist die Sicht eingeschränkt, da Nebelschwaden durch die Luft ziehen. Es geht bereits auf Winter zu, weswegen Laub die Straße bedeckt, sodass der Asphalt an manchen Stellen rutschig ist.

Doch das stellt kein Problem für mich dar, denn ich kenne die Strecke wie meine Westentasche. Darüber hinaus absolviere ich beim MI5 regelmäßig Fahrtrainings, die auch im Alltag zu mehr Sicherheit beitragen.

Je weiter wir London hinter uns lassen, desto einsamer wird die Gegend. Nur ab und zu kommt uns noch ein Fahrzeug entgegen. Nathan ist mittlerweile verstummt, dafür stöhnt er jetzt leise.

„Alles in Ordnung mit dir?“, erkundige ich mich.

„Ich weiß nicht, alles dreht sich.“ Seine Stimme klingt erbärmlich.

„Ist dir übel? Soll ich anhalten?“

„Nein, nein, es geht schon“, krächzt er.

Ich trete das Gaspedal noch einen Tick stärker durch, um meinen Beifahrer so schnell wie möglich nach Hause zu bringen. Währenddessen überlege ich mir, wie viel er eigentlich getrunken hat. Am Anfang des Abends ein paar Bier. Doch während ich die Toilette aufsuchte, ging er zu Whiskey über und hat sich damit die Lichter ausgeschossen.

Keuchend schlägt er sich in diesem Moment eine Hand vor den Mund, woraufhin ich die Umgebung genauer in Augenschein nehme. Auf der von Bäumen gesäumten Landstraße anzuhalten, ist mit einem gewissen Risiko verbunden. Doch was bleibt mir anderes übrig, wenn ich das Interieur meines Wagens retten will.

Ich schalte die Warnblinkanlage an und lasse den BMW vorsichtig ausrollen, da ich befürchte, starkes Bremsen würde Nathan nicht bekommen.

Ein erbärmliches Gurgeln erklingt vom Beifahrersitz.

„Gleich, Nathan." Jetzt trete ich doch auf die Bremse.

Die Schnapsdrossel an meiner Seite nestelt derweil mit fahrigen Fingern am Sicherheitsgurt herum, was leider zu keinem Erfolg führt.

Ich nehme eine Hand vom Lenkrad, greife neben mich und bin imstande, den Gurt zu öffnen. Keine Sekunde später lehnt Nathan sich nach vorne, kippt dann in meine Richtung und übergibt sich mit gruseligen Würgegeräuschen auf meinen Schoß.

„Herrgott, Nathan!", stoße ich verärgert aus und versuche, ihn von mir wegzuschieben, damit er mich nicht weiterhin vollspucken kann.

In diesem Augenblick blendet mich helles Scheinwerferlicht, das sich uns rasend schnell nähert.

Geistesgegenwärtig reiße ich noch das Lenkrad herum, doch zu spät.

Ein gewaltiger Aufprall erschüttert den Wagen und schleudert mich nach vorne in den Sicherheitsgurt. Metallisches Knirschen brennt sich in meine Trommelfelle, bevor mich ein stechender Schmerz durchfährt, da meine Beine eingeklemmt werden. Aus dem Augenwinkel erkenne ich, dass Nathan mit voller Wucht gegen die Windschutzscheibe geschleudert wird.

Ich vernehme seinen barbarischen Schmerzensschrei, dann wird es mir schwarz vor Augen und die Umgebung löst sich in ihre Bestandteile auf.

Kapitel 2 - Heute

Clive

Der Motor meines Aston Martins heult auf, als ich ihn durch das menschenleere Park Royal Industriegebiet im Nordwesten Londons jage. Da es kurz zuvor geregnet hat, spiegeln sich die Lichter der Scheinwerfer in den Pfützen wider. Ein gefährlicher Schmierfilm bedeckt den Asphalt, was den Reiz des heutigen Wettbewerbs noch erhöht, denn die Sportwagen sind auf nasser Straße kaum beherrschbar.

Die Polizei ist selbstverständlich darüber im Bilde, dass hier häufig illegale Autorennen stattfinden, doch solange niemand zu Schaden kommt, drücken die Beamten für gewöhnlich ein Auge zu. Und wenn nicht, würde das auch keine Rolle spielen. Schwierigkeiten mit den Gesetzeshütern belasten mich nicht mehr, denn ich bewege mich seit Jahren in einer Art Grauzone, wandle stets am Rande der Legalität und bin mittlerweile in jeglicher Hinsicht abgestumpft.

Sollen sie mich doch einsperren!

Ich habe nichts mehr zu verlieren, man hat mir bereits alles genommen, was mir lieb und wichtig war.

Mein Blick richtet sich auf das Heck des Fahrzeugs vor mir. Im Moment ist nur noch Graham Smith in seinem grauen Jaguar schneller als ich, alle anderen Fahrer konnte ich schon hinter mir lassen. Der Sieg ist somit in greifbarer Nähe.

Ich setze zum Überholen an, doch Smith zieht herüber und versperrt mir den Weg. Hart trete ich auf die Bremse, um einen Zusammenstoß zu verhindern.

In der nächsten Spitzkehre werde ich ihn mir

schnappen. Den stattlichen Gewinn von 20.000 Pfund will ich mir nämlich auf gar keinen Fall entgehen lassen. Da mir ein geregeltes Einkommen seit geraumer Zeit fehlt, bin ich auf derartige Gelder angewiesen.

Bei dem verheerenden Unfall vor gut fünf Jahren, bei dem Nathan sein Leben verlor, hatte ich Glück im Unglück. Mit mehreren Knochenbrüchen wurde ich ins Krankenhaus eingeliefert, bleibende Schäden erlitt ich allerdings nicht. Auch wurde mir keinerlei Schuld an dem Crash zugesprochen. Ich hatte an dem schicksalhaften Abend keinen Tropfen Alkohol zu mir genommen. Darüber hinaus befand sich der SUV, der meinen Wagen gerammt hat, auf unserer Straßenseite.

Im Geheimen weiß ich jedoch, wäre ich nicht einen Moment lang unaufmerksam gewesen, hätte ich diesen Zusammenstoß aller Voraussicht nach verhindern können. Außerdem hätte ich niemals zulassen dürfen, dass der Junge sich derart betrinkt, doch hinterher ist man immer schlauer.

Leider konnte Nathans Vater nicht von meiner Unschuld überzeugt werden. Obwohl das Gericht mich freisprach, fuhr er harte Geschütze gegen mich auf und machte mich für den Tod seines geliebten Sohnes verantwortlich.

Monatelang kursierte die Geschichte in der Presse, Reporter schnüffelten in meinem und Ambers Leben herum, bis der MI5 zu guter Letzt entschied, dass ich für einen Geheimdienst nicht länger tragbar wäre. Man bot mir einen niveaulosen Beamtenposten in der Verwaltung an, den ich nach wenigen Wochen hinschmiss, da er mich zu Tode langweilte. Akten sichten ist nun einmal nicht meine Welt, ich benötige Action.

Danach trat ich einen Job bei einer Londoner Security-Firma an, bis ich herausfand, dass ich durch illegale Autorennen und Kämpfe wesentlich mehr Geld verdienen konnte. Mein Ruf war ohnehin ruiniert. Viel tiefer konnte ich nicht mehr sinken, denn leider hatte ich aufgrund der Ereignisse obendrein die Liebe meines Lebens verloren. Amber konnte nach dem Tod ihres Bruders meinen Anblick nämlich nicht mehr ertragen.

Meine Gedanken kommen zum Stillstand, als sich unsere Wagen der Spitzkehre nähern, in der ich mir Smith schnappen will. Ich schalte einen Gang herunter, reiße das Steuer herum und lasse mich von den Fliehkräften nach außen tragen. Die Reifen meines Fahrzeugs quietschen bedrohlich, doch ich habe den Aston Martin im Griff. Der Geruch von verbranntem Gummi in Verbindung mit Benzin steigt mir in die Nase und facht die Adrenalinausschüttung meines Gehirns um ein Weiteres an.

Mit einer schnellen Lenkbewegung schneide ich die Kurve an, trete das Gaspedal bis zum Anschlag durch und ziehe schlingernd an Smith vorbei. Er setzt zwar noch ein paarmal zum Überholen an, ich bremse ihn jedoch jedes Mal mühelos aus.

Grinsend überquere ich kurz darauf als Erster die Ziellinie. In solchen Augenblicken ist mein aus den Fugen geratenes Leben für kurze Zeit wieder perfekt.

Als ich ein paar Abende später in einer düsteren Halle im Londoner Süden aus dem Boxring steige, hat sich einmal mehr Euphorie in meinem Kopf breitgemacht. Ungeachtet der Tatsache, dass ich mir eine Platzwunde an der rechten Schläfe zugezogen habe und mir Blut übers Gesicht rinnt, bin ich mit dem Ausgang des Kampfes zufrieden.

Manchmal erscheint es mir nahezu unwirklich, dass ein einziger Abend, eine Sekunde der Unaufmerksamkeit mein komplettes Dasein verändern konnte. Früher genoss ich ein Leben auf der Überholspur, wollte die Welt zum Guten wenden. Mein Dad war viele Jahre als Palastwache bei der Queen tätig und ermöglichte mir ein Studium an der Royal Military Academy in Sandhurst. Ich strebte eine Offizierslaufbahn bei der Army oder Navy an, durch einen Bekannten erfuhr ich jedoch von einer freien Stelle beim MI5, bewarb mich dort und wurde auf Anhieb angenommen, woraufhin sich mir eine aufregende Karriere als Geheimagent eröffnete.

Das war der Plan, in der Realität kam es leider anders.

Doch ich kann die Geschehnisse nicht rückgängig machen, auch wenn ich mir das in den letzten Jahren noch so oft gewünscht habe.

Wie gewonnen, so zerronnen, ist das Einzige, was mir im Nachhinein dazu einfällt.

Aber ein Gutes hat meine Vergangenheit: Die Militärakademie sowie der Geheimdienst ließen mir umfassende Kampfausbildungen zukommen, daher fällt es mir heute leicht, meine Gegner im Ring zu besiegen. Aufgrund dessen konnte ich mir im Lauf der letzten Jahre in der Londoner Unterwelt einen gewissen Ruf erschaffen und kassiere erstklassige Preisgelder, sobald ich zu einem Kampf antrete.

Ich bahne mir meinen Weg durch die mir zujubelnden Zuschauer und schüttle ein paar Hände. Der eine oder andere schlägt mir bewundernd auf die Schulter, was mir runtergeht wie Öl.

Inzwischen habe ich mich an die Atmosphäre dieses Milieus gewöhnt. Es riecht nach Schweiß, billigem Alkohol und viel zu aufdringlichem Parfum. Die Menschen hier sind oft arm, einfach gestrickt und ihre Ausdrucksweise ist derb. Doch sie sind ehrlich und sehen in mir einen Helden, der ich leider mitnichten bin und auch niemals sein werde.

Ich betrete einen spärlich beleuchteten Nebenraum, um mich ein wenig frisch zu machen und anzukleiden, da ich grundsätzlich mit freiem Oberkörper boxe. Erst dadurch kommt das Tattoo auf meinem Brustkorb so richtig zur Geltung.

Als ich hinter mir ein Geräusch vernehme, fahre ich herum und stehe einem blonden, schätzungsweise 40-jährigen Typen in Jeans und schwarzer Lederjacke gegenüber. Ich bin es zwar gewohnt, dass sich mir hin und wieder Groupies an den Hals werfen, Männer verfolgen mich jedoch eher selten.

„Mr. Finley“, spricht mein unverhoffter Besucher mich an. „Könnten Sie ein paar Minuten Ihrer Zeit für mich erübrigen?“

Ich greife nach einem feuchten Tuch, um mir das Blut vom Gesicht zu wischen, und mustere den Kerl genauer. Mit seinem gepflegten Oxfordenglisch und der Wortwahl passt er so gar nicht in die Londoner Gosse. „Kommt darauf an, was Sie von mir wollen.“

Dass er meinen richtigen Namen kennt, verwundert mich, denn ich kämpfe für gewöhnlich unter dem Pseudonym Amber Dragon, passend zu dem Drachen mit den bernsteinfarbenen Augen, den ich mir vor einiger Zeit auf die Brust tätowieren ließ. Als Erinnerung an die Frau, die ich niemals vergessen werde. Meine Amber liebte Drachen nämlich über alles.

Er kommt einen Schritt näher. „Ich beobachte Sie jetzt seit Monaten und bin von Ihrer Körperbeherrschung, kämpferischen Leistung und Intelligenz zutiefst beeindruckt, daher würde ich Ihnen gerne ein Angebot unterbreiten."

Provozierend ziehe ich die Augenbrauen hoch. „Intelligenz? Wieso denken Sie, Sie könnten mich dahin gehend einschätzen?"

„Ausnahmslos jeder Ihrer Kämpfe erinnert an ein Schachspiel. Sie legen sich Ihre Gegner zurecht und planen Ihre Züge bereits im Vorfeld. Das alles hat meine Neugier entfacht, also habe ich ein wenig über Sie recherchiert."

„Ah, verstehe." Ich ziehe ein Shirt aus einer Sporttasche und werfe es mir über. „War es denn interessant?"

„Ausgesprochen. Ich weiß, ein Schicksalsschlag hat Ihre Karriere zerstört, sonst hätten Sie es beim MI5 zweifelsohne weit gebracht. Daher würden wir Ihnen gerne eine zweite Chance geben. Wir gehen nämlich davon aus, dass Sie nach wie vor daran interessiert sind, die Welt ein wenig sicherer und gerechter zu machen."

„Wir?"

„Ja, ich gehöre einer weltweit agierenden Organisation an. Ein sehr reicher Mann hat sie einst gegründet. Ein Philanthrop, der die Meinung vertritt, Militär und Geheimdienste würden zu bürokratisch, schwerfällig und langsam agieren. Mehr möchte ich dazu für den Moment nicht preisgeben. Details kann er Ihnen selbst offenbaren, falls Sie Interesse daran hegen sollten."

Verdutzt mustere ich den Kerl und frage mich, ob seine Worte ernst gemeint sein könnten oder ob mich hier jemand auf den Arm nimmt. „Sie wollen also, dass ich für Sie die Welt rette?" Der Sarkasmus in meiner Stimme ist unüberhörbar.

Er lässt sich davon jedoch nicht irritieren, sondern nickt. „Das bringt es in etwa auf den Punkt."

Ich nähere mich ihm und bedenke ihn mit einem herausfordernden Blick. „Wie kommen Sie zu der Annahme, dass mich die Welt noch interessiert? Meine Zukunft wurde von zwei reichen Idioten zerstört. Einem Millionär, dem ich niemals gut genug für seine Tochter war. Und einem nachtblinden alten Mann, der nur aufgrund hoch bezahlter Anwälte immer noch hinter dem Steuer sitzt. Von der Presse, die über mich hergefallen ist wie ein Schwarm Barrakudas, ganz zu schweigen." Ich habe die Stimme erhoben, doch selbst das bringt den Kerl mir gegenüber nicht aus der Ruhe.

Respekt, er ist echt abgebrüht.

Eisern hält er meinem Blick stand, wobei das Blau seiner Augen im trüben Licht einer Deckenleuchte schimmert. „Wie schon erwähnt, ich habe mich über Sie schlaugemacht. Ihre komplette Familie hat sich dem Schutz anderer Menschen verschrieben. Ihr Vater diente lange Zeit dem Königshaus, Ihre Mutter ist Krankenschwester, Ihr Bruder Soldat. Sie haben es beim MI5 unter Einsatz Ihres Lebens mit brandgefährlichen Terroristen aufgenommen. Zudem kämpfen Sie hart, aber dennoch derart besonnen, dass keiner Ihrer Widersacher jemals ernstlich verletzt wurde. Mir ist auch nicht bekannt, dass Sie beim Autorennen bisher einen Gegner in einen schweren Unfall verwickelt hätten."

„Na, hoppla! Hören Sie lieber auf, bevor mir noch ein Heiligenschein wächst. Andere Frage: Der Job, den Sie mir anbieten, gibt es dafür eine Bezahlung oder wäre das eher ehrenhalber? Weil ich ja *so* ein barmherziger Samariter bin." Ich kann den Frust nicht zurückhalten, das Leben hat mich zu sehr abgestraft.

Mein unverhoffter Besucher bleibt jedoch nach wie vor gelassen. „Sie würden mehr verdienen, als Ihnen all Ihre Autorennen und Kämpfe zusammen einbringen", antwortet er mit ruhiger Stimme.

Ich zögere, mustere den Mann eindringlich, der wie ein in die Jahre gekommener Cambridge-Student wirkt.

„Wie ist Ihr Name?", erkundige ich mich schließlich, da ich gerne weitere Informationen hätte, bevor ich eine Entscheidung treffe.

„Chris. Chris Hastings."

„Gut, Chris, wie kamen Sie zu diesem Verein?"

Er schweigt sekundenlang. „Eigentlich spielt das gar keine Rolle, aber ich verrate es Ihnen trotzdem. Der Mann, der besagte Organisation gegründet hat, gab auch mir eine Zukunft. Meine Mutter hat mich als Kleinkind bei Nacht und Nebel vor einer Kirche ausgesetzt. Er fand mich und rettete mir das Leben. Er ist ein feiner Mensch, für dessen Loyalität ich meine Hand ins Feuer legen würde."

Ich nehme Chris erneut ins Visier. Er vermittelt nicht den Eindruck, als würde er lügen.

Letztendlich gebe ich mir einen Ruck.

Was habe ich schon zu verlieren?

„Einverstanden. Wo kann ich diesen Heiligen treffen?“

Seine Augen glitzern zufrieden, während er selbstgefällig nickt. Fast, als wäre er von Anfang an davon überzeugt gewesen, mich am Haken zu haben.

„Wie wäre es morgen Abend, 20.30 Uhr, am London Eye?“

„Klingt wie ein Plan.“

„Perfekt, ich danke Ihnen fürs Zuhören, Mr. Finley. Sie werden Ihre Entscheidung nicht bereuen.“ Mit diesen Worten macht er auf dem Absatz kehrt und verlässt den Raum.

Nachdenklich starre ich ihm hinterher.

Was zur Hölle hat das alles zu bedeuten?

Ich verspüre eine leichte Anspannung, als ich am nächsten Abend am Fuße des London Eye warte. Leider ist Misstrauen in meinem Leben zu einem ständigen Begleiter geworden. Ich glaube nicht mehr an das Gute im Menschen, zu viele mir nahestehende Personen haben mich in den letzten Jahren enttäuscht, sich von mir abgewandt oder mich behandelt wie einen Schwerverbrecher.

Eine Veränderung ist mit mir vorgegangen, auf die ich nicht stolz bin. Die Grenzen zwischen Recht und Unrecht haben sich in meinem Kopf verschoben. Mein Schuldbewusstsein sowie meine Hemmschwelle wurden herabgesetzt, wohingegen Bitternis und der Wunsch nach Vergeltung in mir aufgestiegen sind. Emotionen, die mir früher völlig fremd waren, beherrschen heute mein Denken und Handeln.

Doch noch ist meine Seele nicht schwarz wie die Nacht. Gelegentlich blitzen ein paar helle Lichter in meinem Unterbewusstsein auf. Nämlich dann, wenn ich meine Familie besuche, die mich über alles liebt. Da ich sie jedoch bislang nicht über meinen neuen Lebenswandel in Kenntnis gesetzt habe, werden unsere Zusammenkünfte seltener.

Es fällt mir schwer, meine Angehörigen zu belügen, aber ich will nicht, dass sie auch noch das Vertrauen in mich verlieren – daher spiele ich ihnen seit Jahren eine heile Welt vor. Mir ist bewusst, dass das irgendwann ein böses Ende nehmen wird, doch ich bin schon viel zu tief in diesen Morast der Unwahrheiten eingetaucht, als dass ich mich noch aus der Misere ziehen könnte.

Aber darüber möchte ich mir jetzt nicht den Kopf zerbrechen, das macht die Situation nicht besser und beschert mir lediglich schlechte Laune.

Um mich abzulenken, lasse ich den Blick über die Menschen in meiner Umgebung schweifen und frage mich, ob der große Unbekannte auftauchen wird oder ob sich doch jemand einen Scherz mit mir erlaubt hat. Da das Riesenrad in wenigen Minuten den Fahrbetrieb einstellt, sind nur noch vereinzelt Touristen in der Nähe des stählernen Kolosses unterwegs. Auch ist das Wetter heute alles andere als angenehm. Ein böiger Wind fegt durch die Straßen der englischen Hauptstadt und wühlt das Wasser der Themse auf.

Geistesabwesend betrachte ich den Fluss. Ein Frachtschiff kämpft dort schaukelnd gegen die Strömung an, wobei es einen leichten Geruch von Diesel und Öl verbreitet. Touristenboote sind keine mehr zu entdecken, dazu ist das Wetter zu schlecht.

Das alles hier ist mir so vertraut und dennoch habe ich in den letzten Jahren mehrfach übers Auswandern nachgedacht. Wo anders ganz von vorne anzufangen, erschien mir lange Zeit die einzige Alternative zu sein.

Doch ich hänge an England und seiner quirligen Hauptstadt, die so viel zu bieten hat. Ich liebe die unzähligen Restaurants, die lockere Stimmung in den Pubs, die Theater und die Shopping-Möglichkeiten. Auch verfügt die Stadt über Unmengen von Parks und nostalgischen Plätzen, wo man die Seele baumeln lassen kann.

Ich bin durch und durch Brite, genieße unsere Redefreiheit, die Monarchie sowie den typisch schwarzen Humor. An Regen und mittelmäßigem Essen habe ich noch nie Anstoß genommen, einzig die mir anerzogene Höflichkeit hat in letzter Zeit ein wenig gelitten.

Und obwohl sich der Kontakt zu meiner Familie und einigen guten Freunden reduziert hat, leben sie doch alle irgendwo in der Nähe und wären jederzeit für mich da, falls ich Hilfe benötigen sollte.

„Mr. Finley, ich bedanke mich für Ihr Kommen“, spricht mich in diesem Moment ein grauhaariger Mann im dunkelblauen Anzug an.

Unverhohlen begutachte ich ihn. Er ist ein wenig blass um die Nase, aber perfekt frisiert und elegant gekleidet. Ich schätze ihn auf sechzig, womöglich auch ein paar Jahre älter. Mit seiner aufrechten Haltung wirkt er wie ein englischer Lord, zudem schreit seine komplette Aura geradezu nach Geld.

„Tja, die Neugier hat gesiegt“, antworte ich betont ruppig. Er soll keinesfalls den Eindruck bekommen, ich wäre auf sein Wohlwollen angewiesen. „Aber verraten Sie mir doch bitte, mit wem ich die Ehre habe?“

„Percy Wilson.“ Er reicht mir die rechte Hand, die in einem weichen Lederhandschuh steckt. In Anbetracht dessen, dass der Spätsommerabend trotz des Windes relativ warm ist, verwundert mich das.

Demonstrativ sieht er in Richtung des Riesenrades. „Wollen wir?“

„Soviel ich weiß, sind die Betriebsstunden für heute beendet.“

Er lächelt. „Lassen Sie das doch mein Problem sein.“ Percy wendet sich ab und stiefelt auf das London Eye zu.

Kopfschüttelnd folge ich ihm. Das wird ja immer besser.

Noch überraschter bin ich, als uns ein Angestellter tatsächlich in eine der gläsernen Gondeln einsteigen lässt. Fast, als hätte er auf uns gewartet.

Percy weist auf die hölzerne Sitzbank in der Mitte. „Nehmen Sie doch bitte Platz.“

Wortlos komme ich seinem Wunsch nach. Währenddessen fährt die Tür der Gondel leise klackend zu und das Riesenrad setzt sich in Bewegung.

Ein wenig behäbig, fast als würde er unter Schmerzen oder einer Behinderung leiden, sinkt Percy neben mich und wendet sich mir zu. „Das, was ich Ihnen jetzt anvertrauen werde, ist streng geheim. Behalten Sie es unter allen Umständen für sich. Sie würden Ihres Lebens nicht mehr froh werden, wenn auch nur eine Silbe publik wird.“ Der Blick aus seinen blaugrauen Augen bohrt sich in meinen und hält ihn fest.

In diesem Moment gehört ihm zum ersten Mal mein uneingeschränktes Interesse. Mein Gegenüber wirkt wie ein vollendeter englischer Gentleman, aber das scheint nur das Bild zu sein, das er nach außen hin vermittelt. Weder hat er die Stimme erhoben noch geblinzelt, während er diese Drohung ausstieß. Ich bin wirklich nicht leicht einzuschüchtern, mein Instinkt sagt mir jedoch, dass er nicht blufft. Ich glaube ihm jedes Wort.

„Nun, wenn Sie mich so nett darum bitten, wird mir wohl nichts anders übrig bleiben“, äußere ich trocken.

Ein sanftes Schmunzeln zuckt um seine Mundwinkel. „Ich sehe, wir verstehen uns. Der Name Five Eyes sagt Ihnen etwas, oder?“

„Selbstverständlich. Eine Geheimdienstallianz, die die ganze Welt im Auge hat. Gegründet nach dem Zweiten Weltkrieg von den Briten, Amerikanern, Kanadiern, Australiern und Neuseeländern mit dem Ziel, die Sowjetunion zu überwachen. Mittlerweile haben sich weitere Länder angeschlossen und Zielsetzung ist in erster Linie die Verfolgung des Terrorismus.“

Er nickt anerkennend. „Perfekt auf den Punkt gebracht. Diese Allianz habe ich mir zum Vorbild genommen, um eine eigene Organisation zu erschaffen. Allerdings weniger bürokratisch als die Five Eyes.“ Ohne die Augen von mir abzuwenden, lehnt er sich leicht zurück. „Vor vielen Jahren erbte ich das Edelsteinimperium meines Vaters. Leider konnte ich rein gar nichts damit anfangen, da mein Interesse seit jeher der IT galt. Demzufolge stieß ich einen Teil der Schmuckbranche ab und stieg mit dem Erlös in andere Geschäftszweige ein. Darüber hinaus ließ ich ein Computernetzwerk aufbauen, das seinesgleichen sucht. Es gibt kaum eine Information auf dieser Welt, die sich vor meinen Rechnern verbergen lässt."

Er senkt kurz den Blick und zupft mit den behandschuhten Fingern der rechten Hand imaginäre Fusseln von seinem Jackett. „Schon bald wurde ich auf Gefahren aufmerksam, ehe die Geheimdienste auch nur den Hauch einer Ahnung davon hatten. So entschied ich, diese Daten zu nutzen, um die Welt ein wenig sicherer zu machen. Ich rekrutierte in den fünf Ländern, die Sie zuvor genannt haben, Mitarbeiter. Vorwiegend frühere Geheimdienstler, vereinzelt aber auch Elitesoldaten, Personen aus Spezialeinheiten sowie brillante Wissenschaftler."

Er hält einen Moment inne und schaut in die Ferne. Mittlerweile haben wir fast den höchsten Punkt des Riesenrades erreicht. Eine sagenhafte Aussicht über die beleuchtete englische Hauptstadt eröffnet sich uns.

„Das ist immer wieder überwältigend, oder?", schwärmt Percy.

Ich nicke. „Ich gestehe, ich war noch nie hier oben."

„Da haben Sie etwas mit vielen Einheimischen gemein. Die Einwohner Londons denken, sie würden ihre Stadt ohnehin kennen." Er schüttelt den Kopf. „Wenn sie wüssten, was ihnen entgeht. Aber zurück zum Thema: Da die meisten meiner Mitarbeiter wegen irgendeines Fauxpas ihre Laufbahn beim Staat beenden mussten, nannte ich meine Agentur sinnbildlich *Fallen Agents*. Dem Computernetzwerk gab ich den Namen *The Eye*." Er nimmt mich eindringlich ins Visier. „Wie sieht es aus, Clive Finley, hätten Sie Interesse daran, die Fallen Agents zu unterstützen?“

Abwehrend halte ich eine Hand in die Luft. „Nun mal langsam! Das klingt durchaus interessant, aber um eine Entscheidung zu treffen, benötige ich weitere Informationen. Wer ist über diese Organisation im Bilde?“

„Lediglich ich und meine Angestellten. Die meisten Mitarbeiter geben vor, für eine Security-Firma tätig zu sein. Das entspricht zumindest teilweise der Wahrheit, da ich in der Tat auch eine Sicherheits- und Überwachungsfirma betreibe. Dadurch fällt es uns manchmal leichter, Zugang zu Privatpersonen, Firmen und staatlichen Einrichtungen zu erlangen.

Die Behörden halten mich für einen durchgeknallten Milliardär, der sich aus Angst um sein Leben hinter Unmengen von Bodyguards verschanzt. In Wirklichkeit kennen sie nur die Spitze des Eisbergs, und dabei soll es auch bleiben. Über The Eye und unsere eigentlichen Aktivitäten darf niemals jemand außerhalb des Netzwerkes informiert werden.“

„Verstehe. Über wie viele Angestellte reden wir?“

„Sie wären der dreißigste. Wir sind aber konstant am Wachsen.“

„Mein Standort wäre London?“

Er nickt. „Vorwiegend. Doch wir unterstützen uns im Bedarfsfall länderübergreifend.“

Nachdenklich starre ich auf einen fiktiven Punkt am Horizont. „Ich könnte meiner Familie also sagen, dass ich für eine Sicherheitsfirma arbeite.“

„Richtig. Das käme Ihnen gewiss entgegen. Ich gehe nämlich nicht davon aus, dass Sie Ihre Eltern und Ihren Bruder über Ihr momentanes Betätigungsfeld in Kenntnis gesetzt haben.“

Ich schlucke vernehmlich, da er mit dieser Aussage den Nagel auf den Kopf getroffen hat. „So langsam werden Sie mir unheimlich“, brumme ich. „Sie wissen eindeutig zu viel.“

Percy schmunzelt. „Unterschätzen Sie niemals The Eye. Es gibt kaum etwas, das es nicht ans Licht bringen kann. Aber zurück zum Thema: Sollte ich mit Ihnen zufrieden sein, werde ich Sie fürstlich entlohnen. Glauben Sie mir, Ihr Leben würde sich zukünftig wesentlich einfacher gestalten. Zugegeben, Sie wären gezwungen, sich weiterhin am Rande der Legalität zu bewegen. Doch ich verspreche Ihnen, Sie aus jeder noch so unangenehmen Situation herauszuboxen.“

„Klingt gut.“

Er mustert mich abermals eindringlich, wobei mir erneut bewusst wird, dass sich hinter diesen blaugrauen Augen gewiss mehr verbirgt, als man auf den ersten Blick vermuten würde. Intelligenz, Entschlossenheit, aber auch unterdrückter Schmerz zeichnen Percy aus und ich gestehe, dass er mein Interesse in der Tat erweckt hat. Dieser Mann hat in seinem Leben wahrscheinlich schon die dunklen Seiten von Reichtum und Macht kennengelernt, das scheint ihn anzutreiben.

„Ich sage Ihnen aber gleich, dass es bei diesem Job nahezu unmöglich ist, eine funktionierende Beziehung zu führen“, setzt er wieder an, während ich noch sinniere. „Die Einsätze kommen unverhofft, finden weltweit statt und ziehen sich häufig über längere Zeit hinweg. Damit können die wenigsten

Partner umgehen."

„Denke ich mir. Aber daran wird es nicht scheitern, eine Familie zu gründen, ist für mich seit einigen Jahren in weite Ferne gerückt."

Er nickt wissend. „Perfekt, darf ich Sie dann bei den Fallen Agents willkommen heißen?"

Unschlüssig stoße ich die Atemluft aus. „Was ist der Haken an der Sache?"

„Sie kennen ihn bereits. Wie beim Geheimdienst oder der Armee riskieren Sie Ihr Leben, um andere Menschen zu retten. Manche von ihnen haben es nicht einmal verdient, aber das hat uns nicht zu interessieren. Mein oberstes Ziel ist es, Verbrecher und Terroristen zu eliminieren."

„Damit komme ich klar."

„Davon gehe ich aus. Ach, einen kleinen Haken gibt es doch. Sie müssten recht kurzfristig anfangen. Läge das im Bereich des Möglichen?"

Ich halte auffordernd die Hände in die Luft. „Falls das wirklich alles ernst gemeint ist, stehe ich jederzeit zu Ihrer Verfügung."

Er grinst zufrieden. „Perfekt. Dann kommen Sie doch mit in meine geheimen Besprechungsräume, damit wir die Formalitäten erledigen können. Derartige Zufluchtsorte gibt es übrigens in jedem der fünf Länder. Sie befinden sich immer in der Nähe eines Riesenrades. The Eye, Sie verstehen?"

„Durchaus."

In dem Moment geht ein Ruck durch die Gondel. Sie kommt am Boden zum Stillstand und wie von Geisterhand fährt die Tür beiseite. Als die vermutlich letzten Fahrgäste an diesem Abend steigen wir aus.

Schweigend gehen wir ein paar Schritte und betreten das gegenüberliegende Gebäude, in dem sich der London Dungeon befindet. Percy öffnet mit einem Code eine ins Mauerwerk eingelassene Tür, hinter der ich einen Aufzug entdecke. Nachdem wir uns in die kleine Kabine geschoben haben, befördert der Lift uns nach unten.

Ganz wohl ist mir bei dieser Fahrt ins Ungewisse nicht, doch ich lasse es mir nicht anmerken. Sollte mein letztes Stündchen geschlagen haben, dann ist es eben so.

Als die Fahrstuhltür leise knirschend aufgefahren ist, treten wir in einen schmalen Gang hinaus. Unsere Schritte hallen gespenstisch wider. Die Decke ist nicht sehr hoch, sodass ich automatisch das Genick einziehe, um mir nicht den Kopf zu stoßen. Mit meinem Meter neunzig besteht diese Gefahr nämlich durchaus.

Hier unten ist es düster, riecht modrig und wenngleich ich weit davon entfernt bin, klaustrophobisch veranlagt zu sein, rinnt mir bei unserem unterirdischen Spaziergang der eine oder andere kühle Schauder über den Rücken.

Unablässig frage ich mich, wo genau unsere Reise in die Unterwelt Londons enden wird. Es würde mich nicht verwundern, wenn wir irgendwann im Tower oder dem Buckingham Palace ankämen, denn es ist ein offenes Geheimnis, dass Geheimgänge die wichtigsten Gebäude der englischen Hauptstadt miteinander verbinden.

Nach einiger Zeit bremst mein Begleiter vor einer Stahltür ab und gibt erneut einen Code ein. Das Schloss schnappt klackend auf.

Überrascht entdecke ich ein Büro, in dem es nach

Percys herbem Rasierwasser duftet. Er muss sich also zuvor hier aufgehalten haben.

Gentlemanlike gewährt Percy mir den Vortritt. „Nehmen Sie doch Platz!" Er weist auf den Lederstuhl vor einem modernen anthrazitfarbenen Schreibtisch, bevor er diesen umrundet und sich dahinter setzt.

Während ich auf den Stuhl sinke, lasse ich meinen Blick über die fensterlosen Backsteinwände schweifen, die höchstwahrscheinlich schalldicht sind. Zwei abstrakte Bilder sowie ein riesiger Flachbildschirm hauchen dem Raum ein wenig Gemütlichkeit ein. Eine Klimaanlage surrt leise vor sich hin, die erstklassige Arbeit zu leisten scheint, denn die Luft wirkt nicht abgestanden, sondern angenehm frisch.

Während ich noch die seltsame, leicht beengte Atmosphäre auf mich wirken lasse, zieht Percy einen Vertrag aus einer Schreibtischschublade, den er mir vorlegt.

Ich überfliege das Papierwerk.

Alles ist sehr vage gehalten, sodass mir Tausende von Fragen durch den Kopf schießen. Da ich jedoch in meinem Leben noch nie einer Gefahr oder Herausforderung aus dem Weg gegangen bin, unterschreibe ich kurzerhand.

Wie bereits erwähnt: Was habe ich noch zu verlieren?

„Perfekt, dann wäre das ja schon erledigt", bekundet mein Gegenüber mit zufriedenem Unterton.

Seine entspannte Miene verdeutlicht mir, dass er nicht den geringsten Zweifel an meiner Kompromissbereitschaft gehegt hat. Dass dieser Mann derart viel über mich weiß, behagt mir nicht, doch damit werde ich wohl leben müssen.

Er überreicht mir ein ledernes Mäppchen.

Ich öffne es und entdecke zu meiner großen Überraschung jede Menge Ausweise und Kreditkarten, die auf meinen Namen ausgestellt sind. Manche tragen mein Bild, jedoch andere Identitäten, und weisen mich als Geheimagenten, Regierungsmitarbeiter, Polizisten oder Angehörigen der British Army aus.

Das hier ist nichts Neues für mich, da ich auch beim MI5 häufig undercover gearbeitet habe. Ungeachtet dessen bin ich ein wenig überrascht, mit welcher Selbstverständlichkeit Percy jegliches Gesetz mit Füßen tritt. Damit bewegt er sich nämlich nicht nur am Rande der Legalität. Genauer gesagt, handelt es sich hierbei um Urkundenfälschung, die mit mehreren Jahren Gefängnis bestraft werden kann.

Mit Kennerblick begutachte ich die Dokumente. Sie erscheinen mir einwandfrei, vermutlich würde nicht einmal ein Fachmann bemerken, dass es Fälschungen sind. Auch wenn ich noch nicht so recht weiß, was ich von all dem hier halten soll, bin ich von dieser Perfektion beeindruckt.

„Sie waren sich ziemlich sicher, dass ich zusagen würde“, äußere ich.

Percy grinst. „Alles eine Frage der Erfahrung und Menschenkenntnis. Sich an irgendwelche Vorschriften zu halten, ist bei den Fallen Agents übrigens nicht nötig. Aber das kennen Sie ja bereits vom Geheimdienst.“

Langsam erhebt er sich, durchquert das Büro und öffnet eine Tür zu einem Nebenraum. „Kommen Sie, Clive, einen Teil Ihrer Ausrüstung können Sie sich selbst aussuchen. Das Gebäude hier habe ich erworben, als das London Eye errichtet worden ist. Es ist der Hauptsitz der Fallen Agents. Kein Außenstehender weiß darüber Bescheid. Sobald ich davon überzeugt bin, Ihnen voll und ganz vertrauen zu können, werde ich Ihnen die Zugangscodes geben, dann können Sie sich im Notfall jederzeit hier verstecken."

Er macht Anstalten, das Büro zu verlassen, hält dann jedoch noch einmal kurz inne. „Es gibt hier unten übrigens auch eine gut bestückte Speisekammer, eine kleine Bibliothek, einen Fernsehraum mit Unmengen von Filmkanälen und vieles mehr. Außerdem könnte man in diesen Räumlichkeiten einen Atomkrieg überleben."

Ich kann nicht einschätzen, ob ich diese Information gut oder schlecht finden soll. Daher halte ich einfach meinen Mund und folge ihm. Neugierig spähe ich in die angrenzende Halle, die mit ihren Glasvitrinen wirkt, als würden wir Tiffany`s einen Besuch abstatten. Allerdings befindet sich in den Vitrinen kein Schmuck, sondern Waffen, Handgranaten, Headsets, Wanzen, Telefone und vieles mehr.

„Bedienen Sie sich!", verkündet Percy mit einer einladenden Handbewegung, wobei er meinen bestürzten Gesichtsausdruck völlig ignoriert. „Ihren Computer und ein paar andere sperrige Gegenstände lasse ich Ihnen morgen von einem Techniker anliefern, der Ihnen auch gleich eine Einweisung in The Eye geben wird."

Ich nicke versonnen, während ich die Handfeuerwaffen begutachte, bei denen es sich um sündhaft teure Präzisionsinstrumente handelt.

Alles hier entspricht dem Motto: nicht kleckern, sondern klotzen.

Percy tritt neben mich und schielt mir über die Schulter. „Ich habe übrigens ein Schießtraining für Sie organisiert. Ich weiß, kampftechnisch sind Sie völlig auf der Höhe, in Bezug auf die neuesten Waffen könnten Sie nach fast fünf Jahren Pause jedoch gewiss eine Auffrischung benötigen."

Ich wende mich ihm zu. „Das kommt mir in der Tat entgegen. Aber jetzt sagen Sie mir doch bitte, wo ich zum Einsatz kommen werde. Diese Hektik hat doch sicher einen guten Grund."

Er nickt. „Uns liegen Informationen vor, dass der Premierminister entführt werden soll, da sich Terroristen Zugang zu britischen Atomwaffen beschaffen wollen. Die Geheimdienste sind ebenfalls darüber im Bilde, halten es jedoch für blinden Alarm. Ich hingegen sehe das ein wenig anders.

Clark Morgan ist ein guter Bekannter von mir, daher liegt mir sein Wohlergehen am Herzen. Ich konnte ihn davon überzeugen, dass meine Sicherheitsfirma für einige Zeit den Schutz seines Lebens übernehmen wird. Dass es uns zudem darum geht, diese Extremisten auszuschalten, braucht er gar nicht zu wissen."

Versonnen zupft er einmal mehr an seinem Anzug herum. „Sie werden übermorgen als sein neuer Security-Chef in die Downing Street einziehen. Dem Premier ist bewusst, dass er in großer Gefahr schweben könnte, daher wird er Sie mit offenen Armen empfangen." Er sucht nach meinem Blick und hält ihn fest. „Clive, ich vertraue Ihnen das Leben einer der wichtigsten Personen dieses Landes an. Bitte enttäuschen Sie mich nicht."

Im ersten Moment halte ich diese Information für

einen Scherz, als ich jedoch den entschlossen Ausdruck in Percys blaugrauen Augen bemerke, weiß ich, er meint das todernst.

Kapitel 3

Clive

Interessiert begutachte ich zwei Tage später meine Unterkunft im Regierungsgebäude in der Downing Street. Bis auf die dunklen Möbel und die roten Teppiche wirkt das kleine Apartment mit der Kochnische gemütlich, dennoch fühle ich mich hier wie ein Gefangener. Ich bin es nicht mehr gewohnt, mich in winzigen Räumen aufzuhalten. Sie engen mich ein, schnüren mir die Atemluft ab.

Seit über drei Jahren lebe ich jetzt auf einem von Grund auf restaurierten Bauernhof östlich von London, denn ich konnte die Wohnung, die ich in der City für mich und Amber erstanden hatte, schon nach kurzer Zeit nicht mehr ertragen. Das komplette Mobiliar und die Ausstattung hatten wir zusammen ausgesucht. Demzufolge erinnerte mich alles an diese Frau, rief mir tagtäglich vor Augen, das Wertvollste in meinem Leben verloren zu haben. Letztendlich verkaufte ich das Apartment und erwarb den Bauernhof.

Nachdem ich monatelang von der Presse verfolgt worden war, sehnte ich mich nach Abgeschiedenheit, zudem bietet mir die riesige Scheune, eine gute Möglichkeit, die konstant anwachsende Zahl meiner Sportwagen unterzubringen. Auch kann ich mich in dem weitläufigen Garten regelmäßig im Schießen üben, ohne irgendeinen Nachbarn zu Tode zu erschrecken.

Dessen ungeachtet war es kein Fehler, dass Percy mir einen Profi gesandt hat, der mich mit den neuesten Schusswaffen vertraut gemacht hat. Die Technik hat sich in der Tat weiterentwickelt.

Jetzt verfüge ich über ein Arsenal an Gewehren, Pistolen und anderen Mordinstrumenten, das ich in einem speziellen tresorartigen Schrank weggeschlossen habe. Natürlich hat man mir auch die Genehmigungen dafür überreicht, denn die Waffengesetze in Großbritannien sind sehr streng und ohne Erlaubnis sollte man sich besser nicht mit einer Knarre erwischen lassen.

Wenngleich ich noch keinen richtigen Überblick über die Organisation der Fallen Agents habe, erscheint mir das, was Percy da erschaffen hat, faszinierend. Am meisten beeindruckt mich jedoch das Computersystem The Eye, in das mich ein tätowierter Nerd im Jogginganzug eingewiesen hat. Die Geheimdienstprogramme, mit denen ich früher gearbeitet habe, waren schon allererste Sahne, aber dieses Netzwerk stellt alles in den Schatten, was ich bislang gesehen habe.

Über The Eye können mühelos Kameras, Handys oder Computer weltweit angezapft werden, wobei das System in Sekundenschnelle eine wahre Flut an Informationen abrufen kann. Kein Gespräch auf dieser Welt ist mehr sicher, keine Handlung bleibt unentdeckt, noch nicht einmal in den eigenen vier Wänden, da Percys Wunderwerk sich problemlos in Fernseher, Router oder Pads einhacken kann.

Ich gestehe, der Name The Eye ist meisterhaft gewählt.

Immerhin weiß ich jetzt, was ich in nächster Zeit in meiner Freizeit anstelle, denn Autorennen oder Kämpfe scheiden vorerst einmal aus. Ich werde mich genauer mit diesem Computernetzwerk auseinandersetzen, da ich noch längst nicht verstanden habe, wozu es wirklich in der Lage ist. Vielmehr könnte ich wetten, dass es noch einige Überraschungen parat hält.

Doch zuerst werde ich mich jetzt auf die mir übertragene Aufgabe konzentrieren. Den Premierminister sowie die meisten seiner Angestellten durfte ich bereits kennenlernen. Bei ihm handelt es sich um einen höflichen dunkelhaarigen Gentleman, der bei den Bürgern Englands polarisiert, da er grundsätzlich einen harten Kurs fährt, speziell in der Außenpolitik.

So ist es nicht verwunderlich, dass er ins Fadenkreuz von Terroristen geraten ist. Er ist sich der Gefahr bewusst, in der er schwebt, würde es sich jedoch niemals anmerken lassen. Auch legt er großen Wert darauf, seinen Job weiterzuführen wie bisher, ohne Rücksicht auf Verluste.

Das ist genau das, was ich unter Zivilcourage verstehe. Es erfüllt mich mit Freude, dass es tatsächlich noch Politiker gibt, die über eine derartige Einstellung verfügen. Leider habe ich im Lauf der letzten Jahre den Glauben an die Menschheit verloren. Clark Morgan zeigt mir durch seine Unerschrockenheit jedoch, dass er niemals aus reinem Selbstschutz all seine Prinzipien über den Haufen werfen würde. Demzufolge werde ich mein Bestes geben, um das Leben dieses Mannes zu beschützen.

Am Wochenende wird eine Spendengala der Londoner High Society im Top Meadow Golf Club stattfinden, der östlich von der City liegt. Eine Veranstaltung, die geradezu prädestiniert für eine Entführung sein sollte, daher hat Percy derartigen Druck auf mich ausgeübt.

Der bisherige Sicherheitschef des Premierministers wurde kurzerhand versetzt. Außerdem wurden zwei weitere Fallen Agents in die Downing Street eingeschleust. Eine hoch gewachsene blonde Frau mit Stoppelhaarschnitt, namens Pam, die früher für die Royal Air Force tätig war und Roy, ein dunkelhaariger Bulle von einem Mann, der beim MI6 gescheitert ist. Beide sind noch relativ jung und unerfahren, folglich wurden sie mir unterstellt.

Ich habe keine Ahnung, was die Karriere der zwei zerstört haben mag, doch sie wirken rundum ausgeglichen. Daher macht sich Hoffnung in mir breit, dass auch ich bei den Fallen Agents eine neue Zukunft finden könnte.

Während ich in erster Linie für Clark Morgans Schutz und die Einsatzkoordination zuständig bin, sollen meine beiden Kollegen sich auf die vermeintlichen Kidnapper konzentrieren. Etwas, was normale Bodyguards für gewöhnlich vernachlässigen, da sie viel zu sehr auf ihren Schützling fixiert sind. Falls sich die Informationen jedoch bewahrheiten, dass die Entführung dazu dienen soll, an britische Nuklearwaffen heranzukommen, müssen wir unbedingt herausfinden, was genau diese Kerle bezwecken und wer der Auftraggeber ist.

Zwar konnte ich in meinem Leben nur wenige Monate Erfahrung als Security-Angestellter sammeln, durch meine Ausbildung an der Militärakademie und der Tätigkeit beim Geheimdienst bin ich jedoch ein erstklassiger Stratege, Schütze und Kämpfer. Daher bin ich zuversichtlich, dass ich eine etwaige Geiselnahme vereiteln kann.

Nachdem ich mich ausgiebig mit den Räumlichkeiten der Downing Street, dem Fuhrpark und den vorherrschenden Sicherheitsmaßnahmen vertraut gemacht habe, jage ich mit dem gepanzerten Jaguar, den man mir zur Verfügung gestellt hat, zum Golfclub, um mir dort einen Überblick zu verschaffen.

Dass ich in meinem neuen Job alle Verkehrsregeln missachten darf, beschert mir blendende Laune. Unter anderem besitze ich Papiere, die mich als hohen Regierungsbeamten ausweisen, demzufolge dürfte es ein Leichtes sein, etwaige Polizeistreifen von der Rechtmäßigkeit meiner Geschwindigkeitsüberschreitungen zu überzeugen.

Während ich die Ausfahrt der A 13 ansteuere, fühle ich mich ein wenig in meine Zeit beim MI5 zurückversetzt. Dieser Beruf war eine einzige Herausforderung. Auch wenn ich nur ein paar Jahre dort tätig war, ist es mir gelungen, einigen international gesuchten Terroristen das Handwerk zu legen. Mit gerade einmal dreißig war ich vor meiner unrühmlichen Versetzung einer der jüngsten Agenten, die eine derartige Erfolgshistorie vorweisen konnten.

Ich hatte jede Menge Pläne, wollte die Welt retten und irgendwann die ganz große Karriere machen. All das wurde durch einen einzigen Moment der Unachtsamkeit zerstört. Jetzt kann ich nur hoffen, dass mir das Schicksal - in Gestalt von Percy - vielleicht wirklich eine zweite Chance gibt.

Am Golfplatz angekommen weicht meine Euphorie jedoch schnell, denn leider ist das weitläufige Gelände von vielen Seiten aus zugänglich. Das Eindringen unbefugter Personen ist daher kaum zu verhindern. Allerdings sollten wir in der Lage sein, zumindest das Hauptgebäude, in dem die Veranstaltung stattfindet, abzusichern.

Aber wird das ausreichen, um einen umfassenden Schutz des Premierministers zu gewährleisten?

Kurz durchfährt mich der Gedanke, die Spendengala abzusagen oder Clark Morgans Teilnahme zu canceln, doch letztendlich komme ich zu dem Schluss, dass das die perfekte Gelegenheit sein sollte, um die Verbrecher zu schnappen, die Zugangsstraßen können wir nämlich problemlos abriegeln. Und so, wie ich Percy einschätze, wird er gewiss auch über eine Möglichkeit der Luftüberwachung verfügen.

Nachdem ich mir das Gelände gewissenhaft zu Gemüte geführt habe, kehre ich in mein Apartment in der Downing Street zurück. Nicht, ohne über Molly, die schwarze Katze des Premierministers, zu stolpern, die immer irgendwo im Haus herumlungert und einem hin und wieder durch ihr unverhofftes Auftauchen einen Schock fürs Leben beschert. Seitdem ich sie einmal deswegen lautstark beschimpft habe, scheint sie mich zu hassen.

„Verschwinde!“, zische ich ihr zu, woraufhin sie die Ohren aufstellt und mich herablassend anfaucht.

Verzogenes Miststück!

An und für sich mag ich Katzen. Hin und wieder kommt mich auf meinem Bauernhof ein kleiner rötlicher Streuner besuchen, den ich mittlerweile in mein Herz geschlossen und aufgrund der Farbe Garfield genannt habe. Er ist zutraulich, verspielt und nimmt mir manchmal die Einsamkeit, daher freue ich mich immer über sein Auftauchen. Aber dieses nervige schwarze Biest, das durch die Gänge des Regierungsgebäudes stolziert, als würden sie ihm gehören, geht mir mächtig auf den Geist.

Nachdem ich an meinem Schreibtisch Platz genommen habe, logge ich mich über den Computer, den Percy mir zur Verfügung gestellt hat, in The Eye ein und wähle meinen Boss anhand eines Videochat-Tools an.

Sogleich schaltet er sich zu. An der Backsteinwand im Hintergrund erkenne ich, dass er sich im unterirdischen Hauptsitz der Fallen Agents befindet. Heute trägt er einen grauen Anzug, der mal wieder sitzt wie angegossen. Mit dem perfekt geschnittenen Haar, den aristokratischen Gesichtszügen und den blaugrauen Augen ist dieser Mann trotz seines Alters noch absolut ansehnlich. In seiner Jugend müsste er ein wahrer Frauenmagnet gewesen sein. Meine Intuition sagt mir jedoch, dass auch in Percys Leben einiges nicht so verlaufen ist, wie er sich das gewünscht hätte.

Bei dem Versuch, im Internet mehr über ihn herauszufinden, habe ich leider wenig zu seinem Privatleben in Erfahrung gebracht. Fast als hätte er dafür gesorgt, diese Informationen auf ein Minimum zu begrenzen.

Allerdings weiß ich jetzt, dass ihm ein gigantisches Konglomerat an Firmen gehört. Es gibt kaum eine Branche, in die er nicht involviert ist. Auch scheint er die einflussreichsten Menschen dieser Welt zu kennen und bei vielen wirtschaftlichen oder politischen Entscheidungen eingebunden zu sein. Alles in allem muss er reicher und mächtiger sein, als ich das bislang vermutet hatte.

Selbstverständlich könnte ich mithilfe von The Eye mehr über diesen geheimnisvollen Mann herausfinden, doch ich befürchte, dass Percy das nicht verborgen bleiben würde. Und leider kann ich nicht einschätzen, wie er darauf reagieren wird, wenn ich jetzt anfange, in seinem Leben herumzuschnüffeln. Daher halte ich mich diesbezüglich zurück.

Nachdem ich meinem neuen Boss meine Erkenntnisse den Golfplatz betreffend mitgeteilt habe, sinniert er sekundenlang, stimmt mir dann aber in allem zu. Auch er ist der Meinung, dass wir uns diese Gelegenheit nicht entgehen lassen sollten, um eventuell mehr über die Hintergründe der vermeintlichen Entführer ans Licht zu bringen. Oberste Priorität hat selbstverständlich die Unversehrtheit des Premierministers. Percy sichert mir prompt jede Menge Drohnen, Überwachungskameras und sogar einen Helikopter zu. In Verbindung mit einem enormen Polizeiaufgebot dürfte eigentlich nichts schiefgehen.

Nachdem ich das Gespräch beendet habe, trommle ich mein Team zusammen. Pam übertrage ich die Verantwortung für die Luftüberwachung. Aufgrund ihrer Erfahrung bei der Air Force ist sie dafür prädestiniert.

Mittlerweile habe ich herausgefunden, dass sie gefeuert wurde, da sie in den Absturz eines millionenschweren Kampfflugzeuges verwickelt war. Im Grunde genommen ein Glücksfall für uns, denn ihr Know-how kann den Fallen Agents sicher dienlich sein.

Bei Roy weiß ich lediglich, dass er mit Drogen in Verbindung gebracht wurde und dadurch seinen Job verloren hat. Das genügt mir fürs Erste als Information. Percy hätte ihn gewiss nicht ausgewählt, wenn er ihn für korrupt oder unzuverlässig halten würde.

Roy wird mit den übrigen Security-Kräften der Downing Street das Hauptgebäude des Golf-Clubs sichern. Natürlich hat The Eye das komplette Personal bereits im Vorfeld auf Herz und Nieren überprüft, sodass uns keine unliebsame Überraschung bevorstehen dürfte.

Ich für meinen Teil werde den Abend über keinen Schritt von der Seite meines Schützlings weichen und im Bedarfsfall auch den Fluchtwagen steuern.

Da all meine neuen Mitarbeiter einen erfahrenen sowie disziplinierten Eindruck vermitteln, haben wir schnell eine konkrete Strategie erarbeitet, die es uns ermöglichen sollte, etwaige Angreifer zu schnappen. Vorzugsweise lebend, da wir unbedingt mehr über die Hintermänner ans Licht bringen müssen.

„Sir, ich möchte Sie bitten, die ganze Zeit über in meiner Nähe zu bleiben", weise ich den Premierminister auf der Fahrt zum Golfclub an. „Vollkommen gleich, was auch immer geschieht."

Leger und völlig unkompliziert hat er auf dem Beifahrersitz des gepanzerten Jaguars neben mir Platz genommen, sodass ich ihm mühelos noch einmal die geplanten Vorsichtsmaßnahmen erläutern kann.

„Selbstverständlich", stimmt er sofort zu.

Pam und Roy begleiten uns mit weiteren Mitarbeiten in zwei identischen Limousinen, wodurch kein Außenstehender einzuschätzen vermag, in welchem Fahrzeug sich der Regierungschef aufhält. Dass seine Frau vor einigen Jahren bei einem Verkehrsunfall gestorben ist, war gewiss ein schwerer Schicksalsschlag für ihn, erleichtert uns aber die Aufgabe, denn dadurch müssen wir nur eine Person bewachen.

„Die Waschräume werden wir abriegeln, sobald Sie sie betreten. Darin kann Ihnen nichts passieren", setze ich mein Briefing fort. „Sollte ich aus irgendeinem Grund gezwungen sein, mich von Ihnen zu entfernen, wird mein Stellvertreter Roy einspringen. Die Gäste und Angestellten haben wir allesamt durchleuchtet. Sie scheinen sauber zu sein, aber man ist leider nie vor unliebsamen Ereignissen geschützt."

Er nickt. „Danke, ich weiß Ihren Einsatz sehr zu schätzen. Ihnen ist ja bekannt, dass mein Sohn später eintreffen wird. Denken Sie, er schwebt ebenfalls in Gefahr?"

„Aus Sicherheitsgründen habe ich einen meiner Männer speziell zu seiner Bewachung abgestellt. Aber alle Anzeichen deuten darauf hin, dass etwaige Kidnapper einzig und allein an Ihnen Interesse hegen. Ihr Sohn hat zu wenig mit Politik am Hut, ist den meisten Menschen nicht einmal bekannt. Auch fehlen ihm wichtige Informationen, über die nur Sie verfügen. Vor allem, wenn wirklich nukleare Sprengkörper das Ziel der Extremisten sein sollten. Ihn zu entführen, würde zudem keinen Sinn machen, da Ihnen der Ruf vorauseilt, nicht mit Terroristen zu verhandeln." Ich werfe meinem Beifahrer einen schnellen Blick zu. „Also, nein. Ich gehe nicht davon aus, dass er gefährdet ist."

Er nickt. „Klingt einleuchtend. Ich vertraue Ihrer und Percys Einschätzung voll und ganz. Ich bewundere Personen wie Sie sehr, die bereit sind Ihr Leben für andere zu opfern."

„Nicht der Rede wert. Ich denke, das liegt einem in den Genen."

Er lächelt. „Ja, das sagt Percy auch immer."

Jetzt betrachte ich ihn mit verhaltener Neugier. „Sie kennen sich näher?"

„Allerdings." Er streicht mit einer Hand den Ärmel seines maßgeschneiderten dunklen Anzugs glatt. „Gleiche langweilige Elite-Uni, Studentenverbindung und so weiter. Sie waren auf der Royal Academy, demzufolge wissen Sie ja selbst, dass dort Kontakte geknüpft werden, die oftmals für die Ewigkeit sind, nicht wahr?"

Die einem aber leider nichts mehr nützen, wenn man für einen Vorfall verurteilt wird, an dem man im Grunde genommen keine Schuld trägt.

Ich nicke und beiße mir auf die Zunge, obwohl mir noch Hunderte von Fragen unter den Nägeln brennen. Doch es liegt nicht in meiner Absicht, das Misstrauen meines Schützlings zu erwecken, daher halte ich mich zurück. Immerhin habe ich soeben zumindest ein paar Neuigkeiten über meinen geheimnisvollen Boss erfahren. Aber jetzt sollte ich mich einzig und allein auf den Abend im Golfclub konzentrieren.

Normalerweise bin ich durch nichts aus der Ruhe zu bringen, dieses konstante Gerenne der gefühlt tausend Bedienungen zehrt jedoch an meinen Nerven. Die eintreffenden Gäste im Auge zu behalten, ist völlig unmöglich, da andauernd jemand mit einem Tablett voller Champagnergläser oder Häppchen durch die längliche Halle mit der raumhohen Fensterfront marschiert, von der sich eine beeindruckende Aussicht auf den Golfplatz eröffnet.

Speisen und Getränke durchlaufen bei einem derartigen Event strenge Kontrollen, damit niemand ein Betäubungsmittel oder Gift untermischen kann. Doch so langsam schwindet meine Zuversicht, dass wir hier den Überblick bewahren.

Ich winke einen meiner Mitarbeiter herbei und weise ihn an, die Essens- und Getränkeausgabe in der Küche herunterzufahren. Die Unmengen von Servicekräften, die hier umherschwirren, müssen reduziert werden. Niemand wird den Hungertod sterben, wenn er mal zwei Minuten länger warten muss.

Der Premier, der vorbildlich in meiner Nähe bleibt, schmunzelt. „Danke, mich machen diese unzähligen Menschen ebenfalls nervös“, informiert er mich leise. „Wer weiß schon, ob man den Angestellten auch wirklich vertrauen kann.“

„Wie bereits erwähnt, haben wir alle im Vorfeld genau unter die Lupe genommen, aber sie verbreiten mir zu viel Hektik. Dadurch könnten wir etwas Wichtiges übersehen.“

Er nickt zustimmend. „Ich denke, jeder kann damit leben, wenn die Presse morgen den schlechten Service bemängelt.“

Ich setze zu einer Erwiderung an, werde jedoch unterbrochen, als mein Headset knackt. „Clive, wir haben einen zusätzlichen Gast“, informiert mich der Mitarbeiter, der die ankommenden Wagen kontrolliert. „Der Sohn des Premierministers hat seine Partnerin mitgebracht. Können wir sie passieren lassen?“

„Kommt nicht infrage! Überprüft sie!“

„Aber ...“

„Kein Aber!“, unterbreche ich ihn. „Sagt einfach, ihr habt eure Anweisungen.“

„Geht klar“, murmelt er verunsichert.

Ich wende mich meinem Schutzbefohlenen zu. „Sie haben mir nicht gesagt, dass Ihr Sohn in Begleitung erscheint. Kennen Sie seine Freundin?“

Er mustert mich verdutzt. „Oh, ich wusste nicht, dass er sie mitbringt. Die beiden sind noch nicht allzu lange zusammen. Ich habe erst gestern von der Lady erfahren. Das heute soll vermutlich eine Überraschung sein.“

„Sie sind Ihr also noch nicht persönlich begegnet?“

„Nein, ich weiß nur, dass sie Ärztin ist. Roger musste vor ein paar Monaten wegen einer Routinesache in die Klinik, da hat er wohl ihre Bekanntschaft gemacht.“

„Sie verstehen sicher, dass ich die Lady unter diesen Umständen einer Kontrolle unterziehen muss. Sich als Ärztin auszugeben, um sich irgendwo Einlass zu gewähren, ist einer der ältesten Tricks dieser Welt.“

„Ja, selbstverständlich. Machen Sie einfach Ihren Job. Mein Sohn weiß nichts von der Gefahrenlage. Ich werde ihn nachher darüber in Kenntnis setzen, dann wird er die Maßnahmen begreifen.“

Und wenn nicht, spielt das auch keine Rolle!

Stars, Reiche und Möchtegern-Promis, die sich einbilden, jegliche Sicherheitsmaßnahmen umgehen zu können, kenne ich von meiner Zeit bei der Security-Firma zur Genüge. Diese Personen sind eins der größten Risiken überhaupt, man darf sich daher niemals von ihnen einschüchtern lassen.

„Clive, der Sohn des Politikers tobt, weil er warten muss“, informiert mich mein Mitarbeiter unterdessen über das Headset.

„Dann lässt du dir jetzt alle Zeit der Welt. Clark Morgan ist involviert. Du wirst keine Schwierigkeiten bekommen, vertrau mir."

Ein Stöhnen schlägt mir entgegen, das mich um ein Haar zum Grinsen bringt. „Also gut", murmelt mein völlig entnervter Kollege. „Auf deine Verantwortung."

„Haben Sie meinen Sohn schon gesehen?", will mein Schützling einige Minuten später wissen.

Ich zucke lässig mit den Schultern. „Vielleicht gab es Probleme bei der Überprüfung seiner Freundin. Tut mir leid, aber alle Gäste waren angehalten, sich vorab registrieren zu lassen. Ich kann keine Ausnahmen machen."

„Schon klar. Aber Roger kann manchmal ein wenig …", er zögert, „schwierig sein", äußert er letztendlich.

Ich kenne seinen Sohn nicht persönlich, habe allerdings einiges über ihn gelesen. So erfolgreich und souverän wie der Vater ist, so unfähig und extravagant erscheint mir Roger. Alles, was dieser verzogene Sprössling bislang in Angriff genommen hat, ging schief. Er hat sich bereits in der Politik versucht, danach in der Wirtschaft – beides mit mäßigem Erfolg.

Meines Wissens setzt er sich momentan vermehrt für Entwicklungsländer ein. Hoffen wir mal, dass er dabei nicht allzu viel ruinieren kann. Aus ebendiesen Gründen würde es mich nicht wundern, wenn irgendeine Verbrecherin sich diese Naivität zunutze gemacht hätte, um an seinen Vater heranzukommen.

„Die Dame ist wirklich Ärztin", meldet sich mein Mitarbeiter nach einiger Zeit wieder. „Notfallmedizinerin in einer Londoner Klinik. Darf ich sie jetzt passieren lassen?“

„Einverstanden“, sage ich und wende mich dem Premierminister zu. „Ihr Sohn wird jeden Moment zu uns stoßen. Es scheint alles in bester Ordnung zu sein.“

Er nickt erleichtert. „Gott sei Dank. Ich bin schon mächtig auf seine Begleiterin gespannt. Bislang hatte er kein sonderlich glückliches Händchen für Frauen.“

Mich interessiert die Lady ebenfalls. Wobei es mir weniger um die Person an sich als um dieses unverhoffte Auftauchen geht. Selbst der letzte Idiot hätte begreifen müssen, dass man jeden Besucher vorab registrieren lassen muss. Daher schwelt immer noch ein Hauch Misstrauen in meinem Hinterkopf.

Konzentriert erwarte ich das Eintreffen des jungen Glücks. Kurz darauf marschiert ein groß gewachsener dunkelhaariger Mann im Smoking mit energischen Schritten in das Restaurant, in dem ich Clark Morgans Sohn erkenne. Er ist attraktiv, keine Frage, aber für mein Dafürhalten trägt er die Nase einen Tick zu hoch.

Der Ankömmling lässt seinen Blick durch den Saal schweifen, als wäre er der Besitzer dieser Räumlichkeit. Seine Augen blitzen auf, nachdem er seinen Vater entdeckt hat. Zielsicher eilt er auf ihn zu.

Mein Augenmerk richtet sich unterdessen auf die rothaarige Lady im schwarzen Cocktailkleid, die ihm folgt und kaum mit ihm Schritt halten kann, was ihren Begleiter kein Stück zu interessieren scheint. Für eine Frau ist sie relativ groß und verfügt über eine schlanke, fast mädchenhafte Figur. Ihre Art, sich zu bewegen, wirkt selbstsicher, als wäre sie es gewohnt, sich in derart illustrer Gesellschaft aufzuhalten.

Vermutlich ebenfalls ein Kind aus reichem Haus, schießt mir der Gedanke durch den Kopf.

Ich mustere sie von oben bis unten, registriere die kleine Clutch, die sie unter dem Arm trägt, in der eine Waffe mühelos ihren Platz finden würde.

Doch dann fällt mir etwas anderes auf und meine Augen verengen sich. Die Lady bewegt sich voller Anmut, den rechten Fuß setzt sie jedoch leicht nach außen gedreht auf.

Just in diesem Moment scheint in meinem Kopf eine Granate zu explodieren. Ich kenne dieses kleine Handicap. Verursacht durch einen Reitunfall, bei dem das rechte Bein zu Schaden kam, hat Ambers eleganter Gang vor einigen Jahren gelitten.

Es besteht kein Zweifel: Sie ist es!

Mein Blick wandert an meiner Ex nach oben. Ihre Haare sind wesentlich kürzer als bei unserem letzten Zusammentreffen. Sie trägt jetzt einen lässigen Bob, der sie viel zu erwachsen wirken lässt. Die verspielten Locken, die früher ihr Gesicht umrahmten, verliehen ihr grenzenlose Unbekümmertheit. Zudem ist sie stark geschminkt, was überhaupt nicht nötig wäre, da sie auch ohne Make-up die schönste Frau ist, die ich jemals kennenlernen durfte.

Ich nehme nur noch am Rande wahr, dass der Sohn des Premiers, vor uns zum Stillstand gekommen ist und sich lautstark über die lange Wartezeit am Gate beschwert, so gefangen bin ich von seiner Begleiterin.

Obendrein interessiert mich sein Genörgel kein

Stück. Meinetwegen hätte er da draußen übernachten können. Im Freien, bei strömendem Regen, umgeben von Moskitos.

Wen würde das schon jucken?

In diesem Moment richtet Amber ihre Aufmerksamkeit auf mich. Ihre smaragdgrünen Augen weiten sich ungläubig. Ich erkenne so viel darin: Überraschung, Fassungslosigkeit, aber auch tiefen Schmerz.

Unsere Blicke versinken ineinander und bringen mein Herz zum Stolpern. Die Zeit scheint stillzustehen, während alles um mich herum in Vergessenheit gerät. Die übrigen Gäste verwandeln sich in bedeutungslose Schemen, sind nicht länger existent. Niemals zuvor habe ich meinen Job vernachlässigt, doch im Moment könnte der Premierminister davongetragen werden, ohne dass es mir auffallen würde.

Ich sehe nur noch die Frau, die ich einmal mehr geliebt habe als mein Leben. Jahrelang habe ich mir eingeredet sie abgrundtief zu hassen. Aber jetzt, wo ich ihr Auge in Auge gegenüberstehe, kann ich die Gefühle, die in mir toben, nicht richtig einschätzen.

Obendrein kann ich kaum fassen, dass sie wirklich mit diesem gesichtslosen Wichtigtuer zusammen sein soll.

Nicht Amber. Nein! Das ist vollkommen unmöglich.

Irgendjemand spricht mich an, die Worte dringen jedoch nicht zu meinem Gehirn durch.

Erst ein lauter Knall, der die Umgebung erschüttert und Gläser und Scheiben vibrieren lässt, versetzt mich schlagartig ins Hier und Jetzt zurück.

Kapitel 4

Amber

Schockiert starre ich in die eisblauen Augen des brünetten Mannes mir gegenüber. In meinem Kopf setzt ein Flattern ein, als würden sich mehrere Vogelschwärme gleichzeitig erheben und wild durcheinanderschießen. Meine Beine sind urplötzlich weich wie Pudding. Ich ringe um Atem und versuche, die Fassung zurückzuerlangen.

Mein Blick wandert über Clives breite Schultern hinweg, die sich unter einem perfekt sitzenden schwarzen Jackett verbergen. Schon früher zeichnete er sich durch eine kräftige Statur aus, aber jetzt erscheint er mir noch muskulöser. Ich registriere sein akkurat geschnittenes Haar sowie die kleine Narbe an seiner Schläfe, die er sich auf der Militärakademie bei einem Kampf zugezogen hat.

Jedes Detail an ihm kommt mir vertraut vor, und doch so fremd.

Einst hielt ich ihn für die große Liebe meines Lebens, aber ein einziger Abend hat alles verändert, beraubte mich meiner jugendlichen Gelassenheit und nahm mir die Hoffnung auf eine glückliche Zukunft.

Mit Überraschung stelle ich fest, dass Clive ein Headset trägt und begreife so langsam, was er hier zu suchen hat. Als ich ihm zum letzten Mal begegnet bin, arbeitete er für eine Londoner Sicherheitsfirma. Sieht ganz danach aus, als ob er inzwischen für den Schutz des Premierministers zuständig wäre.

Das ist nun wirklich ein sehr unglücklicher Zufall, denn es lag nicht in meiner Absicht, diesem Mann jemals wieder gegenüberzutreten. Ich wollte ihn und alles damit Verbundene vergessen, wollte mich nie mehr mit Nathans unnötigem Tod auseinandersetzen. Doch jetzt läuft in meinem Unterbewusstsein erneut dieser Film ab, der mich schon viel zu oft heimgesucht hat: der schockierende Anruf mitten in der Nacht, die bangen Stunden im Krankenhaus. Und letztendlich die fürchterliche Beerdigung, bei der Mom zusammenbrach und seitdem nie mehr dieselbe war.

Keiner in unserer Familie hat sich jemals von diesem Schicksalsschlag erholt. Über Nacht wurde unser Dasein zerrüttet, jegliches Glück ausgelöscht. Und der Mann, der jetzt gänzlich unverhofft vor mir steht, ist nicht unschuldig daran.

Seinem Gesichtsausdruck nach zu urteilen, ist er ebenso erschüttert wie ich. Er starrt mich einfach bloß wortlos an, als hätte er einen Geist gesehen. Ich hingegen schwanke zwischen: davonlaufen, laut schreien oder ihm eine Ohrfeige verpassen, die sich gewaschen hat.

Bevor ich jedoch zu einer Entscheidung komme, reißt mich ein ohrenbetäubender Lärm in die Gegenwart zurück. Ich vernehme einen lauten Schlag, dann das Klirren von Glas und die Angstschreie einiger Besucher.

Einem Instinkt folgend will ich herumfahren, um in Erfahrung zu bringen, was sich hinter meinem Rücken abspielt, doch noch bevor ich dazu in der Lage bin, werde ich mit eisernem Griff am linken Handgelenk gepackt und mit einem Ruck nach vorne gerissen. Ich gerate ins Stolpern, falle beinahe über meine eigenen Füße, ehe es jedoch so weit kommen kann, legt sich ein starker Arm um meine Taille und verhindert das.

„Amber, komm mit!“, befiehlt mir Clive, der mich fest und sicher hält. Ungeachtet der Panik, die sich in mir ausbreitet, geht mir der Klang seiner samtigen Stimme durch und durch.

Mit dem Körper schirmt er sowohl mich als auch den Premierminister ab. Zielsicher bugsiert er uns beide in einen Nebenraum und wirft die Tür hinter uns ins Schloss, bevor er sie abschließt.

„Roy, was geht da draußen vor sich?“, brüllt er unterdessen in das Mikrofon seines Headsets. „Okay, verstehe“, äußert er nach kurzer Pause. „Ich schaffe den Premierminister auf der Stelle hier raus.“

„Roger“, hauche ich, da ich mich in diesem Moment des Mannes entsinne, in dessen Begleitung ich hierhergekommen bin. „Ist mit Roger alles in Ordnung?“

Clive nickt. „Davon gehe ich aus. Einer meiner Mitarbeiter ist einzig und allein für seinen Schutz zuständig. Also keine Sorge.“

„Mein Sohn wird mitkommen!“, mischt sich jetzt Clark Morgan mit strengem Unterton ein. „Ich werde ihn unter gar keinen Umständen hier zurücklassen. Aber was ist überhaupt geschehen?“

„Ein Golfkarren ist auf das Haupthaus zugerollt“, informiert Clive uns. „Womöglich ein Protest von Klimaaktivisten, da das jedoch auch Tarnung sein könnte, hat eine Drohne ihn vorsichtshalber in die Luft gejagt. Dummerweise ist dabei eine der Fensterscheiben zersplittert.“

„Ein Golfkarren?“, brummt der Premier, dem ich heute zum ersten Mal persönlich gegenüberstehe, ungläubig. „Wir wurden von einem gefährlichen Golfkarren angegriffen? Deswegen das ganze Theater?“

„Wie schon erwähnt, eventuell ein Ablenkungsmanöver“, rechtfertigt Clive sein Handeln. „Er könnte zudem mit Sprengstoff bestückt gewesen sein. Aus Sicherheitsgründen muss ich darauf bestehen, dass Sie die Veranstaltung sofort verlassen. Bringt bitte Roger Morgan zu mir!“, befiehlt er seinem Kollegen durch das Headset.

Bei der Dominanz in seiner Stimme bildet sich eine sanfte Gänsehaut auf meinem Rücken. Manchmal habe ich Clives herrschsüchtige Art gehasst, doch ich kann mich noch gut daran erinnern, welch aufregende Stunden er mir damit im Bett beschert hat.

In diesem Moment klopft es an der Tür. Dreimal, nach einer kurzen Pause erneut dreimal. Vermutlich ein vereinbartes Zeichen.

Clive knöpft mit einer Hand sein Jackett auf und zieht eine Waffe aus dem Schulterhalfter. Danach öffnet er vorsichtig die Tür und sieht hinaus.

Erst als Roger sich in den Raum schiebt und mich ungläubig anstarrt, registriere ich, dass Clive mir nach wie vor einen Arm um die Taille geschlungen hat. Mit einem hastigen Schritt zur Seite löse ich mich aus seinem Griff und falle Roger um den Hals. „Alles in Ordnung mit dir?“, erkundige ich mich bei ihm.

Er nickt. „Und du? Geht es dir gut?“

„Bestens. Mir sitzt nur der Schrecken noch ein wenig in den Gliedern.“

Rogers Blick wandert zwischen Clive und mir hin und her. „Eine Frage hätte ich.“ Er wendet sich Clive zu. „Wäre es nicht Ihre Aufgabe gewesen, mich ebenfalls in Sicherheit zu bringen?“, stößt er mit dieser unglaublichen Arroganz aus, über die nur Kinder reicher Eltern verfügen.

Doch Clive lässt sich davon nicht einschüchtern und schüttelt vehement den Kopf. „Meine oberste Priorität gilt dem Premierminister.“ Er wirft mir einen flüchtigen Seitenblick zu, bevor er Roger wieder ins Visier nimmt. „Da Ihre Begleiterin sich zufälligerweise in meiner Nähe aufhielt, habe ich kurzfristig entschieden, die junge Dame auch unter meinen persönlichen Schutz zu stellen. Einer meiner Männer war von Anfang an für Ihre Sicherheit verantwortlich. Sie wirken vollkommen unversehrt. Daher gehe ich davon aus, dass er einen guten Job gemacht hat.“

Auch Clives Worte klingen anmaßend. Er hat sich also kein Stück verändert. Ihn einzuschüchtern, war schon immer ein Ding der Unmöglichkeit.

Doch weswegen macht er ein Geheimnis daraus, dass wir uns kennen? Geht es um seinen Job? Oder will er einfach nichts mehr mit mir zu tun haben?

Aber einverstanden, ich werde das Spiel mitspielen, da ich ihm auf gar keinen Fall Schwierigkeiten verursachen möchte.

„Roy, stehen die Fahrzeuge am vereinbarten Standort bereit?“, spricht Clive mit ungeduldigem Ton in sein Headset, während ich noch meinen Gedanken nachgehe. „Perfekt“, kommentiert er Sekunden später. „Wir bringen nicht nur Clark Morgan, sondern zudem seinen Sohn und dessen Begleiterin in Sicherheit. Fürs Erste schaffen wir sie alle in die Downing Street, danach sehen wir weiter.“

„Wie gut, dass uns keiner nach unserer Meinung

fragt“, grummelt Roger missmutig.

Ich verdrehe innerlich die Augen.

Oh, nein, Roger, tu das nicht! Du magst einen einflussreichen Vater haben, aber an Clives Dickschädel wirst du dir die Zähne ausbeißen.

Ohne eine Miene zu verziehen, wendet Clive sich ihm wieder zu. „Sie fahren bei meinem Kollegen mit!“, befiehlt er, Rogers Einwand völlig ignorierend.

Ich unterdrücke ein Seufzen.

Tja, ganz der Clive, den ich kenne.

Jetzt schenkt er mir seine Aufmerksamkeit. „Sie steigen vorne bei mir ein! Der Premierminister sitzt hinten.“

Ungläubig starre ich ihn an.

Wie bitte? Ich muss mich wohl verhört haben.

Nein! Das ist eine ganz schlechte Idee!

Ich werde diesem Mann auf gar keinen Fall derart nahekommen.

Ich bin versucht, zu protestieren, Clives intensiver Blick lässt mir die Worte jedoch auf der Zunge ersterben. Ich kann nicht einschätzen, was ihm gerade durch den Kopf geht, aber ich weiß aus Erfahrung, wann es besser ist, ihm nicht zu widersprechen, daher halte ich einfach den Mund.

Zu meiner Überraschung nickt Roger mir zu, bevor er mich zärtlich auf den Mund küsst. „Pass auf dich auf, Kleines“, flüstert er an meinen Lippen. Allem Anschein nach hat er akzeptiert, dass Clive hier gerade das Sagen hat.

„Gehen wir!“, unterbricht mein Ex mit genervtem Unterton Rogers liebevolle Geste und deutet auf eine Hintertür. Er hebt die Hand mit der Waffe, öffnet die

Tür und tritt in alle Richtungen spähend hinaus. Danach gibt er uns ein Zeichen, ihm zu folgen.

Dunkelheit umgibt mich, als ich das Gebäude verlasse. Es ist offensichtlich, dass diese Aktion im Verborgenen stattfinden soll, denn dass hier nicht eine einzige Lampe installiert ist, wage ich zu bezweifeln. Ich blinzle, um mich an die eingeschränkte Sicht zu gewöhnen, und registriere drei dunkle Autos, die vor uns parken. Zwei davon mit geöffneten Türen.

Schneller als meine Augen es erfassen können, bringt Clive den Premier im Fond der mittleren Limousine unter, bevor er nach meinem Arm greift und mich auf den Beifahrersitz selbiger schubst. Ein weiterer, kräftiger Bodyguard begleitet Roger derweil zu dem Fahrzeug dahinter.

Nachdem Clive die Wagentür hinter mir ins Schloss gedrückt hat, scheint mir eine eiskalte Hand die Kehle zuzuschnüren. Der Drang, auf der Stelle zu fliehen, steigt in mir auf.

Was zur Hölle tue ich in einem Wagen mit dem englischen Regierungschef und einem Typen, dem ich nie wieder gegenübertreten wollte?

Rasch rufe ich mir jedoch in Erinnerung, wie kompromisslos Clive mich zuvor beschützt hat. Ohne eine Sekunde zu zögern, hätte er im Ernstfall nicht nur Clark Morgans Leben gerettet, sondern obendrein meins. Mit seinem Körper hat er uns beide abgeschottet. Wäre es hart auf hart gekommen, hätte er sich vermutlich sogar eine Kugel für uns eingefangen.

Clive war schon immer ein Draufgänger. Das Wort Angst existiert in seinem Repertoire nicht, wofür ich ihn früher bewundert habe. Im Moment kann ich jedoch nicht einschätzen, was ich davon halten soll.

Ich lehne mich in dem bequemen Ledersitz zurück und atme tief durch, um mich zu beruhigen. Mein Puls rast derart, dass ich das Blut in meinen Ohren rauschen höre.

Bei einem Mann, dem man den Premierminister anvertraut hat, sollte ich doch eigentlich gut aufgehoben sein, rede ich mir im Stillen ein.

Leider sieht mein Unterbewusstsein das ein wenig anders, denn sofort formieren sich wieder Bilder des schrecklichen Ereignisses von vor fünf Jahren in meinem Kopf, bei dem ebendieser Mann auch am Steuer saß. Was damit endete, dass ich meinen heiß geliebten Bruder verloren habe.

Ich zucke zusammen, als kräftige Finger nach meiner Hand greifen. Mein Blick saust zu Clive hinüber, der mittlerweile neben mir Platz genommen hat.

„Keine Sorge, ich bin bei dir“, flüstert er. „Dir wird nichts geschehen.“

Seine raue, sonore Stimme beschert mir abermals eine Gänsehaut, wobei ich nicht einmal einschätzen kann, warum.

Ich nicke leicht, woraufhin er meine Hand loslässt und das Auto startet. Souverän lenkt er den Jaguar in halsbrecherischem Tempo auf die A 13 in Richtung der Londoner City.

Am Anfang macht mich die Geschwindigkeit nervös, doch Clives gekonnte Fahrweise lässt mich schon bald zur Ruhe kommen. Nicht zuletzt, weil der Wagen vor uns den Weg freiräumt.

Unterdessen verliere ich mich erneut in Erinnerungen. Vor meinem geistigen Auge steigen die Bilder unseres ersten Zusammentreffens auf - einen Tag vor Weihnachten in einem überfüllten Londoner Pub. Versehentlich stolperte ich gegen einen groß gewachsenen Mann. Während ich mich entschuldigte, versank ich in seinen eisblauen Augen, die mich aufgrund ihrer Widersprüchlichkeit auf Anhieb faszinierten. Alles an diesem Kerl erschien mir hart, kantig, muskulös. Dennoch war sein Blick unsagbar liebevoll und strahlte eine Wärme aus, die mich bis ins Mark durchfuhr und mir signalisierte, dass dies der Eine sein könnte, auf den jede Frau ihr Leben lang wartet.

Recht schnell verliebte ich mich bis über beide Ohren in Clive, konnte mir ein Dasein ohne ihn kaum mehr vorstellen. Sobald ich ihm jedoch nach Nathans Tod in die Augen sah, erschien mir stets der Sarg, der in die feuchte Erde hinabgelassen wurde. Die Gefühle stürzten mich in einen mächtigen Zwiespalt, überwältigten mich Tag für Tag aufs Neue.

Irgendwann gingen Trauer und Schmerz in Hass über. Ich wurde Clive gegenüber ungerecht, doch leider kam ich nicht gegen die Dämonen in meinem Kopf an. Letztendlich verließ ich ihn. Das war die einzige Möglichkeit, über diesen Verlust hinwegzukommen.

Ich kehre in die Gegenwart zurück, als der Wagen vor dem Wohn- und Regierungssitz des Premierministers zum Stillstand kommt. Nachdem mir jemand die Autotür geöffnet hat und ich ausgestiegen bin, betreten wir schnellen Schrittes das Gebäude in der Downing Street Nummer 10, das aus mehreren aneinandergebauten Häusern besteht.

Während ich neugierig alles auf mich wirken lasse, trifft auch Roger ein. Er schlingt mir einen Arm um die Taille und führt mich eine breite Treppe empor. Im Gegensatz zu mir scheint er sich hier bestens auszukennen.

Hilfe suchend sehe ich mich nach Clive um. Er verharrt im Erdgeschoß und starrt uns hinterher. Fast unmerklich nickt er mir zu.

Die Anspannung in seiner Miene macht mir jedoch deutlich, dass er alles andere als zufrieden mit der Entwicklung der Ereignisse ist. Seine Lippen sind schmal, die Muskeln seines Kiefers wirken angespannt. Ich schwöre, dass ich seine Zähne bis hierher knirschen hören kann.

Eine seiner vielen Unsitten.

Sobald er aufgebracht ist, beißt er die Zähne derart fest zusammen, dass man Angst haben muss, sie könnten zersplittern.

Ich reiße mich von seinem Anblick los und versuche, mich auf den Mann an meiner Seite zu konzentrieren.

Im Dachgeschoss angekommen schiebt Roger mich in eine Wohnung, die mir einen eisigen Schauder über den Rücken jagt. Sie ist schwach beleuchtet und fürchterlich eingerichtet. Angefangen bei der dunklen Sitzgarnitur über die roten Teppiche, bis hin zu den bunten Tapeten mit den riesigen Blumen. Und da das alles noch nicht schmerzhaft genug für die Augen ist, zieren grüne Vorhänge die Fenster und bordeauxfarbene Kissen das Sofa.

Igitt, man sollte den Innenausstatter aus dem Land jagen!

„Ruh dich aus, Kleines“, schlägt Roger mir vor. „Ich rede noch einmal mit Dad, da ich wissen möchte, was hier genau vor sich geht. Und morgen, wenn wir uns alle ein wenig beruhigt haben, mache ich dich endlich offiziell mit ihm bekannt. Tut mir leid, aber ich hatte mir den Abend anders vorgestellt, sonst hätte ich dich niemals gebeten, mich zu begleiten.“

„Kein Thema, das konnte ja niemand ahnen.“ Ich will ihn jetzt nicht darauf hinweisen, dass ich es von Anfang an für keine gute Idee hielt, seinen Vater auf einer Gala kennenzulernen. Viel zu oft musste ich früher derartige Veranstaltungen über mich ergehen lassen, und ich verabscheue sie. Einzig Roger zuliebe sagte ich letztendlich zu.

Wenngleich ich ebenfalls gerne mehr über den Vorfall erfahren würde, sinke ich auf das hässliche Sofa. Roger liegt richtig, ich möchte seinem Vater heute nicht erneut begegnen, dazu bin ich viel zu aufgewühlt.

Nachdem mein Freund verschwunden ist, schalte ich den vorsintflutlichen Fernseher an, kann mich jedoch nicht auf das Programm konzentrieren.

Da ich nicht zur Ruhe komme, erhebe ich mich und nehme die schreckliche Wohnung genauer in Augenschein. Obwohl ich in England aufgewachsen bin, konnte ich diesen schrulligen, altmodischen Einrichtungen mit den dunklen Farben noch nie etwas abgewinnen. Zudem riecht es fürchterlich nach Lavendel. Schon klar, für jede Motte sollten die alten Bezüge und Stoffe ein wahres Festmahl sein.

Ich trete ans Fenster und beäuge den weitläufigen, gepflegten Garten auf der Rückseite, der dezent beleuchtet ist und momentan das einzige Highlight darstellt. Danach betrachte ich die hölzerne Küchenzeile, bevor ich im Badezimmer lande. Es ist riesig und extrem sauber, auch wenn mir die hässlichen roten Fliesen beinahe körperliche Schmerzen zufügen.

Da ich in meiner kleinen Wohnung in der City lediglich eine Dusche besitze, entscheide ich spontan, ein heißes Bad zu nehmen, vielleicht entspannt mich das ja ein wenig.

Ich erwache, als Roger mich aus dem kühlen Wasser hebt. Mein Freund ist kein Muskelprotz, da ich aber ein Leichtgewicht bin, gelingt ihm das problemlos. Er setzt mich auf einem kleinen Hocker ab und hüllt mich in einen weichen Bademantel.

„Ich muss eingeschlafen sein“, murmle ich entschuldigend.

„Kein Thema, schlaf weiter.“ Er hebt mich abermals auf seine Arme und trägt mich in das Schlafzimmer, in dem er mich auf dem Bett ablegt.

„Hast du etwas Neues erfahren?“, erkundige ich mich.

Er nickt. „Es gibt eine ernsthafte Bedrohung. Terroristen haben es wohl auf Dad abgesehen, deswegen haben die Bodyguards derart heftig reagiert. Noch ist allerdings nicht bestätigt, ob es sich wirklich um einen Anschlag gehandelt hat. Aber hier kann uns nichts passieren. Mach dir keine Sorgen.“

„Schwebst du ebenfalls in Gefahr?“

„Eher nicht. Es geht um irgendwelche neuartigen Nuklearsprengköpfe, davon habe ich nicht den Hauch einer Ahnung.“

„Ach, herrje! Das hört sich ja gruselig an.“ Sofort kommt mir mein Vater in den Sinn. Ihm gehören Unmengen von Firmen und seit Neuestem ist er auch in der Rüstungsindustrie und Atomforschung zugange. Ich hasse diese Geschäftszweige und habe ihm mehrfach nahegelegt, die Finger davon zu lassen, doch leider hat er noch nie auf mich gehört.

„Halb so wild“, versucht Roger mich zu beschwichtigen. „Ich schätze, morgen können wir wieder nach Hause. Aber ich benötige jetzt dringend ein paar Stunden Schlaf. Die letzten Nächte waren kurz.“ Er zieht sich bis auf die Boxershorts aus, schlüpft neben mir unter die Decke und küsst mich liebevoll auf die Stirn. Als ich mich gerade an ihn schmiegen will, vernehme ich ein leises Schnarchen.

Ich verdrehe die Augen. Noch nie habe ich einen Menschen kennengelernt, der derart schnell und fest schläft wie Roger. Nachdenklich betrachte ich ihn.

Er ist ein attraktiver und zuvorkommender Mann, auch wenn es mich abturnt, dass er gelegentlich den Sohn aus reichem Haus raushängen lässt. Verliebt habe ich mich in ihn, da wir uns in vielen Dingen unglaublich ähnlich sind. Roger stand – genau wie ich - immer im Schatten seines mächtigen Vaters und leidet unsagbar darunter. Seine oftmals arrogante Art ist lediglich der Versuch, mit dieser Schmach und Demütigung umzugehen. Ich denke, nur Menschen, die im Haus eines erfolgreichen Überfliegers aufgewachsen sind, können nachvollziehen, wie wir uns manchmal fühlen: klein, unwichtig, dumm.

Zum Glück ist es zumindest mir gelungen, mich aus dem Dunstkreis meines Vaters zu lösen. Man schätzt mich als Ärztin, das stärkt mein Selbstvertrauen, weswegen ich mit meinem Leben im Großen und Ganzen zufrieden bin.

Roger hingegen hat diese Gratwanderung niemals vollzogen. So ist es nicht verwunderlich, dass er vor einigen Monaten wegen eines Magengeschwürs bei mir in der Klinik landete. Während einer Nachtschicht haben wir lange geredet und uns über unsere anstrengende Jugend ausgetauscht. Währenddessen entschieden wir, in Kontakt zu bleiben. Irgendwann kamen wir uns dann näher. Und obwohl wir in vielen Dingen komplett unterschiedliche Lebenseinstellungen vertreten, unterliege ich manchmal dem Gefühl, in diesem Mann einen Seelenverwandten gefunden zu haben. Daher macht mich diese Beziehung glücklich.

Ich versuche, Schlaf zu finden, doch meine Gedanken kommen einfach nicht zum Stillstand, denn sie wandern konstant zu einem anderen Mann.

Dass Clive den Regierungschef beschützt, verwundert mich. Ich hätte nicht erwartet, dass er jemals wieder eine derart einflussreiche Position erlangen würde, da mein Dad sein Leben quasi zerstört hat. Leider konnte ich damals rein gar nichts dagegen unternehmen, auch weil ich zu dieser Zeit völlig neben mir stand.

Versonnen rolle ich mich von einer Seite auf die andere. Es bleibt zu hoffen, dass Clive keinen Ärger bekommt, da er zuerst mich gerettet hat, Roger hingegen links liegen ließ. Ich weiß, wie sehr Rogers Ego darunter leidet, wenn man ihn vernachlässigt.

Letztendlich krieche ich leise aus dem Bett, knote den Gürtel des Bademantels vor meinem Körper zusammen und schleiche barfuß auf den Gang hinaus. Unschlüssig schaue ich mich um, da ich mich hier kein Stück auskenne. Während ich die breite, mit dicken Teppichen ausgelegte Treppe hinabhusche, frage ich mich, wo man in einem solchen Gebäude den Security-Chef unterbringen würde. Höchstwahrscheinlich in der Nähe des Premierministers, leider habe ich auch keine Ahnung, wo dessen Privaträume sich befinden.

Ich tapse um eine Ecke und bremse abrupt ab, da ich einer jungen dunkelhaarigen Frau in schwarzer Kleidung gegenüberstehe. Sie trägt ein Tablett mit Gläsern in den Händen und starrt mich aus großen Augen an.

Vermutlich eine Angestellte.

„Entschuldigen Sie bitte, ich bin Amber Stuart. Roger Morgans Freundin“, gebe ich mich zu erkennen. „Die Security, wo ist sie untergebracht?“

„Auf der rechten Seite“, äußert sie mit Blick auf einen Mauerdurchbruch.

„Danke.“ Ich laufe schnurstracks dorthin und komme vor zwei verschlossenen Türen zum Stillstand. Während ich noch überlege, an welcher ich klopfen soll, nehme ich plötzlich am Boden einen Schatten wahr. Mir entfährt ein erschrockenes Quieken, als sich etwas Pelziges gegen mein Bein drückt.

Sekunden später wird die Tür vor meiner Nase aufgerissen. Fauchend jagt ein Fellknäuel davon, das ich jetzt als schwarze Katze identifiziere.

Langsam kommt mein wild klopfendes Herz wieder zur Ruhe. Offensichtlich habe ich soeben Bekanntschaft mit Molly gemacht. Roger hat mir mehrfach von der Katze seines Vaters erzählt, die das Personal der Downing Street häufig in Aufregung versetzt.

„Irgendwann drehe ich diesem verdammten Flohteppich den Hals um“, brummt eine dunkle, mir wohlbekannte Stimme.

Als ich den Blick hebe, schnappe ich ungläubig nach Luft.

Der Drache mit den bernsteinfarbenen Augen, der mir von Clives nacktem Brustkorb entgegenstarrt, raubt mir den Atem. Wie automatisch fliegt meine Hand zu der Kette an meinem Hals und umfasst den kleinen Drachen, der mich stets begleitet.

Seitdem ich als Kind *Die unendliche Geschichte* gelesen habe, vergöttere ich diese Fabelwesen. Daher trage ich sie nicht nur als Schmuck an mir, sondern Porzellanfiguren und Plüschdrachen zieren zudem meine Wohnung. Sie werden einfach immer meine Lieblingstiere bleiben. Und das Tattoo auf Clives Oberkörper ist gelinde gesagt atemberaubend.

„Amber, was hast du denn hier zu suchen?“, reißt er mich aus meiner Schockstarre.

Unter Aufbietung all meiner Willensstärke gelingt es mir, seinen muskulösen Brustkorb zu ignorieren und aufzuschauen. Ein dunkler Bartschatten schimmert auf seinem Gesicht und lässt seine wunderschönen eisblauen Augen glitzern, die mich stets an tiefe, unergründliche Gletscherseen erinnern. Dieser Mann ist einfach zum Heulen schön, doch das mit uns beiden sollte wohl nicht sein.

„Darf ich kurz reinkommen?“, krächze ich.

Er überlegt einen Augenblick, doch dann nickt er und tritt beiseite.

Ich schlüpfe an ihm vorbei, sorgsam darauf bedacht, nicht mit ihm in Berührung zu kommen. Wie automatisch fixiere ich erneut das Drachentattoo auf seinem Oberkörper. Clive trägt sein weißes Hemd offen über einer schwarzen Anzugshose, ein faszinierender Anblick.

„Der Drache, was hat er zu bedeuten?“, erkundige ich mich leise.

Mein Gegenüber lehnt sich mit der Schulter gegen eine Wand. „Was denkst du wohl?“

„Mir war nicht bewusst, dass du ebenfalls ein Drachenfan bist.“

„Bin ich nicht. Aber die Frau, die ich einmal mehr geliebt habe als mein Leben, war es. So kam es zu dem Tattoo.“ Ich vernehme die Härte, den Hass, jedoch auch das unterdrückte Leid in seiner Stimme. Es macht mich traurig, dass er mein Handeln bis heute nicht verstehen kann.

Ich habe lange gebraucht, um über Clive und die Ereignisse hinwegzukommen, doch es ist mir gelungen. Ich bin ihm nicht mehr böse, weiß, dass das damals eine Verkettung unglücklicher Umstände war. Daher tut mir diese unüberwindbare Mauer, die sich zwischen uns aufgebaut hat, in der Seele weh.

„Er ist wunderschön“, wispere ich, während ich den Drang unterdrücke, die Finger auszustrecken, um den Drachen zu berühren. Ehe ich mich noch zu einer unbedarften Handlung hinreißen lasse, schaue ich auf und suche nach Clives Blick. „Danke, dass du mich, ohne eine Sekunde zu zögern, beschützt hast. Wirst du deswegen Ärger bekommen?“

Er zieht spöttisch die Augenbrauen hoch. „Weil ich eher um dich besorgt war als um deinen prominenten Freund?“

Ich nicke.

„Kein Thema, ich bin es gewohnt in Schwierigkeiten zu geraten.“ Er stößt sich von der Wand ab und kommt einen Schritt auf mich zu.

Ich bin versucht zurückzuweichen, doch diese Blöße werde ich mir nicht geben.

Fast ein wenig bedrohlich baut er sich vor mir auf. „Ich würde es jederzeit wieder tun. Leider konnte ich das Leben deines Bruders nicht retten. Aber wenn es in meiner Macht steht, werde ich mit allen Mitteln verhindern, dass dir etwas geschieht. Ungeachtet der Tatsache, dass ich dir niemals verzeihen kann, was du mir angetan hast.“ Seine letzten Worte ähneln einem heiseren Zischen.

Die Leidenschaft und unterdrückte Wut in seiner Stimme lassen meinen Puls ein paar Takte schneller schlagen. Unsere Blicke treffen sich und versinken ineinander, sodass ich kurzzeitig das Atmen vergesse.

Nach wie vor ist da diese elektrisierende Spannung zwischen uns, die ich vom ersten Tag an verspürt habe.

Dennoch hat sich alles verändert. Zu der Anziehungskraft, die immer noch im Verborgenen schwelt, ist Verachtung hinzugekommen, was unser Aufeinandertreffen zu einer explosiven Mischung macht.

„Wolltest du mich deswegen in deinem Wagen haben? Um mich zu beschützen?“ Ich ignoriere seine letzten Worte einfach, da ich schon viel zu oft versucht habe, ihm mein Verhalten zu erklären. Ein sinnloses Unterfangen.

„Allerdings.“

„Mir ist zu Ohren gekommen, der Premierminister könnte in Gefahr schweben. War es da nicht eher kontraproduktiv mich mit ihm in ein Fahrzeug zu stecken?"

„Du musst mich wirklich für einen blutigen Anfänger halten!", stößt er ungehalten aus.

„Nein, ich möchte nur versuchen, dein Handeln zu verstehen", lenke ich ein. Ich kenne Clives Temperament und weiß, wann es besser ist, ihn nicht weiter zu reizen.

„Die Scheiben der Regierungsfahrzeuge sind von außen nicht einsehbar. Niemand kann einschätzen, in welchem der drei identischen Wagen der Premier sich gerade aufhält. Daher warst du bei mir in Sicherheit. Im Vergleich zu den anderen Bodyguards würde ich nämlich jederzeit mein Leben für dich geben."

Ein paar Herzschläge lang schaue ich diesen Mann bloß schweigend an. Seine Aussage hat mich jeglicher Worte beraubt, denn ich weiß, er sagt die Wahrheit. Clive ist kein Angeber, vielmehr neigte er schon immer zum Understatement.

Ich räuspere mich. „Was hat es mit dieser Geschichte über die Nuklearsprengköpfe auf sich?", wechsle ich schließlich das Thema.

Er mustert mich sekundenlang. „Warum willst du das wissen?"

Ich seufze. „Mein Dad ist letztes Jahr in dieses schreckliche Business eingestiegen. Ich verabscheue es, aber du weißt ja, er hat sich noch nie um meine Meinung geschert."

In seinen Augen blitzt etwas auf, das mir Angst einjagt. Ich kenne diesen Ausdruck. Clive verfügt über einen extrem wachen Verstand und stellt im Geiste gerade Verknüpfungen her, die ihn alarmieren.

„Wie tief ist dein Vater in die Atomforschung verstrickt?“, erkundigt er sich zu guter Letzt.

„Er hat die Firma Nuclearis erworben. Zusammen mit der Regierung sind sie für den Bau neuartiger Nuklearwaffen verantwortlich. Soviel mir bekannt ist, sollen diese noch tödlicher als die herkömmlichen sein.“

„Bist du auf irgendeine Art und Weise eingebunden?“

Ich werfe abwehrend die Hände in die Luft. „Gott bewahre! Ich bin Ärztin. Niemals möchte ich etwas mit diesem todbringenden Geschäft zu tun haben.“

Er nickt versonnen.

„Einen Penny für deine Gedanken“, hauche ich.

Er schüttelt leicht den Kopf. „Wie lange bist du schon mit Roger Morgan liiert?“, erkundigt er sich zu meiner Überraschung.

„Wir kennen uns seit etwa einem halben Jahr. Er war mein Patient, daher sahen wir uns häufiger in der Klinik. Aber zusammengekommen sind wir erst vor ein paar Wochen. Wir trafen uns bislang heimlich, da die Presse immer so ein großes Ding daraus macht, wenn Roger mit einer Frau gesehen wird. Das heute Abend war unser erster gemeinsamer Auftritt in der Öffentlichkeit. Er hätte anders verlaufen sollen …“

„Jetzt sag aber nicht, du liebst diesen abgehobenen Lackaffen!“, fährt er mich ungehalten an, wobei mir der gequälte Unterton in seiner Stimme nicht entgeht.

„Ich mag ihn sehr. Wir sind uns in vielerlei Hinsicht ähnlich. Er hatte es auch nie leicht mit seinem Dad.“

„Denkst du ernsthaft, das wäre die richtige Basis für eine Beziehung?“

Ich winke ab. „Lass das doch bitte mein Problem sein. Ich werde das jetzt unter gar keinen Umständen mit dir ausdiskutieren. Sag mir lieber, wie du beim Premierminister gelandet bist.“

Er zuckt lässig mit den Schultern. „Jemand gab mir eine zweite Chance. Viele Menschen, von denen ich es eigentlich erwartet hätte, hielten das ja leider nicht für nötig“, versetzt er mir den nächsten verbalen Schlag.

Oh, ja, er hasst mich definitiv.

„Ich bin froh, dass du wieder auf die Füße gefallen bist. Ich kann mich nur wiederholen. Das, was geschehen ist, tut mir unsagbar leid.“

„Frag mich mal.“

„Ich sollte jetzt gehen“, äußere ich, da ich seine Nähe nicht länger ertrage. „Es war schön, dich einmal wiederzusehen, Clive.“

Er betrachtet mich wortlos, seine stechenden Blicke scheinen mich zu durchbohren und steigern meine Nervosität um ein Weiteres. Leider kann ich mal wieder nicht einschätzen, was in seinem Kopf vor sich geht. Aus Erfahrung weiß ich, er wird seine Gedanken nicht mit mir teilen. Sein Job beim MI5 hat ihn gelehrt, Geheimnisse zu wahren.

„Müsste ich noch irgendetwas wissen?“, erkundige ich mich trotzdem.

Er schüttelt abermals den Kopf. „Pass auf dich auf, Amber.“ Seine Stimme klingt rau. „Ich könnte es nicht ertragen, wenn dir auch noch etwas passieren würde.“

Ich nicke und trete eiligst den Rückzug an, da ich

mich nicht länger mit Clive in einem Raum aufhalten kann. Seine Anwesenheit scheint mich zu erschlagen, saugt mir jegliche Luft aus den Lungen.

Und zum Teufel, ich kann noch nicht einmal sagen, warum ich derart auf ihn reagiere!

Ist es die Wut, dass er nicht besser auf meinen Bruder aufgepasst hat? Das schlechte Gewissen, da ich längst weiß, dass mein Vater und ich ihm unrecht getan haben? Oder hege ich nach wie vor Gefühle für diesen Mann?

Der Drache auf seiner Brust hat mich völlig überwältigt. Welcher normale Kerl lässt sich denn einen Drachen mit riesigen bernsteinfarbenen Augen auf den Oberkörper tätowieren?

Amber Dragon!, schießt es mir plötzlich durch den Kopf.

Aber wo habe ich diesen Ausdruck schon einmal gehört?

Kapitel 5

Clive

„Sollte das ein verdammter Test sein?“, fahre ich Percy an, nachdem ich am frühen Morgen in seinen unterirdischen Räumen eingetroffen bin. Dorthin geleitet hat mich Chris, der Mann, der mich damals nach dem Boxkampf angesprochen hat – offensichtlich Percys Assistent.

Leider hält sich Percys Vertrauen zu mir nach wie vor in Grenzen, denn er hat sich bislang standhaft geweigert, mir die Einlasscodes zum Hauptsitz der Fallen Agents mitzuteilen.

Als ich in der vergangenen Nacht keinen Schlaf fand, schickte ich meinem Boss eine Nachricht und bat um ein persönliches Treffen, woraufhin er zu meiner Überraschung unverzüglich reagiert hat. Allem Anschein nach scheint auch er nicht den Menschen anzugehören, die die Nächte friedlich schlafend in einem kuscheligen Bett verbringen, ohne überhaupt mitzubekommen, welche Kriege manchmal vor ihrer Haustür toben.

Percy, der schon am frühen Morgen in einem schicken dunklen Anzug steckt, sieht von seinem Schreibtisch auf und lehnt sich lässig zurück. „Ich verstehe, dass Sie wütend sind. Aber nein, kein Test. Ich war ebenso überrascht wie Sie, als ich erfahren habe, wer Roger Morgans neue Freundin ist. Ich wollte Sie noch vorwarnen, doch da war es bereits zu spät.“ Er erhebt sich auf seine behäbige Art und Weise, umrundet den Schreibtisch und lehnt sich mit dem Hintern dagegen. „Leider habe ich aufgrund der Umstände Bedenken, ob Sie den Job weiterhin unvoreingenommen ausüben können."

„Wie bitte? Das ist jetzt ein schlechter Scherz, oder?"

„Keineswegs. Sie scheinen nicht in der Lage zu sein, klar zu denken, sobald Ms. Stuart sich in Ihrer Nähe aufhält."

Wütend beiße ich die Zähne zusammen. „Und was genau verleitet Sie zu der Annahme? Niemand kam zu Schaden, also wo liegt Ihr verdammtes Problem?"

Er greift nach einer Fernbedienung auf dem Schreibtisch und presst eine Taste. Sofort erwacht der gigantische Bildschirm an der Wand zum Leben. Verdrossen lasse ich die Bilder des vergangenen Abends auf mich wirken. Percy war also bei allen Ereignissen live dabei, das hätte ich mir ja eigentlich denken können.

Aber Herrgott noch mal, er hat recht!

Wie ein sabbernder Teenager stehe ich Amber gegenüber und glotze sie an. Bei ihrem Anblick könnte ich schon wieder laut schreien. Einerseits aus Wut, dass sie damals nicht mutig und loyal genug war, mir die Treue zu halten. Andererseits aus Verzweiflung, da ich diese einzigartige Frau für immer verloren habe.

Als auf der Aufnahme die Fensterscheiben des Golfclubs zersplittern, schütze ich zwar geistesgegenwärtig den Premierminister, doch ebenso automatisch greife ich nach Amber, um sie in Sicherheit zu bringen.

Ich wende meine Augen von dem Bildschirm ab und räuspere mich. „Sie haben recht, ihr so unverhofft zu begegnen, hat mich einige Sekunden lang die Fassung verlieren lassen. Tut mir leid, das wird nicht wieder vorkommen."

„Sie hatten Glück, dass es nur ein blöder Streich von Umweltaktivisten war, die gegen Clark Morgans Politik rebellieren. Wäre es ein Attentat gewesen, hätte er in Gefahr geraten können, da Sie nachlässigerweise einer zweiten Person Ihre Aufmerksamkeit geschenkt haben."

Ich gehe auf Percy zu und bedenke ihn mit einem herausfordernden Blick. „Wer sagt Ihnen denn, dass der Premierminister das eigentliche Ziel der Terroristen ist?"

Verdutzt mustert er mich. „Sie sprechen in Rätseln."

„Tut mir leid, eine dumme Angewohnheit unter Geheimagenten. Haben Sie schon einmal von Nuclearis gehört?"

„Allerdings. Eine der Firmen, die gemeinsam mit der britischen Regierung am Bau von Atombomben beteiligt ist. Aber kommen Sie doch bitte zum Punkt."

„Amber Stuarts Vater ist der neue Inhaber von Nuclearis."

In Percys Augen blitzt wahre Überraschung auf. Er betätigt einen Knopf an seinem Schreibtisch, woraufhin leise summend eine Computertastatur herausfährt. „Ich hätte gerne alle verfügbaren Informationen über Nuclearis", fordert er in Richtung der Tastatur, die offenkundig über ein Mikrofon gesteuert werden kann.

Kurz darauf erscheinen Fotos des Firmengebäudes und einiger Labors auf dem Bildschirm an der Wand. Danach Daten über Umsatz, Aufträge, Produkte und vieles mehr, bevor sich auf der rechten Seite verschiedene Fenster öffnen, die die Aufnahmen von Überwachungskameras zeigen.

Interessiert lassen wir diese Angaben auf uns wirken. In der Tat wurde ein millionenschweres Projekt zum Bau von Nuklearwaffen aufgesetzt - basierend auf einer völlig neuen Technologie.

Na, ganz toll! Wenn das nicht für jeden Terroristen dieser Welt eine Herausforderung ist, dann will ich nicht mehr Amber Dragon sein!

„Oha!“, äußert Percy, dem vermutlich gerade die gleiche Erkenntnis gekommen ist. „Ist Amber in das Business ihres Vaters involviert?“

„Nicht, dass ich wüsste. Aber sie wäre das perfekte Druckmittel. Obwohl ihr Dad ein eiskalter Mistkerl ist, hat er bereits seinen Sohn verloren und gewiss kein Interesse daran, auch noch seine Tochter zu beerdigen.“

„Sie denken, man will gar nicht Clark Morgan entführen, sondern Amber?“

„Wäre möglich.“

„Hm, und was, falls Amber mit den Terroristen unter einer Decke steckt und sich deswegen an Roger herangemacht hat?“

„Das ist doch absurd! Diese Frau ist durch und durch Ärztin. Sie rettet Menschen, sie tötet sie nicht.“

„Ich hoffe, Sie liegen mit dieser Annahme richtig.“ Nachdenklich zupft er mit seinen behandschuhten Fingern einmal mehr nicht existierende Fusseln von seinem Jackett. Er trägt die Handschuhe also nicht wegen der Kälte oder etwaigen Witterungseinflüssen, denn in seinem Büro herrscht eine angenehme Temperatur. „Das wirft jetzt natürlich ein komplett anderes Licht auf die Sache“, setzt er schließlich wieder an. „Geben Sie mir etwas Zeit. Ich lasse The Eye die genauen Zusammenhänge eruieren.“

„Ich werde also nicht gefeuert?“

„Sie haben mich missverstanden. Es lag niemals in meiner Absicht, Sie zu entlassen. Ich habe lediglich darüber nachgedacht, Sie von dem Fall abzuziehen. Unter diesen Umständen könnten Sie jedoch durchaus nützlich sein. Bleiben Sie bitte fürs Erste weiterhin an der Seite des Premierministers und seien Sie auf alle Eventualitäten gefasst.“

„Aber was ist mit Amber? Sie könnte ebenfalls gefährdet sein. Wir müssen sie beschützen.“

Er winkt ab. „Das ist bisher bloß eine unbestätigte Vermutung. Clive, ich weiß, Sie und diese Frau haben eine gemeinsame Vergangenheit. Unser oberstes Ziel ist allerdings der Schutz von Clark Morgan. Dafür wurden Sie engagiert.“

„Dann stellen Sie bitte irgendjemanden zu Ambers Bewachung ab oder lassen sie in ein Safehaus bringen!“

„Sie sollten mir nicht sagen, wie ich meinen Job zu machen habe“, antwortet er leise, aber mit derart bedrohlichem Unterton, dass ich weiß, soeben eine Grenze überschritten zu haben. „Wir müssen diese Terroristen schnappen, wenn wir jetzt wegen Ihrer Ex in blinden Aktionismus verfallen, könnten die Kerle gewarnt werden.“

Insgeheim ist mir bewusst, dass er mit dieser Aussage richtig liegt, doch so schnell gebe ich mich nicht geschlagen. „Haben Sie überhaupt eine Ahnung, was solche Verbrecher mit einem Menschen anstellen, falls sie ihn zu fassen bekommen? Noch dazu mit einer Frau“, wage ich einen weiteren Vorstoß.

„Und ob ich das habe.“ Er seufzt verhalten. „Ich erzähle Ihnen jetzt etwas, über das nur wenige Personen informiert sind. Sie wissen ja, dass die IT schon immer mein Steckenpferd war. Meine Finger spielten auf jeder Computertastatur wie ein Pianist auf seinem Klavier. Leider wurde ich als Teenager entführt. Die Kidnapper wollten meinen Dad um einige Millionen erleichtern. Er zahlte nicht auf Anhieb und dummerweise waren die Entführer darüber im Bilde, wie wichtig mir meine Finger waren.“ Er greift nach dem Handschuh seiner rechten Hand und streift ihn vorsichtig ab, dann hält er mir den Arm entgegen.

Ich schlucke vernehmlich. Die Haut ist von Narben übersät. Seine Finger sind unförmig, ähneln einer Kralle.

„Tut mir leid.“

„Glauben Sie mir, das ist nicht die einzige Stelle meines Körpers, die kaum mehr zu gebrauchen ist. Wenn Sie sich schon gefragt haben, warum ich mich etwas schwerfällig bewege, liegt das daran, dass ich ziemlich viel Narbengewebe am Leib trage. Also erzählen Sie mir nicht, zu was Menschen in der Lage sind! Keiner weiß das besser als ich.“

Ich will nicht weiter nachhaken, denn seine Aussagen schockieren mich. Damit hätte ich nun wirklich nicht gerechnet.

„Deswegen haben Sie die Organisation gegründet?“, mutmaße ich.

Er nickt. „Und jetzt tun Sie mir verdammt noch mal den Gefallen und gehen zurück in die Downing Street, um unseren Regierungschef zu beschützen! Sollte ich in Erfahrung bringen, dass Amber Stuart ebenfalls gefährdet ist, gebe ich Ihnen unverzüglich Bescheid."

Aufgebracht funkle ich ihn an. „So langsam verstehe ich Ihre Beweggründe. Es geht Ihnen gar nicht darum, jemanden zu retten. Sie wollen einzig und allein Ihre private Rache an allen Terroristen dieser Welt nehmen."

Abermals stößt er ein leises Seufzen aus. „Das war anfänglich so, doch ich versichere Ihnen, meine Einstellung hat sich im Lauf der Jahre geändert. Leider habe ich momentan niemanden vor Ort, dem ich den Premierminister anvertrauen könnte. Einer meiner besten britischen Agenten ist kürzlich schwer erkrankt. Und Roy oder Pam sind mir nicht versiert genug. Ich benötige eine Person Ihres Kalibers." Nachdenklich legt er die Stirn kraus. „Lassen sie mich Ihnen einen anderen Vorschlag machen: Ich werde einen unserer erfahrenen Mitarbeiter aus Kanada hierher bitten. Sobald er angekommen ist, können Sie ein wenig mehr auf Ihre süße Ärztin Acht geben. Einverstanden?"

Ich zögere, doch Percys harter Miene sehe ich an, dass er mir nicht weiter entgegenkommen wird. Dieser Mann ist durch seine ganz persönliche Hölle gegangen und steht mir in Verbitterung und Starrköpfigkeit vermutlich in nichts nach.

„Geht klar", stimme ich zu. „Ich hoffe nur, es ist dann nicht zu spät."

Versonnen betrete ich kurz darauf wieder das Haus in der Downing Street. Nachdem ich mich vergewissert habe, dass mit Clark Morgan alles in bester Ordnung ist, mache ich mich auf die Suche nach Amber. Ich möchte ihr nahelegen, noch ein paar Tage hierzubleiben. Im Regierungsgebäude sollte sie in Sicherheit sein. Sobald mein kanadischer Kollege eingetroffen ist, können wir uns dann gemeinsam überlegen, wie wir weiter vorgehen wollen.

Mir ist bewusst, dass das keine einfache Übung werden wird, da Amber seit jeher gegen die Bodyguards ihres Vaters rebelliert hat. Sie ist eine Frau, die ihre Freiheit liebt und nicht eingeschränkt werden will, doch im Moment könnte ihr Leben in Gefahr sein, daher kann ich keine Rücksicht auf ihre persönlichen Wünsche nehmen.

Allerdings finde ich in der kleinen Wohnung im Dachgeschoss, in der gelegentlich Freunde oder Verwandte des Premiers übernachten, nur seinen Sohn und eine missmutige schwarze Katze vor, deren Fell und Schnurrhaare sich sofort sträuben, als sie mich erspäht.

Zu allem Überfluss erklärt Roger Morgan mir dann auch noch, dass Amber aufgrund eines Notfalls ins Krankenhaus musste. Zudem hat er nicht den Hauch einer Ahnung, wann sie zurückkehren wird.

Genervt verdrehe ich die Augen.

Braucht den Mann eigentlich noch jemand, oder kann der weg?

Leise vor mich hin fluchend ziehe ich mich in mein Apartment zurück.

Verdammt, jetzt stecke ich ganz schön in der Zwickmühle!

Ich will es mir nicht mit meinem neuen Arbeitgeber verderben, aber genauso wenig kann ich zulassen, dass Amber etwas geschieht. Seit Jahren hege ich einen Groll gegen diese Frau, dennoch bringt mich der Gedanke, dass Terroristen es auf sie abgesehen haben könnten, beinahe um den Verstand.

Wie ein Tiger im Käfig wandere ich den Rest des Tages durch das Gebäude. Sehr zu Mollys Missfallen, die hin und wieder fauchend davonschießt, wenn ich mich ihr nähere.

Bis ich es nicht mehr aushalte.

Ich werfe meinen Laptop an und gewähre mir über The Eye Zugang zu der Software des St. Thomas´ Hospitals, in dem Amber beschäftigt ist.

Minuten später bin ich darüber im Bilde, dass sie sich tatsächlich in der Klinik aufhält. Auch kenne ich jetzt den Standort der Station, in der sie arbeitet und weiß, wie das Krankenhaus aufgebaut ist.

Clark Morgan hat sich bereits in seine Wohnung zurückgezogen und beabsichtigt, das Haus an diesem Abend nicht mehr zu verlassen. Die Vermutung liegt nahe, dass er noch ein wenig schockiert von den Vorfällen im Golfclub ist. So gebe ich Roy Bescheid, dass ich etwas Dringendes außerhalb zu erledigen habe. Auf meine Anweisung hin riegelt dieser unauffällig alle Zugänge zum Regierungsgebäude ab. Heute wird niemand mehr eingelassen, somit sollte die Sicherheit meines Schutzbefohlenen gewährleistet sein.

Danach schleiche ich mich - durch die Kapuze eines dunklen Hoodies getarnt - aus dem Gebäude.

Ich kann nicht einschätzen, ob Percy es mitbekommen wird, denn ich weiß ja, The Eye entgeht nichts, doch das ist mir gerade gleich. Meine Sorge um Amber setzt in der Tat meinen Verstand außer Kraft.

Ich jogge durch die Straßen Londons, stets darum

bemüht, die fest installierten Überwachungskameras so gut wie möglich zu umgehen. Nachdem ich die Westminster Bridge überquert habe, nähere ich mich bereits dem Krankenhaus. Ähnlich einem Schatten schiebe ich mich durch einen Hintereingang hinein und steuere zielsicher die Notaufnahme an, in der Amber tätig ist.

Dort angekommen sehe ich meine Verflossene gerade in einen kleinen Raum verschwinden.

Rasch folge ich ihr.

Sie fährt erschrocken herum, als sie mich bemerkt, atmet jedoch erleichtert aus, als ich die Kapuze vom Kopf gleiten lasse.

„Clive, was …?"

„Schließ die Tür ab und hör mir gut zu!", unterbreche ich sie.

Sie verstummt, gehorcht dann aber augenblicklich.

„Amber, du könntest in Gefahr schweben. Ich kann dich leider im Moment nicht beschützen, da ich für den Premierminister zuständig bin. Sollte ich mich dem widersetzen, bin ich meinen Job los. Daher möchte ich dich bitten, in den nächsten Tagen extrem vorsichtig zu sein."

Ungläubig starrt sie mich aus ihren großen grünen Augen an und lässt mich kurzzeitig vergessen, dass ich sie im Grunde genommen hasse. Diese Frau hatte vom ersten Tag an eine derartige Macht über mich, dass ich mich manchmal selbst nicht verstehe.

„Aber wer sollte mir denn etwas antun wollen? Hängt es mit Roger zusammen?"

„Eher mit den Atomsprengköpfen, die dein Vater herzustellen gedenkt. Jeder Terrorist der Welt würde töten, um Informationen darüber zu erlangen."

Sie schluckt vernehmlich. „Aber ich habe keinen blassen Schimmer davon."

„Schon klar. Mit dir könnte man jedoch Druck auf deinen Dad ausüben."

Sie zögert sekundenlang. „Einverstanden. Was schlägst du vor, wie ich mich verhalten soll?"

„Könntest du Roger dazu überreden, die nächsten Tage mit dir in der Downing Street zu verbringen."

„Eher nicht. Er wird morgen früh geschäftlich verreisen. Und leider hatten sein Vater und ich bisher nicht einmal die Gelegenheit, uns richtig kennenzulernen, daher wäre es seltsam, wenn ich mich jetzt allein dort niederlassen würde."

„Damit hast du wahrscheinlich recht. Obendrein könnte das zu auffällig sein. Wir möchten niemanden vorwarnen. Was hältst du davon, deinen Eltern einen Besuch abzustatten? Soweit ich mich entsinne, ähnelt ihre Villa einem Hochsicherheitstrakt."

„Das ist unmöglich, ich habe die ganze Woche über Dienst. Man braucht mich hier in der Klinik. Zwei Kollegen sind krank …"

Ich gehe einen Schritt auf sie zu und packe sie an den Oberarmen, was sie auf der Stelle verstummen lässt. „Herrgott, Amber, verstehst du denn nicht? Dein Leben steht auf dem Spiel!", weise ich sie zurecht.

Sie entwindet sich meinem Griff. „Oder aber du reagierst mal wieder über. Zum Teufel, Clive, deine Tätigkeit beim Geheimdienst hat dich völlig paranoid werden lassen."

„Ja, vielleicht ist das so. Doch es reicht vollkommen aus, dass ich deinen Bruder auf dem Gewissen habe. Solange ich es verhindern kann, wird dir nicht auch noch etwas geschehen."

Bei meinen Worten werden ihre Gesichtszüge weich und sie legt mir zärtlich eine Handfläche auf die Wange. „Mach dir nicht allzu viele Gedanken um mich. Ich verspreche dir, ich werde vorsichtig sein."

Zu meiner großen Überraschung genieße ich das Gefühl, ihre Finger auf meiner Haut zu spüren. Unsere Blicke treffen sich und halten einander fest. In diesem Moment scheint die Luft zwischen uns Feuer zu fangen. Fast fühlt es sich an wie früher, aber leider nur fast.

Ich entdecke die Kette an Ambers Hals mit dem kleinen goldenen Drachen, den ich ihr vor vielen Jahren geschenkt habe. Warum sie ihn immer noch trägt, ist mir ein Rätsel. Wie konnte sie mich derart verraten, aber an diesem Schmuckstück festhalten?

Einem Instinkt folgend greife ich nach dem Drachen und lasse spielerisch meine Finger darüber gleiten, ehe ich Amber daran näher an mich heranziehe. Bevor sie noch begreift, was ich vorhabe, beuge ich mich zu ihr nach vorne und senke meine Lippen auf ihre herab.

Ich muss mir jetzt einfach ins Gedächtnis rufen, wie die Frau schmeckt, die mein Leben zerstört hat. Ich will sicherstellen, dass sie mir nichts mehr bedeutet. Dass es lediglich die Erinnerung an eine wunderschöne Zeit ist, die mich in ihrer Nähe ständig aus der Bahn wirft.

Völlig unerwartet jagen bei dieser Berührung tausend köstliche Impulse durch meinen Körper. Ein Stich des Begehrens trifft mich, auf den ich nicht eingestellt war. Ohne dass ich es verhindern könnte, legen sich meine Lippen fester auf ihre.

Verdammt, wieso fühlt sich das derart gut an?

Der Kuss sollte mich abstoßen, mir beweisen, dass das mit uns ein für alle Mal Geschichte ist.

Doch Amber schmeckt süß, viel zu süß!

Unterdessen schnappt sie überrascht nach Luft. Sie versteift sich für einen kurzen Moment, bevor sie mir zaghaft entgegenkommt.

Nein, das darf nicht sein! Wir dürfen uns nicht mehr zueinander hingezogen fühlen.

Und dennoch genieße ich es, sie nach so vielen Jahren einmal wieder zu spüren. Ihr heißer Atem prickelt sanft über meine Lippen hinweg und ihr Duft hüllt mich ein. Sie trägt für gewöhnlich kein Parfum, was auch nicht nötig ist, da der naturbelassene Geruch ihrer Haut absolut betörend ist.

Als Amber sich Sekunden später von mir lösen will, lege ich ihr eine Hand in den Nacken und halte sie fest.

„Clive, nein“, flüstert sie an meinem Mund, allerdings hört sich das nicht wirklich nach Widerstand an. Ich kann es kaum glauben, aber der Kuss berührt sie ebenso sehr wie mich. Sie schmilzt geradezu dahin.

Doch ich will mich nicht erneut an diese Frau verlieren.

Einerseits zornig über mich selbst, andererseits angetörnt, beiße ich ihr in die Unterlippe. Amber ist keine Prinzessin, die verwöhnt werden will, sie kann die härtere Gangart beim Sex durchaus genießen. Daher weiß ich, dass sie mit Lustschmerz umgehen kann.

Prompt keucht sie begehrlich auf. Ein Geräusch,

das erregende Vibrationen in meinem Körper lostritt und mir direkt in den Schwanz fährt.

Ich verstehe mich selbst nicht, aber wenn das hier so weitergeht, dann dränge ich sie noch mit dem Rücken gegen die nächstbeste Wand, reiße ihr die Krankenhausklamotten vom Leib und ficke mir den Frust aus dem Leib.

Allein bei der Vorstellung regt sich tatsächlich etwas in meiner Hose. Ich stehe gerade ziemlich neben mir, daher bin ich auf Ambers nächste Reaktion nicht gefasst. Völlig unverhofft stößt sie mich von sich, bevor sie mir mit der flachen Hand eine heftige Ohrfeige verpasst. Intuitiv zucke ich zurück, wodurch einer von Ambers Fingernägeln mich leicht an der Wange verletzt.

„Zum Teufel, Clive, was soll das werden?“, schreit sie mich an. „Ich bin jetzt mit einem anderen Mann zusammen. Also lass verdammt noch mal deine Finger von mir!“

Fassungslos fahre ich mir über die Wange und betrachte das Blut auf meinen Fingerkuppen. „Du hast mich geschlagen?“, stoße ich verdutzt aus. „Warum zur Hölle? Ich habe genau gespürt, dass der Kuss dich ebenfalls angetörnt hat.“

„Ich war völlig überrumpelt.“ Sie schnappt nach Luft.

Es ist klar ersichtlich, dass sie ebenso aufgewühlt und verwirrt ist, wie ich das bin.

„Verstehe. Lässt du dich häufiger derart von einem Mann überrumpeln?“

„Nein. Du hast mich gerade eiskalt erwischt. Und jetzt geh bitte!“ Ihre Aufmerksamkeit richtet sich auf meine Wange. „Du blutest, lass mich dir ein Pflaster holen."

Ich winke ab. „Nicht der Rede wert. Tu mir einfach den Gefallen und pass auf dich auf." Mit diesen Worten wende ich mich ab und flüchte geradezu aus dem Krankenhaus.

Hervorragend, Finley, das hast du ja richtig gut hinbekommen!

Als ich später die Downing Street betrete, bin ich über alle Maßen frustriert. Dass mich Molly einmal mehr anfaucht, als ich die Treppe erklimme, verbessert meine Laune nicht gerade. Ich unterdrücke den Drang, dem Vieh in den Hintern zu treten oder noch besser, irgendetwas gegen die Wand zu schleudern. Hatte ich kurze Zeit das Gefühl, mein Dasein wäre durch den neuen Job im Aufwind, scheint nun abermals alles den Bach runterzugehen.

Percy lag leider richtig.

Ich werde Amber niemals aus meinem Kopf streichen können und verhalte mich in ihrer Nähe wie ein verdammter Idiot. Im Nachhinein betrachtet war es eine echte Schnapsidee, sie zu küssen, denn ihr köstlicher Geschmack ist nach wie vor auf meinen Lippen präsent.

Aufgewühlt steige ich in meiner Wohnung unter die Dusche und betrachte danach meine Wange, die wirkt, als ob ich mit einem Löwen geknutscht hätte. Nachdem ich wieder angekleidet bin, marschiere ich in die riesige Küche im Erdgeschoss, um mir einen Kaffee zu holen. Zum Glück findet man dort rund um die Uhr alles an Speisen und Getränken, was das Herz begehrt. Ich kann jetzt ohnehin nicht schlafen, daher werde ich mich noch ein wenig mit The Eye beschäftigen, um womöglich weitere Details über die Bedrohungslage in Erfahrung zu bringen.

„Clive, was ist denn mit deinem Gesicht passiert?“, erkundigt sich Rachel, eine der Angestellten, als sie mir in der Küche über den Weg läuft.

„Nur ein kleiner Unfall beim Rasieren“, brumme ich.

Sie kommt näher, sodass mich ihr süßliches Parfüm umhüllt. Sanft fährt sie mir mit einem Finger die Wange entlang. „Ich dachte schon, deine Freundin hätte dich gekratzt.“ Sie legt den Kopf schief und mustert mich. „Du hast doch eine Freundin, oder?“ Herausforderung schwingt in ihrer Stimme mit.

In diesem Moment betrachte ich die Kleine zum ersten Mal genauer. Blonde Locken umhüllen ihr attraktives Gesicht, auf dem sich ein paar vorwitzige Sommersprossen tummeln. Ihre rot geschminkten Lippen schimmern einladend. Erwartungsvoll blinzelt sie mich unter dichten Wimpern hervor an.

„Nein, habe ich nicht“, antworte ich schließlich.

Ihre dunklen Augen funkeln zufrieden. „Dann komm mal mit, mein hübscher Bodyguard.“ Sie greift nach meiner Hand und zieht mich in einen Umkleideraum der Angestellten. Während sie lächelnd die Tür hinter uns abschließt, lasse ich meinem Blick über ihren Körper schweifen, der in einem engen schwarzen Kostüm steckt.

Sie verfügt über ordentliche Kurven, sexy Beine. Bislang war ich derart in meinen Job vertieft, dass mir das gar nicht aufgefallen ist.

Ich bin wahrlich kein Kostverächter, was Frauen angeht, und habe mir in den letzten Jahren häufiger nach den Boxkämpfen oder Autorennen eine willige

Lady in mein Bett geholt. Einzig auf eine langfristige Beziehung konnte ich mich nicht mehr einlassen, da ich keiner Partnerin meinen Lebenswandel zumuten wollte. Aber vielleicht ist es auch eher die Angst, erneut zu versagen. Ich könnte es nicht ertragen, abermals enttäuscht oder vor den Kopf gestoßen zu werden. Daher lasse ich es erst gar nicht mehr darauf ankommen.

Rachel wirkt gerade ausgesprochen zufrieden und hat vermutlich nicht den Hauch einer Ahnung, welch düstere Eingebungen mir durch den Schädel geistern. Sie schubst mich auf ein Sofa, das rechts an der Wand steht, baut sich verführerisch vor mir auf und öffnet lasziv ihren Blazer, unter dem ein helles Oberteil zum Vorschein kommt. Sie streift die Jacke ab und lässt dann einen Blusenknopf nach dem anderen aufspringen.

„Du siehst aus, als könntest du ein wenig Ablenkung gebrauchen", schnurrt sie unterdessen.

Nachdem ihr die Bluse von den Schultern gerutscht ist, heften sich meine Augen auf ihre prallen Brüste in dem weißen BH. „Das könnte ich in der Tat", äußere ich, wenngleich ich nicht einschätzen kann, ob ich momentan in der Verfassung für eine schnelle Nummer bin.

Zufrieden schmunzelnd öffnet Rachel ihren Rock, der raschelnd zu Boden geht. Dass sie Strapse trägt, turnt mich an und lässt mich glücklicherweise hart werden. Es würde mir jetzt gerade noch fehlen, dass in der Downing Street das Gerücht die Runde macht, ich bekäme keinen hoch.

Sie beugt sich zu mir nach vorne und lässt die Knöpfe meines dunklen Hemdes aufspringen.

„Gott, ist das schön", schwärmt sie mit verzückter Miene, als sie den Drachen auf meiner Brust entdeckt.

Diese Reaktion kenne ich bereits. Die meisten Frauen sind hellauf begeistert von dem Tattoo. Doch ich möchte jetzt nicht darüber reden, sonst werde ich nur wieder an Amber erinnert. Daher packe ich Rachel mit beiden Händen an der Hüfte und ziehe sie an mich. „Setz dich auf mich! Ich will dich spüren."

Sie gehorcht prompt, kniet sich rechts und links von meinen Oberschenkeln auf die Bank und sinkt auf meinen Schoß. Ein zischendes Geräusch entfährt ihr, als ich meine Härte gegen ihre empfindlichste Stelle drücke. Schwungvoll werfe ich ihr eine Hand in den Nacken, setze ihren Kopf fest und küsse sie. Hart, fordernd, verlangend. Ich habe jetzt nicht den Nerv für Zärtlichkeiten oder Spielereien.

Für einen Augenblick kommen mir Ambers weiche Lippen in den Sinn, doch ich verdränge den Gedanken an diese Frau, schließe die Augen und schiebe meine Zunge tief in Rachels Mund, die mich stöhnend willkommen heißt.

Schon nach kurzer Zeit pocht mein Schwanz ungeduldig in meiner Hose, vor allem, da Rachel keine Gelegenheit auslässt, sich an ihm zu reiben.

Ich löse mich von ihren Lippen. „Hast du ein Kondom?"

„Aber sicher doch." Sie springt auf, geht zu einem Schrank und holt ein Päckchen heraus.

Währenddessen öffne ich bereits meine Hose und entlasse meine Erektion in die Freiheit. Rachel packt das Kondom aus und rollt es mir gekonnt über, bevor sie aus ihrem Höschen steigt und wieder auf meinen

Schoß klettert. Während ich ihr noch den BH aufhake, bringt sie schon meinen Penis in Position und sinkt auf ihn herab.

Sie stöhnt lustvoll auf, als ich in sie hineingleite. „Gott, Clive, tut das gut. Ich wollte dich vom ersten Tag an“, keucht sie voller Verlangen.

Ich vermeide es, zu antworten, da sie mir bis zum heutigen Abend nicht einmal richtig aufgefallen ist. Stattdessen umfasse ich ihre Pobacken und knete sie. „Los, fick mich!“, weise ich sie an. „Beweg deinen Arsch!“

„Worauf du dich verlassen kannst.“ Und dann reitet sie mich in einer Intensität, die mich tatsächlich alles um mich herum vergessen lässt.

Ich sehe nur noch Rachels leicht geöffnete Lippen, ihre wippenden Brüste. Spüre, wie das Blut in meinem Schwanz immer stärker pulsiert und mein Denken glücklicherweise außer Kraft setzt. Für kurze Zeit ist meine Welt wieder in Ordnung.

Kapitel 6

Amber

Trotz einer langen mühsamen Schicht im Krankenhaus finde ich in dieser Nacht keinen Schlaf. Ich bin die Unruhe in Person. Nicht nur Clives Kuss hat mich aufgewühlt, auch frage ich mich unentwegt, ob ich wirklich einem Risiko ausgesetzt sein könnte. Clive hat sich schon immer viel zu viele Sorgen um mich gemacht, aber er ist hochintelligent und hat einen siebten Sinn für Gefahr, daher kann ich seine Bedenken nicht gänzlich abtun.

Seufzend wälze ich mich in meinem Bett umher und versuche, meine Gedanken zu sortieren. Clive nach so langer Zeit wieder derart nahe zu sein, hat seltsame Emotionen in mir hervorgerufen. Seine Lippen auf meinen zu spüren, erschien mir einerseits vertraut, andererseits war es ziemlich aufregend. Ähnelte ein wenig dem ersten Kuss, den man mit einer neuen Liebe erlebt.

Ich kann nicht einschätzen, was er damit bezweckt hat. Wollte er mich bestrafen? Mir einfach einmal wieder nahe sein? Oder liegt ihm immer noch etwas an mir?

Die widersprüchlichen Signale, die er unentwegt ausstrahlt, sind schwer zu deuten und bringen mich beinahe um den Verstand.

Auf jeden Fall hat er mich mit dieser unverhofften Attacke völlig überfahren, weswegen ich ihn aus einem Instinkt heraus geohrfeigt habe. Normalerweise verabscheue ich Gewalt, doch er hat ein solches emotionales Chaos in meinem Inneren losgetreten, dass ich kurzzeitig die Beherrschung verloren habe.

Aber auch Clive stand wohl neben sich, denn er verfügt über blitzschnelle Reaktionen und hätte meinen Schlag problemlos abwehren können, wenn er bei der Sache gewesen wäre.

Da ich einfach keine Ruhe finde, erhebe ich mich am frühen Morgen, schlüpfe in ein bequemes rotes Kleid, werfe mir eine kurze schwarze Lederjacke über und fahre in die Tiefgarage hinab. Meine Wohnung im hippen Stadtteil Westminster ist recht klein, reicht für meine Bedürfnisse jedoch völlig aus.

Wenngleich ich quasi in einem Palast aufgewachsen bin, schätze ich mich selbst als bodenständigen Menschen ein. Ich brauche keinen Luxus und finde weder an Designer-Klamotten noch an Schmuck gefallen. Viel wichtiger ist es mir, ein erfülltes Leben zu führen.

Wie es der Zufall will, liegt mein Apartment in einem Gebäude, das über einen Concierge sowie Security verfügt. Nicht, dass ich das benötigen würde. Ich kam durch einen Patienten an die Wohnung, der mich auf Anhieb sympathisch fand und auf der Suche nach einem Nachmieter war. Bislang habe ich gar nicht so richtig über die Annehmlichkeiten nachgedacht, die sich mir hier bieten. In meiner momentanen Situation sollte mir ein wenig Schutz jedoch zugutekommen.

Als ich den Fahrstuhl in der Tiefgarage verlasse, schaue ich vorsichtshalber in alle Richtungen. Ich habe mich in dem Gebäude noch nie unwohl gefühlt, doch jetzt bin ich tatsächlich nervös. Das Geräusch meiner Absätze, die auf dem Betonboden klacken, erscheint mir heute übermäßig laut. Ich zucke zusammen, als ein Mann mit dunklem Cape und Kapuze auf mich zukommt.

„Guten Morgen, Ms. Stuart“, begrüßt er mich freundlich.

Erleichtert schließe ich für eine Sekunde die Augen, als ich in ihm einen der Security-Mitarbeiter erkenne.

„Guten Morgen, Mr. Brown.“

Ich eile auf meinen Mini zu und steige ein. Nachdem ich die Tür geschlossen habe, lehne ich mich in dem Sitz zurück, lausche meinem laut klopfenden Herzen und atme erst einmal tief durch. Die Idee, mich vorübergehend doch in der Downing Street zu verbarrikadieren, schießt mir durch den Kopf, rasch verwerfe ich sie jedoch wieder. Wenn ich eins mit Bestimmtheit nicht will, dann ist das, ständig Clive über den Weg zu laufen.

Versonnen steuere ich den Wagen aus London heraus gen Süden, vorbei an Brixton und dem Biggin Hill Airport auf die schmale Landstraße, die zur Villa meiner Eltern führt. Als ich die Stelle passiere, an der vor fünf Jahren der schreckliche Unfall geschehen ist, drossle ich die Geschwindigkeit. Für einen Augenblick halte ich die Luft an, um den Schmerz in meinem Brustkorb zu verdrängen.

Ein verwittertes Holzkreuz steht am Straßenrand. Früher wurden ständig frische Blumen dort abgelegt, doch inzwischen ist Nathan wohl bei den meisten Menschen in Vergessenheit geraten.

Ich zucke zusammen, als ich im Rückspiegel einen dunklen Range Rover erblicke, der mir dicht aufgefahren ist und Lichthupe gibt.

Erneut erhöht sich mein Puls.

Ich bin nicht die rasanteste Fahrerin, worüber sich häufiger andere Verkehrsteilnehmer beschweren, die ich dann für gewöhnlich passieren lasse, doch einem Instinkt folgend gebe ich Gas.

Der Wagen hinter mir beschleunigt ebenfalls und fährt mir weiterhin viel zu dicht auf.

Teufel aber auch!

Falls er beabsichtigt, mich von der Straße zu drängen, sehe ich mit meinem Mini echt alt aus.

Voller Verzweiflung steuere ich das Auto in eine kleine Ausbuchtung neben der Fahrbahn. Argwöhnisch schiele ich zu dem Range Rover hinüber, der abbremst, als er sich auf einer Höhe mit mir befindet. Die Scheibe auf der Beifahrerseite gleitet herunter.

„Gib doch deinen Führerschein ab!“, brüllt ein junger Kerl mit Basecap in meine Richtung und zeigt mir den Vogel. „Typisch Frau am Steuer, ein einziges Verkehrshindernis!“

Die Reifen des Range Rovers wirbeln Staub auf, als er sich wieder in Bewegung setzt und in einem Wahnsinnstempo davonjagt.

Zitternd lasse ich den Kopf aufs Lenkrad sinken.

Danke, Clive Finley, dass du mich in ein Nervenbündel verwandelt hast.

Einer von Dads Security-Männern begrüßt mich mit einem erfreuten Winken, als ich einige Zeit später das hohe schmiedeeiserne Tor erreiche, das die Zufahrt zum Anwesen meiner Eltern abriegelt.

Nachdem es fast lautlos beiseite gefahren ist, steuere ich den Mini gemächlich auf das Gebäude zu, in dem ich aufgewachsen bin. Verborgen hinter gepflegten Bäumen und Sträuchern kommt nach einiger Zeit eine pompöse weiße Villa zum Vorschein. Unablässig passiere ich auf dem Weg dorthin Kameras und weitere Wachleute.

Mittlerweile gleicht das hier wirklich einem Hochsicherheitstrakt, denn Dads Vermögen ist im Lauf der Jahre um ein Vielfaches angewachsen. Zudem ist er gewiss nicht Everybody´s Darling, da er in mehrere fragwürdige Geschäftszweige investiert hat, wie eben die Rüstungs- oder Atomindustrie.

Ich parke meinen Wagen vor dem Gebäude und steige die zwei Stufen empor. Ein weiterer Sicherheitsmann empfängt mich lächelnd und öffnet mir die Eingangstür zu Dads heiligen Hallen.

Als Erstes laufe ich über eine breite Marmortreppe nach oben in das Zimmer meiner Mutter, das sie in letzter Zeit kaum noch verlässt. Sie ist eine gebrochene Frau, leidet seit Nathans Tod an Panikattacken, Depressionen und Herzrhythmusstörungen. Mein Bruder war das Nesthäkchen, ihr Ein und Alles, daher ist es ihr bis heute nicht gelungen, mit den Ereignissen klarzukommen.

Einmal mehr stelle ich im Hausflur fest, dass sich hier über die Jahre hinweg rein gar nichts verändert hat. Das Gebäude wirkt sauber und steril wie eine Klinik. Konstant liegt der frische Geruch von Putzmittel in der Luft. Mein Vater hatte schon immer einen Sauberkeitstick, was uns die Kindheit nicht gerade erleichtert hat.

Die blonde Pflegerin meiner Mutter verlässt sogleich den Raum, als ich eintrete. Mom sitzt auf einem Stuhl und starrt aus dem Fenster.

„Wie geht es dir?“, erkundige ich mich betont

fröhlich, während ich ihr ein liebevolles Küsschen auf die Wange hauche, in dem Versuch, ihre Stimmung ein wenig zu heben.

Sie mustert mich sekundenlang schweigend aus ihren grünen Augen, die den meinen ähneln. Jegliche Freude ist aus ihrer Miene verschwunden. Ein dichter Schleier der Traurigkeit hat sich über sie gelegt, was mich immer unsagbar wehmütig stimmt. „Amber, schön, dich zu sehen. Du warst ja seit einer Ewigkeit nicht mehr hier.“

Genau genommen waren es nicht einmal vier Wochen, doch ich widerspreche nicht, da das keinen Sinn macht.

„Ja, ich hatte viel zu tun. Du siehst gut aus“, schummle ich, denn das Gegenteil ist der Fall. Ihr graues Haar ist zerzaust und sie wirkt blass um die Nase. Das grüne Kleid, das sie trägt, hängt an ihr wie ein Sack, was mir zeigt, dass sie schon wieder abgenommen hat. „Es ist wundervolles Wetter draußen. Der Herbst steht in den Startlöchern und die größte Hitze ist für dieses Jahr vorüber. Sollen wir nachher ein wenig spazieren gehen.“

„Eher nicht. Die fallenden Blätter machen mich traurig. Die Bäume sterben.“

Ich lege ihr einen Arm um die Schultern. „Sie machen sich lediglich winterfest, um im Frühjahr erneut in herrlichem Grün erstrahlen zu können.“

„Die nächsten Monate werden trostlos“, äußert sie geistesabwesend.

Ich sehe schon, das ist heute wieder einer dieser Tage, an dem sie sich für nichts begeistert.

„Kann ich irgendetwas für dich tun?“

Sie winkt ab. „Du weißt, was mir fehlt.“

Schon klar, Nathan fehlt uns allen, doch wir sind hier leider nicht bei Stephen King, sodass wir ihn wieder zum Leben erwecken können. Manchmal macht es mich sogar ein wenig wütend, dass sie sich derart hängen lässt, nicht einmal den Versuch unternimmt, über diesen Verlust hinwegzukommen.

„Ich schaue mal rasch bei Dad vorbei, ich habe etwas mit ihm zu besprechen. Wir können später einen Tee zusammen trinken."

„Nathan liebte meinen Karottenkuchen", haucht sie.

„Ja, der ist aber auch göttlich", antworte ich, obwohl sie bestimmt seit einer Ewigkeit nicht mehr am Backofen stand.

Ich küsse sie auf die Stirn und verlasse frustriert den Raum. Mit großen Schritten laufe ich auf die andere Seite der Villa, wo sich Dads Büro befindet. Natürlich habe ich mich vorab angemeldet, die einzige Chance, einige Minuten seiner kostbaren Zeit in Anspruch zu nehmen.

„Amber", begrüßt er mich mit einem Kopfnicken, nachdem ich sein Büro betreten habe. „Was gibt es denn so Dringendes?"

„Hallo, Dad, ich will gar nicht lange stören", gehe ich sofort in die Defensive. Die Macht der Gewohnheit, da alles außer seinen Geschäften für ihn keinerlei Priorität besitzt. Ich nehme auf einem bequemen Ledersessel vor seinem Schreibtisch Platz. „Ich hätte eine etwas ungewöhnliche Bitte. Könntest du dir vorstellen, Nuclearis abzustoßen?"

Er lehnt sich zurück, verschränkt die Finger vorm Körper und mustert mich verdutzt. Mit dem leicht ergrauten Haar ist er nach wie vor ein attraktiver

Mann. Wärme sucht man in seinen dunklen Augen jedoch vergebens. „Dieses Anliegen müsstest du mir jetzt schon näher erklären."

„Ich habe erfahren, dass Terroristen sehr an diesen neuartigen Nuklearsprengköpfen interessiert zu sein scheinen."

„Selbstverständlich. Die ganze Welt blickt voller Neid auf uns."

Ich schüttle den Kopf. „Davon rede ich nicht. Um es auf den Punkt zu bringen: Es besteht die Möglichkeit, dass jemand beabsichtigt, mich zu entführen, um dich zu erpressen."

Er verzieht das Gesicht. „Wer hat dir denn diesen Blödsinn eingeredet?"

Wenn ich jetzt sagen würde, Clive Finley, würde er mich hochkant aus dem Haus werfen. „Den Geheimdiensten liegen wohl derartige Informationen vor", umschiffe ich das Thema.

„Und das weißt du woher?"

„Roger Morgan ist ein Patient von mir. Wir haben uns in letzter Zeit häufiger gesehen, daher ist mir bekannt, dass die Sicherheitsmaßnahmen in der Downing Street massiv erhöht worden sind. Sein Vater könnte ebenfalls in Gefahr schweben."

„Verstehe. Ich wurde bereits darüber informiert, dass du mit diesem Typen bei einer Party erschienen bist. Ich hoffe, das ist lediglich etwas Vorübergehendes. Irgendwann musst du den Hang zu Losern endlich einmal ablegen."

Ich schnappe nach Luft. Auch wenn ich seine verbalen Attacken gewohnt bin, gelingt es ihm immer wieder, mich zu brüskieren.

„Entschuldige mal, er ist der Sohn des Premiermi-

nisters."
„Der sich zurzeit für Umweltschutz und Entwicklungsländer engagiert, anstatt eine wichtige Industrienation wie England tatkräftig zu unterstützen."
Ich schlucke einen Konter hinunter. Egal wie ich argumentiere, ich kann hier nicht punkten. Niemals!
„Vollkommen gleich. Hier geht es um mein Leben. Also denk bitte noch einmal darüber nach, ob du diese Nuklearprojekte wirklich weiterführen möchtest."
„Ich werde ein paar meiner Security-Leute zu deinem Schutz abstellen, damit sollten wir auf der sicheren Seite sein."
„Kommt nicht infrage! Ich will ein Dasein in Freiheit führen. Du hast mich als Teenager oft genug bewachen lassen."
„Und aus diesem Grund ist dir bislang nichts geschehen."
„Hast du Zeit, mit mir und Mom einen Tee zu trinken?", wechsle ich abrupt das Thema, da ich hier nicht weiterkomme.
„Wo denkst du hin! Ich musste wegen deines unverhofften Besuches bereits eine Telefonkonferenz canceln."
„Ja klar, war nur eine Frage." Ich erhebe mich. „Lass dir einfach noch einmal durch den Kopf gehen, was dir wichtiger ist: Nuklearwaffen oder deine Tochter." Ich wirble herum und verlasse das Büro.
Draußen lehne ich mich mit dem Rücken gegen die Wand und atme tief durch. Wie hatte ich nur denken können, ich könnte irgendetwas bei meinem Vater bewirken?
Kopfschüttelnd stoße ich mich nach ein paar Se-

kunden von der Wand ab und spaziere wieder zu meiner Mom hinüber. Am liebsten würde ich auf der Stelle nach London zurückfahren, doch zuerst werde ich ein weiteres Mal versuchen, sie ein wenig aufzuheitern, wenngleich ich befürchte, dass das heute vergebliche Liebesmüh ist.

Nachdem ich am Nachmittag wieder in meinem Apartment in Westminster angelangt bin, rufe ich Roger an. Er sollte mittlerweile in Nigeria gelandet sein, wo er sich für sozialen Wohnungsbau engagiert. Dass mein Vater ihn als Loser bezeichnet hat, ärgert mich maßlos. Leider ist Dad ein Mensch, dessen hohe Ansprüche so gut wie niemand befriedigen kann. Dennoch werde ich mich nie an seine herablassende Art gewöhnen.

Zugegeben, Roger hat sich bereits als Politiker sowie Geschäftsmann versucht. Beide Berufe haben ihn nicht glücklich gemacht, weswegen er darin nicht sonderlich erfolgreich war. Er möchte genau wie ich in Frieden leben, fernab von Publicity und politischem Druck. So kam er vor einigen Jahren auf die Idee mit der Entwicklungshilfe.

Leider bereitet ihm sein empfindlicher Magen dabei Schwierigkeiten. Die viele Reiserei und die fremdartigen Speisen bekommen ihm nicht, demzufolge hat er entschieden, sich zukünftig stärker in Europa zu engagieren. Natürlich wissen wir beide, dass andere Länder unsere Hilfe dringender benötigen, doch wenn es Rogers Gesundheit dienlich ist, werde ich ihn selbstverständlich dabei unterstützen.

Kein Mensch könnte besser verstehen als ich, dass er von der Erwartungshaltung seines Vaters überfordert ist. Auch mein Dad wollte mich von Kind auf dazu bewegen, in seine Firma einzusteigen. Wohingegen ich seit jeher den Wunsch hegte, Ärztin zu werden, was ich letztendlich gegen Dads heftigen Widerstand durchgezogen habe.

„Amber“, meldet Roger sich prompt, nachdem ich seine Nummer gewählt habe. „Du fehlst mir, Kleines.“

„Du mir auch. Bist du gut angekommen?“

„Schon. Aber du weißt ja, ich fühle mich bei diesen langen Flügen nie so richtig wohl. Ist bei dir alles in Ordnung?“

„Nicht wirklich. Ich benötige dringend jemanden zum Reden. Ich war gerade bei meinen Eltern. Ihre Wirkung auf mich ist dir bekannt.“

Er seufzt leise. „Allerdings. Wie geht es deiner Mom?“

„Sie war heute wieder völlig abwesend.“

„Hm, zu schade. Und dein Dad?“

„Unerträglich wie immer. Ich habe ihn gebeten, eine seiner Firmen abzustoßen, die neuartige Nuklearsprengköpfe entwickelt, da das für uns ein gewisses Risiko darstellen könnte. Doch er denkt gar nicht daran, ist stur wie ein Esel.“

„Ja, so ist das mit unseren Erzeugern. Alles ist ihnen wichtiger als ihre Kinder. Du darfst dir das nicht zu sehr zu Herzen nehmen. Wir müssen es akzeptieren, denn wir können unsere Eltern nun mal nicht ändern.“

„Weiß ich doch, aber es nervt einfach. Wie lange bleibst du weg?“

„Etwa zehn Tage. Ich vermisse dich jetzt schon. Pass bitte auf dich auf. Falls wir wirklich gefährdet sein sollten, kann mein Dad uns sicher Security zur Verfügung stellen."

Ich unterdrücke ein Seufzen. Hauptsache die Verantwortung auf andere abschieben. Die einzige Person, die mich unter Einsatz ihres eigenen Lebens beschützen würde, ist Clive. Aber er war schon immer anders als die meisten Menschen.

Nachdem ich mich von Roger verabschiedet habe, sinke ich wieder in mein Bett und hoffe, noch ein paar Stunden Schlaf zu finden, bevor ich am Abend zur Nachtschicht in der Klinik antreten muss. Leider kommen meine Gedanken nach wie vor nicht zur Ruhe.

Wie könnte mein Leben heute aussehen, wenn die Sache mit meinem Bruder nicht geschehen wäre?

Ich wäre gewiss ebenfalls Ärztin geworden. Aber womöglich hätte ich dann mit meinen 30 Jahren bereits einen Ehemann in einer einflussreichen Position beim MI5, vielleicht sogar Kids. Eine glückliche Familie.

Ich wische die Träne beiseite, die mir über die Wange kullert. Es macht keinen Sinn, sich darüber den Kopf zu zerbrechen, denn das Schicksal hat sich noch nie für Zukunftspläne interessiert.

Nachdem ich zum Glück doch noch ein wenig schlafen konnte, fahre ich am Abend mit der Tube zum Krankenhaus. Da die Autos sich im Normalfall nur in Schrittgeschwindigkeit durch London schieben, nehme ich meinen Wagen in der City höchst selten. Es bereitet mir zudem Vergnügen, den öffentlichen Nahverkehr zu nutzen. Währenddessen kann ich lesen, Musik hören oder einfach nur abschalten.

Doch heute fühle ich mich nach dem Verlassen der U-Bahn unwohl. Dunkelheit liegt bereits über der Stadt und nur noch wenige Menschen sind unterwegs. Andauernd spähe ich über meine Schulter, zucke bei jedem Geräusch zusammen und beobachte misstrauisch meine Mitmenschen.

Erneut verfluche ich Clive Finley.

Warum nur musste er wieder in meinem Leben auftauchen, nachdem ich endlich zur Ruhe gekommen war?

Schnellen Schrittes marschiere ich an einer kleinen Parkanlage vorbei, auf den Eingang des Krankenhauses zu. Als ich ihn schon fast erreicht habe, taumelt mir plötzlich ein Blut überströmter Mann entgegen. Es wirkt, als hätte ihm jemand eine Flasche oder einen schweren Gegenstand über den Schädel gezogen, was höchstwahrscheinlich eine Platzwunde verursacht hat.

Einem Instinkt folgend will ich auf ihn zueilen, um ihn zu verarzten, verharre dann aber in der Bewegung. Die Gedanken jagen im Eiltempo durch meinen Kopf, schwanken zwischen: Da benötigt ein Mensch Hilfe, aber es könnte ebenso gut eine tödliche Falle sein. Mein Verstand rät mir davonzulaufen, die Ärztin in mir will den armen Kerl allerdings schnellstmöglich versorgen.

Der Mann kommt näher, woraufhin ich mich versteife.

„Helfen Sie mir, bitte. Ich wurde überfallen“, fleht er kaum vernehmlich.

Ich zögere noch immer. Als er ins Wanken gerät, kann ich mich nicht länger zurückhalten. Ich gehe auf ihn zu, um ihn zu stützen. Als ich jedoch erkenne, was er in der Hand hält, stoße ich einen markerschütternden Schrei aus.

Kapitel 7

Clive

Den ganzen Tag über bin ich die Unruhe in Person. Amber zu küssen, um mich danach an Rachel abzureagieren, war beileibe nicht meine beste Idee. Eigentlich hätte mich der Sex entspannen sollen, doch das genaue Gegenteil ist der Fall. Im Geheimen weiß ich nämlich, dass mein Verhalten Rachel gegenüber nicht fair war.

Gut, sie hat es herausgefordert, konnte aber nicht ahnen, dass ich im Geiste unablässig bei einer anderen Frau war. Bleibt zu hoffen, dass Rachel nicht auf eine Wiederholung aus ist, denn das liegt absolut nicht in meinem Sinn.

Pausenlos mache ich mir Sorgen um Amber und warte voller Ungeduld darauf, dass der Kollege aus Kanada endlich eintrifft, sodass ich den Premierminister nicht weiterhin auf Schritt und Tritt bewachen muss. Glücklicherweise hält Clark Morgan sich zurzeit vorwiegend in seinem Büro auf, wo ihm keine Gefahr drohen sollte. Ich kann nämlich nicht einschätzen, ob meine Konzentrationsfähigkeit momentan für einen anstrengenden Außeneinsatz ausreichen würde.

Am späten Nachmittag werde ich endlich in den Hauptsitz der Fallen Agents gerufen. Einmal mehr erwartet mich Chris auf dem Privatparkplatz hinter dem Gebäude und führt mich in Percys unterirdisches Refugium.

Schon klar, ich bin offensichtlich alles andere als vertrauenswürdig.

Dort eingetroffen finde ich meinen Boss in ein angeregtes Gespräch mit einem dunkelhaarigen Typen in Jeans und Lederjacke vertieft vor.

Beide erheben sich, als ich eintrete.

Percy umrundet den Schreibtisch und weist auf seinen Gesprächspartner. „Darf ich vorstellen, Lincoln Donovan aus Montreal. Er verfügt über englische Wurzeln und spricht unsere Sprache perfekt, daher wird gar nicht auffallen, dass er im Grunde genommen Kanadier ist. Er wird Sie ab sofort bei Clark Morgans Überwachung unterstützen."

Ich gehe auf meinen Kollegen zu und reiche ihm die Hand. Aus blauen Augen mustert er mich interessiert, während ein lässiges Lächeln um seine Mundwinkel zuckt. Lincoln verfügt über einen festen Händedruck und meine Menschenkenntnis flüstert mir zu, dass dieser Mann keineswegs so harmlos ist, wie er auf den ersten Blick wirkt. Sonst wäre er auch gewiss kein Mitglied der Fallen Agents.

„Danke für Ihr Kommen, Lincoln", begrüße ich ihn. „Es freut mich sehr, dass Sie so kurzfristig einspringen konnten."

„Nicht der Rede wert. In Kanada herrscht gerade Saure-Gurken-Zeit, kein aufregender Einsatz weit und breit." Er beäugt den Kratzer auf meiner Wange und grinst verschmitzt. „Sie sind ein Glückspilz. Sie werden ab sofort die hübsche Lady beschützen, während ich mich mit dem alten Mann zufriedengeben muss. Allerdings scheint sie eine ganz schöne Wildkatze zu sein."

„Wieso denken Sie …?", stammle ich.

Er lacht schallend auf. „Reine Erfahrung. Ich bin schon länger in diesem Business. Nicht jede Frau will beschützt oder bevormundet werden."

„Clive, gibt es da etwas, das ich wissen müsste?", bringt Percy sich jetzt aus dem Hintergrund ein.

„Oh, oh", haucht Lincoln grinsend.

Ich wende mich Percy zu. „Nein, alles in bester Ordnung." Betont lässig zucke ich mit den Schultern. „Rasieren hat mir schon immer Probleme bereitet."

Mein Boss mustert mich ungläubig. „Wenn Sie das sagen." Er nickt in Lincolns Richtung. „Nehmen Sie Ihren kanadischen Kollegen doch bitte mit in die Downing Street. Clark Morgan weiß Bescheid. Ich habe ihm gesagt, dass Sie sich den Einsatz ab sofort teilen werden. Sie haben jetzt also die Möglichkeit, sich stärker um Ms. Stuart zu kümmern. Wie Sie das zeitlich regeln, ist mir gleich. Hauptsache, dem Premierminister wird kein Schaden zugefügt."

Ich nicke. „Vielen Dank, das bekommen wir schon hin. Sie haben etwas bei mir gut."

Er winkt ab. „Das dürfte nicht nötig sein. Ich habe The Eye nämlich noch einmal ausführlich recherchieren lassen. Das System ist hochintelligent, kann aber manchmal dennoch nicht alle Verbindungen herstellen."

Entschuldigend zuckt er mit den Schultern. „Ms. Stuart könnte in der Tat gefährdet sein, daher wird The Eye sie ab sofort überwachen. Das Krankenhaus sowie das Gebäude, in dem sie wohnt, stehen bereits unter konstanter Beobachtung. Ich habe mich in die Software der Klinik eingehackt, genau wie in alle Überwachungskameras in der Umgebung. Selbst die Tube, die Ms. Stuart für gewöhnlich nutzt, wird jetzt durchleuchtet." Er wendet sich der Tastatur auf seinem Schreibtisch zu. „Amber Stuart", befiehlt er.

Unverzüglich erscheinen Aufnahmen auf dem Bildschirm an der Wand, die Ambers Wohnhaus und das St. Thomas´ Hospital zeigen.

Percy deutet darauf. „Sobald sie ihre Wohnung verlässt, haben wir sie auf dem Schirm. In ihr Handy bin ich bislang nicht eingedrungen, da ich der jungen Dame noch einen Tick Privatsphäre gönnen wollte. Zu allem Unglück kann der vorsintflutliche Mini, den sie fährt, leider nicht gehackt werden, da diesem Schrotthaufen jegliche verwertbare Technik fehlt."

Er schenkt mir wieder seine Aufmerksamkeit. „Vielleicht könnten Sie Ms. Stuart bei Gelegenheit zusätzlich eine Wanze unterjubeln, damit sollten wir fürs Erste auf der sicheren Seite sein. Ich werde Sie sofort informieren, sobald The Eye irgendetwas Verdächtiges findet."

„Klingt gut", sage ich.

Sein Blick schweift zwischen Lincoln und mir hin und her. „Perfekt, dann hätten wir das ja geklärt. Ich wünsche Ihnen beiden viel Erfolg."

Da dieser Satz einem Rauswurf gleichkommt, wenden wir uns fast zeitgleich ab und marschieren in Richtung Ausgang.

„Ach, und Clive!", ruft Percy uns noch hinterher. „Sie vergessen bitte nicht, dass die junge Dame mit dem Sohn des Premierministers liiert ist!"

„Würde mir nicht im Traum einfallen", antworte ich trocken.

Lincoln mustert mich einmal mehr schmunzelnd, nachdem wir Percys Büro verlassen haben. „Wenn ich das hier alles richtig interpretiere, stecken Sie bis zum Hals in der Scheiße, korrekt?"

„Das ist noch gelinde ausgedrückt. Lust auf ein

Bier? Die Downing Street ist zurzeit besser abgesichert als Fort Knox. Ich würde gerne mehr über die Fallen Agents erfahren. Percy ist leider nicht der gesprächigste Zeitgenosse.“

Er nickt. „Einverstanden, dann möchte ich aber über die Kleine informiert werden, die Ihnen so wichtig zu sein scheint.“

Ein paar Stunden später habe ich Lincoln einen Großteil meiner verkorksten Lebensgeschichte anvertraut. Ich kann gar nicht so recht einschätzen, warum ich das getan habe, denn normalerweise bin ich die Verschwiegenheit in Person. Eine Intuition sagt mir jedoch, dass ich diesem Mann vertrauen kann.

Mittlerweile weiß ich, dass Lincoln früher für den kanadischen Geheimdienst gearbeitet, sich aber dummerweise mit der Frau seines höchsten Vorgesetzten eingelassen hat. Allerdings ohne ihre wahre Identität zu kennen. Was ihm zu seinem Leidwesen ein gebrochenes Herz sowie eine Suspendierung eingebracht hat.

Wie ungerecht die Welt doch manchmal ist! Genau wie ich schien er ein engagierter Agent gewesen zu sein, was plötzlich keine Rolle mehr spielte. Das Leben schreibt wirklich die traurigsten Geschichten.

Auch ihm hat Percy eine neue Zukunft gegeben. Lincoln schwärmt in den höchsten Tönen von unserem Boss und seinem weltweiten Engagement, was mich etwas beruhigt. Allem Anschein nach bin ich bei den Fallen Agents gut aufgehoben.

Sogar auf privater Ebene haben mein Gesprächspartner und ich einige Gemeinsamkeiten. Lincoln liebt ebenfalls schnelle Autos, verbringt viel Zeit mit

Kampfsport sowie Fitnesstraining und hat nicht gerade das glücklichste Händchen für Frauen. Zudem erfahre ich, dass er früher Profi-Eishockeyspieler war, was perfekt zu diesem Bären von einem Mann passt.

Im Laufe des Abends informiert er mich über seine bisherigen Einsätze für die Fallen Agents, wobei es sich vorwiegend um die Verhinderung von Cyberattacken und Bombenanschlägen handelte. Stets war The Eye über die Bedrohung im Bilde, bevor die Behörden überhaupt davon erfuhren. Eine Tatsache, die für einen früheren Geheimdienstmitarbeiter wie mich nur schwer nachvollziehbar ist.

Wann genau haben die reichen Industrienationen eigentlich die Kontrolle über die Welt verloren? Braucht es heutzutage wirklich Millionäre und private Visionäre, um den Fortschritt voranzutreiben und die Menschen vor Gefahren zu bewahren?

Allem Anschein nach ist das so. Traurig, aber wahr.

Als wir zu später Stunde in der Downing Street eintreffen, habe ich den Eindruck, in Lincoln nicht nur einen Gleichgesinnten, sondern obendrein einen Freund gefunden zu haben. Plötzlich erscheint mir die Misere, in der ich stecke, gar nicht mehr so erdrückend, denn zum ersten Mal seit langer Zeit bin ich nicht auf mich allein gestellt. Ein ungewohntes, aber auch beruhigendes Gefühl.

Der Premierminister sitzt an seinem Schreibtisch und wälzt Akten, als wir sein Büro betreten. Man kann ja über Politiker sagen, was man will, aber Clark Morgan ist definitiv ein Arbeitstier und lässt nichts unversucht, England zu seiner früheren Blüte zurückzuführen, wenn auch hin und wieder mit etwas radikalen Maßnahmen.

Bei unserem Anblick erhebt er sich prompt. Was auch meine ganz persönliche Lieblingskatze aufscheucht, die zuvor neben seinen Füßen ruhte. Molly stakst hochnäsig auf mich zu und streicht mir kurz um die Beine, ehe sie mich mit Missachtung straft. Dafür reibt sie sich genüsslich an Lincolns Waden, bevor sie ein zufriedenes Schnurren von sich gibt.

Mein Begleiter beugt sich zu ihr hinab und fährt ihr sanft mit der Hand über das Köpfchen, was ihr offenbar gefällt, denn sie schmiegt sich näher an ihn.

Okay, schon verstanden, sie ist nicht generell ein Monster, vielmehr scheint es an mir zu liegen.

„Sie müssen Lincoln sein“, begrüßt Clark Morgan in diesem Moment meinen Kollegen. „Schön, Sie kennenzulernen. Jeder Bekannte von Percy ist auch mein Freund.“

„Es ist mir eine große Ehre, mit Ihnen zusammenarbeiten zu dürfen, Sir“, äußert Lincoln, während es sich Molly auf seinen Füßen bequem macht.

Der Premierminister wendet sich mir zu. „Clive, was ist denn mit Ihrer Wange geschehen?“

Ich verdrehe innerlich die Augen. So langsam kann ich es nicht mehr hören. Kurz bin ich versucht, es auf seinen streitsüchtigen Stubentiger zu schieben. Da dieser jedoch handzahm auf Lincolns Füßen liegt, erscheint mir das wenig glaubhaft. Also muss wieder der Rasierer herhalten.

Gerade will ich zu einer Erklärung ansetzen, als Morgan ein glucksendes Geräusch entfährt. „Sie sollten sich einfach künftig von Rachels Fingernägeln fernhalten“, verkündet er verschmitzt grinsend.

„Ich weiß nicht, wovon Sie sprechen“, gebe ich perplex von mir.

Er zieht spöttisch die Augenbrauen hoch. „Tja, Clive, das Personal redet. Aber kein Problem, Ihr kleines Geheimnis ist bei mir gut aufgehoben. Hauptsache, Sie sorgen dafür, dass mir kein Haar gekrümmt wird … Mein Sohn und seine Freundin natürlich eingeschlossen.“ Er bricht ab, als sein Telefon läutet. „Entschuldigen Sie mich bitte kurz.“

Während er das Gespräch entgegennimmt, zwinkert Lincoln mir zu. „Amber, Rachel … Uh, uh. Ich verliere komplett den Überblick“, spottet er leise.

Schon klar, ich muss gerade den Eindruck erwecken, als wäre ich der Womanizer schlechthin.

Ich will etwas erwidern, doch in diesen Augenblick setzt auf meinem sowie Lincolns Handy ein Alarm ein.

Gar nicht gut!

Während ich noch nach dem Telefon greife, beschleunigen die Worte des Premierministers meinen Pulsschlag.

„Im Krankenhaus, sagen Sie … Verstehe, ich kümmere mich darum.“ Er wendet sich uns zu. „Im St. Thomas´ Hospital wurde ein Alarm ausgelöst. Das ist die Klinik, in der die Freundin meines Sohnes beschäftigt ist. Könnte einer von Ihnen vielleicht …?“

„Schon unterwegs.“ Ich stecke das Handy weg, auf dem inzwischen die gleiche Nachricht erschienen ist, und jage wie eine Rakete aus dem Raum.

Dieses Mal jogge ich nicht durch London, sondern springe in einen der drei gepanzerten Wagen, die im

Hinterhof parken, setze ein Blaulicht aufs Dach und schieße in mörderischem Tempo durch die englische Metropole.

Währenddessen fahren meine Gedanken Achterbahn.

Gott, wenn Amber etwas zugestoßen ist, werde ich mir das nie verzeihen. Erst ihr Bruder und jetzt sie, das wäre mehr, als selbst ein abgeklärter Typ wie ich ertragen könnte.

Mit quietschenden Reifen bringe ich den Wagen vor dem Haupteingang des Krankenhauses zum Stehen. Polizisten, Krankenschwestern und Patienten in Morgenmänteln laufen wild durcheinander.

„Was ist geschehen?", frage ich einen jungen Kerl mit einem Skateboard unter dem Arm, der mit offener Begeisterung den schicken Wagen begutachtet, aus dem ich gesprungen bin.

„Es gab einen Überfall."

Für den Bruchteil einer Sekunde setzt mein Herz aus. „Und weiter?", fahre ich ihn an.

„Ich glaube, sie suchen den Täter. Sind Sie Geheimagent?"

„Na, was denkst du wohl?", äußere ich und marschiere schnurstracks auf das Krankenhaus zu.

Als mich an der Eingangstür eine Sicherheitskraft stoppen will, ziehe ich einen von Percys gefälschten Ausweisen aus der Innentasche meiner Lederjacke und wedle damit herum. Keine Ahnung, welchen ich erwischt habe.

„Britischer Geheimdienst", verkünde ich in einem Ton, der keinen Widerspruch duldet. „Bringen Sie mich auf der Stelle zu Dr. Stuart!"

Zu meiner Erleichterung nickt der Mann. „Folgen

Sie mir bitte, Sir.“

Das klingt ganz danach, als ob Amber noch in der Klinik weilt, und nicht gerade in einem Kofferraum aus der Stadt bugsiert wird.

Wir marschieren durch einen langen sterilen Gang. Auch hier rennen Ärzte und Pfleger hektisch umher. Nach einer sinnvollen Koordination sieht das leider nicht aus.

Letztendlich stoppt der Security-Angestellte vor einer Behandlungskabine der Notaufnahme, in der Amber damit beschäftigt ist, die blutende Kopfwunde eines Mannes zu versorgen.

Beruhigt atme ich aus. „Ich danke Ihnen.“ Wohlwollend nicke ich in Richtung des Wachmannes, ehe ich Anstalten mache, die Kabine zu betreten.

„Äh, Sir, tut mir leid, aber das ist nicht erlaubt“, versucht er, mich zu stoppen.

Ich halte eine Hand in die Luft. „Keine Sorge, das geht schon in Ordnung. Dr. Stuart befindet sich in Gefahr, ich übernehme ab sofort die Verantwortung für sie.“

Er mustert mich ein paar Wimpernschläge lang unschlüssig, letztendlich nickt er und marschiert davon.

„Amber, wie geht es dir?“, erkundige ich mich, nachdem ich mich in den kleinen Raum geschoben habe.

Sie fährt überrascht herum. Wut blitzt in ihren wunderschönen Augen auf, als sie mich erblickt. „Du!“, zischt sie. „Du treibst mich noch in den Wahnsinn. Ist dir das bewusst?“

Ich ignoriere ihren Zorn. Früher hat mich ihr aufbrausendes Temperament fasziniert, doch im Moment kann ich diesem furienhaften Gehabe nichts abgewinnen. „Was genau ist hier geschehen?“

„Ein stinknormaler Überfall, wie er jeden Tag zigmal vorkommt. Da wir nicht wissen, ob der Kriminelle sich im Krankenhaus aufhält, wurde Alarm ausgelöst.“ Verärgert wirft sie eine Hand in die Luft. „Um ein Haar hätte ich dem Opfer nicht geholfen.“ Sie wedelt mit dem Arm in Richtung ihres blutüberströmten Patienten. „Er trug ein Messer bei sich. Ich ging davon aus, er würde mich damit angreifen, dabei hat er es seinem Gegner entrissen. Ich habe dadurch wertvolle Minuten verschenkt, während denen er viel Blut verloren hat. Ich hoffe nur, er wird wieder ganz gesund, sonst werde ich mir das nie verzeihen.“

Mein Telefon gibt erneut einen Alarm von sich. Ich ziehe es aus der Hosentasche, spähe darauf und erstarre.

St. Thomas´ Hospital, Eingang zwei. The Eye hat einen Besucher als Terroristen identifiziert. Bringen Sie Amber Stuart auf der Stelle in Sicherheit!, lautet die Nachricht von Percy.

Ohne eine weitere Sekunde zu zögern, gehe ich auf Amber zu. Ich werde mich jetzt nicht in eine Diskussion mit ihr verstricken und dadurch Zeit verlieren. Natürlich könnte ich sie mit einem Handkantenschlag außer Gefecht setzen, aber ich möchte ihr nicht wehtun. Auch die Benutzung der Druckpunkte, die in Krimis Menschen ohnmächtig werden lassen, sollte doch lieber den asiatischen Meistern der Kampfkünste vorbehalten bleiben.

Daher greife ich nach einem Spray in meiner Jackentasche, das zur Standardausrüstung der Fallen

Agents gehört, und sprühe den feinen Nebel in Ambers verdutztes Gesicht, die zwei Atemzüge später wie eine Marionette in sich zusammensackt.

Geistesgegenwärtig fange ich sie auf und werfe sie mir kurzerhand über die Schulter. Draußen begegne ich dummerweise einem anderen Arzt, der mit offenem Mund seine betäubte Kollegin betrachtet.

„Was ist mit Amber geschehen?“, will der dunkelhaarige Mann wissen. „Geht es ihr nicht gut?“

Wieder zücke ich meinen Ausweis und halte ihn dem Mediziner unter die Nase. „Britischer Geheimdienst. Dr. Stuart schwebt in ernster Gefahr und muss sofort aus der Klinik gebracht werden. Keine Sorge, ich kümmere mich um alles Weitere.“ Ich deute auf den Behandlungsraum. „Tun Sie mir bitte den Gefallen und versorgen ihren Patienten.“

Ehe er noch Widerspruch einlegen kann, verlasse ich im Eiltempo die Station und laufe auf einen der Notausgänge zu.

Dort halte ich inne und führe mein Handy zum Mund. „Könnten Sie einen Feueralarm auf der Nordseite des Hospitals auslösen!“, fordere ich Percy auf.

Kurz darauf vernehme ich das laute Heulen einer Sirene. Zufrieden setze ich meinen Weg fort. Am Ausgang angekommen spähe ich vorsichtig hinaus. Hier herrscht himmlische Ruhe, da die meisten Angestellten soeben auf die andere Seite des Gebäudes eilen.

Perfekt!

Schnellen Schrittes umrunde ich das Krankenhaus. So unauffällig, wie es mit einer bewusstlosen Frau über der Schulter nun einmal geht. Doch zum Glück sind alle Passanten derart von dem Feueralarm abgelenkt, dass mich niemand so richtig wahrnimmt.

Als wir den Jaguar erreicht haben, lasse ich Amber vorsichtig auf den Beifahrersitz sinken, steige gegenüber ein und düse davon. Mehrfach vergewissere ich mich, währenddessen im Rückspiegel, dass uns kein Fahrzeug folgt.

Ich weiß, es gibt hier in der Nähe so eine Art Safehaus der Fallen Agents, in dem ich Amber unterbringen könnte. Allerdings würde dann die Gefahr bestehen, dass sie sich in einer unbeobachteten Minute ins Krankenhaus zurückschleichen könnte. Leider entfällt auch die Option, sie einzusperren, da ich die bereits angespannte Atmosphäre zwischen uns nicht noch stärker vergiften will.

Daher entscheide ich, Amber an einem Ort zu verstecken, von dem aus sie nicht mühelos in die Klinik kommt. Ich bringe sie zu dem einzigen Platz, an dem ich mich zu Hause und sicher fühle: meinem Bauernhof.

Kapitel 8

Amber

Als ich die Augen aufschlage, fühle ich mich leicht benommen. Verwirrt blicke ich um mich. Durch die Ritzen einer geschlossenen Jalousie fällt ein schwacher Lichtschein in das Zimmer. Doch das hier ist keineswegs meine Wohnung oder der Schlafraum im Krankenhaus.

Wo zur Hölle bin ich? Und was ist geschehen?

Sekunden später setzt die Erinnerung ein und ich gebe ein erzürntes Schnauben von mir.

Verfluchter Clive! Er hat es tatsächlich gewagt, mich zu betäuben. Na warte!

Ich schiebe die Decke beiseite und schaue an mir hinab. Überrascht nehme ich zur Kenntnis, dass ich in einem viel zu großen Shirt stecke, darunter trage ich nichts als einen Slip. Weitere Bläschen der Wut steigen in meinem Inneren auf, nicht mehr lange und ich erreiche den Siedepunkt. Dieser Mistkerl hatte offensichtlich keine Hemmungen, mir meine Krankenhauskleidung auszuziehen.

Ich springe aus dem Bett und marschiere auf die Tür zu. Kurz setzt Schwindel in meinem Kopf ein, sodass ich mich vorsichtshalber mit der rechten Hand an einem klobigen Holzschrank abstütze. Zum Glück erlange ich rasch das Gleichgewicht wieder.

Nachdem ich die Tür aufgerissen habe, blendet mich die Helligkeit und lässt mich in der Bewegung verharren. Als ich mich blinzelnd an das Tageslicht gewöhnt habe, mustere ich erstaunt den riesigen mit Holz verkleideten Raum.

Clive sitzt auf einem dunkelgrauen Sofa in der Mitte des Zimmers und verfolgt einen Boxkampf auf einem gigantischen Flachbildschirm. Im Gegensatz zu mir wirkt er völlig tiefenentspannt.

Ja, so kenne ich diesen Kerl! So schnell kann ihn nichts erschüttern, mich hingegen bringt seine Coolness umso mehr auf die Palme.

Wutentbrannt stapfe ich auf ihn zu, stemme die Hände in die Hüften und baue mich vor ihm auf. Zugegeben, mein Outfit ist nicht sonderlich Respekt einflößend, doch das spielt für den Moment keine Rolle. „Was fällt dir ein, mich einfach so zu kidnappen? Bring mich auf der Stelle zurück!“, befehle ich ihm.

Er mustert mich mit ausdrucksloser Miene, wobei sein Blick gemächlich über meine nackten Beine hinwegschweift, ehe er mir ins Gesicht sieht. „Ich bekam eine Meldung, dass sich ein gefährlicher Terrorist im Krankenhaus aufhält.“

Ich werfe die Arme in die Luft. „Und wenn schon! Vielleicht war er krank oder wollte jemanden besuchen.“

„Spät abends? Das ist unwahrscheinlich. Sobald wir ihn überprüft haben, sehen wir weiter.“

„Hättest du mir das nicht einfach sagen können? Dann wäre es gar nicht nötig gewesen, mich außer Gefecht zu setzen. Mit was zur Hölle hast du mich überhaupt betäubt?“

Er verzieht das Gesicht. „Ganz ehrlich, ich hatte weder die Zeit noch die Lust auf eine anstrengende Diskussion mit dir.“

„Du hältst mich für anstrengend?“

Er zuckt mit den Schultern. „Welche Frau ist das

nicht?“

„Ich frage dich noch einmal, was war das für ein Spray?“

„Keine Ahnung, gehört zur Standardausrüstung meiner Firma. Kann also nichts Gefährliches sein.“

„Für wen genau arbeitest du eigentlich?“, erkundige ich mich, da ich so nicht weiterkomme.

„Für ein privates Sicherheitsunternehmen, das weltweit vernetzt ist. Daher liegen uns manchmal Informationen vor, über die die lokalen Behörden noch nicht verfügen.“

„Verstehe.“ So langsam verraucht meine Wut. Möglicherweise befand ich mich ja wirklich in Gefahr. „Wo bin ich hier?“

„Bei mir.“

„Geht das etwas präziser?“

„Ich lebe seit einiger Zeit auf einem Bauernhof etwa zwanzig Meilen östlich von London, in der Nähe von Dartford. Da mich niemand mit dir in Verbindung bringen dürfte, solltest du hier fürs Erste gut aufgehoben sein.“

„Ein Bauernhof? Wow, das hätte ich nun nicht erwartet. Darf ich mich einmal umsehen?“

Einladend hält er eine Hand in die Luft. „Nur zu.“

Ich blicke an mir hinab. „Du hast nicht zufälligerweise noch eine Hose für mich? Ich schätze es übrigens nicht sonderlich, wenn man mich ohne meine Zustimmung entkleidet.“

Während er sich erhebt, mustert er mich provozierend. „Ich kann dir versichern, dass es nichts gibt, was ich nicht schon gesehen hätte. Außerdem warst du diejenige, die mir stets erklärt hat, wie gefährlich Krankenhauskeime sein können. Deine Schuhe habe ich desinfiziert, du kannst sie wieder anziehen.“ Er marschiert in einen angrenzenden Raum und kehrt kurz darauf mit einer schwarzen Jogginghose zurück, die er mir zuwirft.

Hastig steige ich hinein.

Natürlich ist sie mir zu lang.

Doch nachdem ich die Hosenbeine ein paarmal umgeschlagen habe, geht es. Schnell schlüpfe ich noch in meine Sneakers, die ich in einer Ecke entdeckt habe. Sofort fühle ich mich um einiges wohler.

Neugierig marschiere ich durch den Bauernhof und spähe in den erstbesten Raum. Dummerweise handelt es sich dabei um Clives Schlafzimmer. Die dunklen Möbel wirken topmodern, generell ist mir das Ambiente jedoch zu düster.

Hastig verlasse ich es und entdecke eine schicke anthrazitfarbene Küche. Danach eine Art Fitnessstudio, das vorwiegend mit von der Decke hängenden Boxsäcken ausgestattet ist. Im nächsten Zimmer bremse ich ungläubig ab. Nicht nur der riesige stählerne Tresor verwundert mich, sondern auch die vielen Pokale, die in einer Glasvitrine glitzern. „Kannst du mir das hier erklären?“, frage ich Clive, der hinter mich getreten ist.

Er richtet seine Aufmerksamkeit auf den Tresor. „Das ist ein Waffenschrank. Goldbarren wirst du darin keine finden, falls du das vermutet hast.“

„Oh, verstehe. Aber was hat es mit den Pokalen auf sich?“ Ich nähere mich der Vitrine und spähe auf die Inschriften auf den Trophäen. „Boxen und Autorennen?“ Überrascht wende ich mich um und suche nach Clives Blick.

Er zuckt mit den Schultern. „Irgendwie musste ich

mich ja finanziell über Wasser halten. Der Job bei der letzten Security-Firma in London war extrem schlecht bezahlt, daher habe ich gekündigt."

„Aber ich habe noch nie von dir gehört. Du müsstest doch bekannt sein, wenn ich mir die vielen Pokale hier so ansehe, oder?"

Er schaut zu Boden. „Die Boxkämpfe und Rennen, an denen ich teilnehme, werden nicht gerade an die große Glocke gehängt."

Erschrocken starre ich ihn an, als ich den tieferen Sinn seiner Worte begreife. „Oh, mein Gott, das war alles illegal?"

Er nickt. „Durch einen Kollegen bei der Sicherheitsfirma erfuhr ich, wie ich mit meinen Fähigkeiten problemlos mehr Geld verdienen konnte. Einen Versuch war es wert. Es ist ja nicht so, als ob ich etwas zu verlieren gehabt hätte."

Ich schlucke schwer und gebe mir alle Mühe, den Vorwurf in seinen Worten zu ignorieren. „Machst du das immer noch?" Mit der Hand wedle ich in Richtung der Pokale.

„Nein, mein neuer Job wird erstklassig bezahlt."

„Ein Glück … Amber Dragon", flüstere ich, als ich die Gravur auf einem Pokal entdecke. Fassungslos starre ich Clive an. „Du bist Amber Dragon?" Siedend heiß fällt mir in diesem Moment ein, wo ich den Namen schon einmal gehört habe.

Verdutzt zieht er die Augenbrauen hoch. „Du weißt von mir?"

„Ich habe im Krankenhaus ab und an deine Gegner zusammengeflickt. Sie haben übrigens großen Respekt vor dir." Schockiert schüttle ich den Kopf. „Meine Güte, Clive, ich kann das alles kaum glauben. Wie zum Teufel bist du da nur hineingeraten?“

Ein dunkler Schatten legt sich über sein Gesicht und lässt seine Augen gefährlich glitzern. „Das fragst ausgerechnet du! Die Untergrundkämpfe müssten doch in deinen Augen zu einem Scheißkerl wie mir passen, nicht wahr?“ Frustration und unterdrückte Wut halten sich in seiner Stimme die Waage.

Holy shit, was haben mein Vater und ich diesem Mann bloß angetan?

„Ich habe niemals gesagt, dass ich dich für einen Scheißkerl halte. Aber ebenso wenig hätte ich vermutet, dass du derart gegen das Gesetz verstoßen würdest.“

Er zuckt mit den Schultern. „Tja, in der Not …“

„Ich kann nur noch einmal wiederholen, wie leid mir das alles tut. Mein Vater wollte seine ganz persönliche Rache. Du weißt, Nathan sollte seine Nachfolge in der Firma antreten. In dieser Nacht wurden Dads komplette Zukunftspläne zunichtegemacht. Selbst wenn ich damals die Kraft dazu gehabt hätte, wäre ich vermutlich nicht in der Lage gewesen, ihn davon abzuhalten, dein Leben zu zerstören.“

Er geht einen Schritt auf mich zu und sucht nach meinem Blick. „Ehrlich gesagt hatte ich von deinem Vater nichts anderes erwartet. Aber dass du mir nicht verzeihen konntest, das hat mich schwer getroffen.“

„Clive, ich war noch jung, gerade einmal 25. Vielleicht auch ein wenig blauäugig. Meine Zukunft erschien mir rosarot, all das wurde über Nacht zerstört. Immer, wenn ich dich ansah, musste ich an Nathan denken. Es gab nur die Möglichkeit, mich von dir zu trennen, um all das verarbeiten zu können. Glaube ja nicht, das wäre mir leicht gefallen.“

„Und wie ergeht es dir heute bei meinem Anblick? Kämpfst du in meiner Nähe regelmäßig dagegen an, dich an Ort und Stelle zu übergeben?“, provoziert er mich mit bitterem Unterton.

„Nein, der Abstand hat mir geholfen. Ich habe in den letzten Jahren unsagbar viele Unfallopfer behandelt. Dabei wurde mir bewusst, dass es jeden treffen kann, auch wenn man noch so große Vorsicht walten lässt. Das ist übrigens der Grund, warum ich vorwiegend in der Notaufnahme tätig bin. Ich hoffe tagtäglich, dem einen oder anderen Verletzten das Leben retten zu können.“

„Zu schade, dass dir diese Erkenntnis nicht schon früher gekommen ist.“ Er hält meinen Blick fest und lässt ihn nicht mehr los.

Wieder spüre ich, dass da nach wie vor eine Verbindung zwischen uns besteht. „Wage es nicht, mich noch einmal zu küssen!“, zische ich und verfluche mich dafür, dass meine Stimme atemlos klingt.

Er grinst teuflisch. „Das lag nicht in meiner Absicht. Doch sollte es erneut passieren, bin ich zumindest darauf vorbereitet, dass du schlagkräftige Gegenargumente einsetzt.“

Ich reiße mich von seinen Augen los und mustere einmal mehr die Pokale. „Wissen deine Eltern hiervon?“

Er schüttelt den Kopf. „Das wollte ich ihnen nicht zumuten.“

„Dachte ich mir. Wie geht es ihnen?“

„Recht gut, in letzter Zeit sehe ich sie und meinen Bruder allerdings selten, da es mir schwerfällt, sie konstant zu belügen.“

„Das kann ich mir vorstellen. Sie fehlen mir. Sie

waren immer so eine Art Ersatzfamilie für mich."

„Du glaubst gar nicht, wie sehr sie dich vermisst haben. Aber lassen wir das jetzt", bricht er schroff ab. „Komm mit! Ich möchte dir den wahren Grund zeigen, warum ich diesen Bauernhof gekauft habe."

Er legt mir eine Hand auf den Rücken und schiebt mich in das Nebengebäude. Ungläubig starre ich auf die vielen glänzenden Karossen, die in der ausgebauten Scheune stehen und im schwachen Licht der Deckenleuchten schimmern.

Fassungslos schlage ich mir eine Hand vor den Mund. „Sag jetzt nicht, die gehören alle dir. Du liebe Güte, die müssen ja ein Vermögen wert sein."

„Ich habe während der letzten Jahre nicht schlecht verdient."

„Hast du keine Angst, dass sie gestohlen werden könnten?"

„Das komplette Gelände ist mit einer sehr ausgeklügelten Alarmanlage und Unmengen von Kameras versehen. Sonst hätte ich dich nicht hierhergebracht. Dadurch kann ich zudem verhindern, dass du dich bei Nacht und Nebel in die Klinik schleichst."

„Denkst du auch mal an meine Patienten?"

Er schüttelt den Kopf. „Nein, im Moment nicht. Mir geht es einzig und allein um dein Leben."

„Verstehe. Aber einverstanden, ich werde mich ruhig verhalten, bis wir wissen, ob es sich wirklich um einen gefährlichen Terroristen gehandelt hat. Sollten wir angegriffen werden, scheinst du ja genügend Waffen im Haus zu haben."

„Das ist wohl so. Kannst du eigentlich schießen?"

„Nein."

„Ich werde es dir beibringen. Das hätte ich damals

schon tun sollen. Durch die Geschäfte und das Vermögen deines Vaters schwebst du grundsätzlich in Gefahr. Es ist sicher kein Fehler, wenn du dich gegen etwaige Angreifer zur Wehr setzen kannst."

„Genau aus diesem Grund habe ich vor ein paar Jahren an mehreren Selbstverteidigungskursen teilgenommen. Ich bin durch den Schichtdienst häufig spät unterwegs. Darüber hinaus sind nicht alle Patienten harmlos. Seitdem fühle ich mich wesentlich sicherer."

„Jetzt weiß ich auch, wer dir beigebracht hat, einen Mann zu schlagen, nur weil er nach vielen Jahren einmal wieder in Erfahrung bringen wollte, wie du schmeckst."

Ich lege den Kopf schief und mustere ihn herausfordernd. „Soll ich dir sagen, dass du riesiges Glück hattest? In den Kursen haben Sie uns nämlich empfohlen, einem Angreifer die Augen auszustechen."

„Puh, jetzt machst du mir aber Angst", äußert er trocken und bringt mich damit zum Lachen.

„Ja, du solltest mir echt dankbar sein."

Er betrachtet mich eindringlich. „Ich habe dich schon lange nicht mehr lachen gesehen. Es beruhigt mich ein wenig, dass du Abstand zu der Sache gewinnen konntest." Seine Stimme klingt jetzt ehrlich, jeglicher Anflug von Sarkasmus oder Wut ist daraus verschwunden.

Ich hole vernehmlich Luft, da er mich mit dieser fast schon liebevollen Ansage aus dem Konzept gebracht hat. „Die Zeit heilt wohl doch die meisten Wunden."

Er greift vorsichtig in mein Haar, offensichtlich darauf gefasst, dass ich ihm erneut eine Ohrfeige verpassen könnte. „Warum hast du dir die wundervollen Locken abgeschnitten?“

„Ich wollte seriöser wirken.“

Er verdreht die Augen. „Denkst du wirklich, dazu ist eine andere Frisur nötig? Du bist eine engagierte Ärztin, die jeder Patient schätzen sollte. Und wenn nicht, hat er deine Behandlung nicht verdient.“

„Sie wachsen ja wieder“, äußere ich lediglich, da mich Clives Verhalten irritiert. Als wir uns vor Jahren zum letzten Mal gesehen haben, standen Hass, Beleidigungen und Wut zwischen uns. Plötzlich unterhalten wir uns wieder wie ganz normale Menschen. Ich weiß gar nicht so recht, wie ich damit umgehen soll.

Ein Rascheln reißt mich aus meinen Überlegungen und lässt mich herumfahren. Eine rötliche Katze tapst auf uns zu. Ihr Fell wirkt zerrupft, als wäre sie unter einen Zug geraten. „Ist das deine?“

„Ein Streuner. Er leistet mir häufig Gesellschaft. Von Zeit zu Zeit holt er mich allerdings aus dem Schlaf, da er die Alarmanlage in Gang setzt.“ Clive sinkt in die Hocke. „Komm her, Garfield.“

Prompt läuft das Tier auf ihn zu und schmiegt sich an sein Bein. Clive fährt ihm zärtlich mit einer Hand durch das buschige Fell, was das süße Wesen genüsslich schnurren lässt.

„Garfield, wie niedlich. Das passt. Es ist ein männliches Tier?“

Clive nickt. „Ich gehe davon aus.“

Eine Zeit lang lasse ich das herzerwärmende Bild auf mich wirken. Dann reiße ich mich von dem Anblick los, er geht mir zu nahe. „Erklär mir, was das für Wagen sind“, lenke ich ab und schenke meine

Aufmerksamkeit wieder den Fahrzeugen in der Scheune. „Du solltest doch wissen, dass ich einen Jeep kaum von einem Mini unterscheiden kann."

Clive richtet sich grinsend auf. „Mir ist zu Ohren gekommen, dass du diese Blechdose immer noch fährst."

„Selbstverständlich. Aber wer hat dir das verraten?"

„Wir überwachen aus Sicherheitsgründen dein Wohnhaus mitsamt Tiefgarage, genau wie das Hospital."

Ich mustere ihn versonnen. „Du gehst also wirklich davon aus, dass die Terroristen es auf mich abgesehen haben?"

Er nickt. „Ich versichere dir, dass ich dich nicht hierher verschleppt habe, da mir der Sinn nach weiblicher Gesellschaft steht."

„Was ist eigentlich mit dem Premierminister? Kannst du ihn einfach so sich selbst überlassen?"

„Ein Kollege beschützt ihn momentan." Er weist auf den vor uns parkenden Wagen. „Ein Aston Martin Vanquish, fast 600 PS, einer meiner Lieblingswagen."

„Sieht aufregend aus. Nur interessehalber, wie viel kostet so ein Fahrzeug?"

„Neu, über zweihunderttausend Pfund. Ich habe ihn allerdings gebraucht erstanden."

„Das heißt, hier stehen Autos im Wert von mehreren Millionen."

„Ja, das kommt in etwa hin."

„Wow", hauche ich. „Ganz ehrlich, auch wenn deine Einnahmequellen nicht legal waren, bewundere ich, was du erreicht hast."

Er mustert mich ein paar Wimpernschläge lang eindringlich. „Ich hätte nicht erwartet, dass du das so sehen würdest."

Ich zucke mit den Schultern. „Auch ich habe mich verändert. Ich bin nicht mehr die brave Medizinstudentin, die von ihren Eltern in Watte gepackt wird. In der Notaufnahme werde ich Tag für Tag damit konfrontiert, wie miserabel es vielen Menschen geht. In welcher Armut sie gezwungen sind zu leben. Hin und wieder muss auch ich gegen das Gesetz verstoßen, um Junkies und Obdachlosen zu helfen."

Er nickt. „Willkommen in meiner Welt."

Neugierig nehme ich die restlichen Fahrzeuge ins Visier. „Der mattschwarze Wagen, was ist das für einer?" Ich nicke in Richtung eines flachen Autos, das an ein Batmobil erinnert.

„Du erkennst nicht einmal einen Ferrari?" Schmunzelnd greift er nach meiner Hand und zieht mich auf die Flunder zu. „Setz dich einmal hinein, du wirst ihn lieben."

Ich gehorche prompt. Das Interieur und die Sitze wirken sehr nobel, trotzdem werde ich Clives Leidenschaft für Geschwindigkeit niemals teilen.

Nachdem er mir noch einiges über seine Autos, die er liebevoll Babys nennt, erzählt hat, sinke ich zu später Stunde in das bequeme Bett des Gästezimmers. Die Ereignisse und vor allem der Mann, dem ich nie wieder gegenübertreten wollte, haben mich verwirrt. Ich bin unsagbar froh, dass wir uns jetzt wesentlich unbekümmerter unterhalten können als noch vor einigen Jahren.

Es stimmt wirklich, die Zeit im Krankenhaus hat mich verändert. Ich sehe Unfälle mittlerweile mit völlig anderen Augen. Verkettungen unglücklicher Umstände kommen häufiger vor, als man denkt. Man muss lernen, zu verzeihen und zu vergessen, das ist mir im Lauf der Zeit klar geworden.

Vielleicht ist ja sogar jedes Ereignis in unserem Dasein vorherbestimmt und hat seinen Grund. Wer kann das schon so genau einschätzen?

Da mir Clives Anwesenheit im Nebenraum ein Gefühl der Geborgenheit vermittelt, falle ich trotz der mich quälenden Gedanken recht schnell in einen tiefen Schlaf.

Kapitel 9

Amber

Nachdem wir am nächsten Morgen gefrühstückt haben, führt Clive mich hinter das Gebäude und drückt mir eine kleine silberne Pistole in die Hand, die ich nur widerwillig ergreife. In einiger Entfernung entdecke ich schwarz-weiße Schießscheiben.

Er erklärt mir, wie ich die Waffe halten muss und am besten ziele: Füße schulterbreit, Oberkörper leicht nach vorne gebeugt, Arme ausgestreckt. Mit der linken Hand stabilisiere ich die rechte, in der ich die Pistole halte.

Als ich nach einer Weile endlich den Mut finde abzudrücken, erschrecken mich der laute Knall und der Rückstoß derart, dass ich die Waffe nach oben reiße und ein paar Schritte zurückstolpere. Von einem Baum in der Nähe flattern raschelnd Blätter herab.

„Ups“, äußere ich.

Clive grinst. „Gar nicht so schlecht für den Anfang. Noch einmal.“ Er stellt sich hinter mich, legt seine Arme um mich und hält meine Handgelenke fest. „Du bist völlig verkrampft. Versuch, dich locker zu machen“, haucht er nahe an meinem Ohr, was mir einen wohligen Schauer über den Rücken treibt.

„Na du bist lustig! Ich habe zum ersten Mal ein derartiges Mordinstrument in der Hand. Ich verabscheue Waffen.“

„Das ist auch gut so. Aber dieses widerliche kleine Ding könnte dir unter Umständen das Leben retten. Verabscheue die Pistole ruhig weiterhin, habe jedoch den Mut, sie im Notfall einzusetzen. Und jetzt lehn dich mit dem Rücken gegen mich. Ich stabilisiere dich."

Ich gehorche und unterdrücke ein zufriedenes Seufzen, da es sich unsagbar gut anfühlt, von Clive gehalten zu werden und seine harten Muskeln zu spüren. Sein männlicher Geruch steigt mir in die Nase, der mich an längst vergangene wundervolle Zeiten erinnert, die leider niemals zurückkehren werden.

„Gut, und jetzt nimm das Ziel ins Visier!", weist er mich an. „Die Waffe ruhig halten - und abdrücken."

Ich schieße abermals. Dieses Mal bin ich auf den Lärm und den Rückstoß gefasst, dennoch wirbeln in einiger Entfernung ein paar Grasbüschel durch die Luft, die ich offensichtlich getroffen habe.

„Ich kann das nicht", maule ich.

Clive lacht leise. „Du bist nicht bei der Sache. Wo bist du mit deinen Gedanken?"

„Du lenkst mich ab."

„Freut mich, dass mir das trotz all der Umstände noch derart problemlos gelingt." Er legt mir eine flache Hand auf den Bauch und drückt mich mit dem Hintern gegen seinen Schritt. „Ich hasse mich dafür, dass auch ich immer noch auf dich reagiere. Aber die Wahrheit ist, du lässt mich nicht gerade kalt", gesteht er leise.

Ich spüre seine entstehende Erektion an meinem Po, was meinen Pulsschlag erhöht und den Drang in mir entfacht, mich daran zu reiben. „Clive, lass das!", stoße ich aus und winde mich aus seiner Umarmung.

Teuflisch grinsend lässt er mich los. „Okay, wir

schießen so lange, bis du die Scheibe triffst. Stell dir einfach vor, sie wäre ein Mensch, den du abgrundtief verabscheust."

„Das kann ich nicht. Es gibt niemanden, dem ich den Tod wünschen würde."

Er seufzt. „Nicht einmal mir?"

„Nein, nicht einmal dir."

„Beruhigend. Okay, die Scheibe ist ein gefährlicher Terrorist und will dich umbringen. Erschieß ihn!", befiehlt er so überzeugend, dass ich ihm die Aussage fast abkaufe. Ohne noch eine Sekunde zu zögern, feuere ich erneut und treffe tatsächlich den Rand der Scheibe.

„Na also, geht doch", lobt Clive mich. „Weiter so."

Wir üben noch eine Zeit lang, bis ich mich nicht mehr konzentrieren kann und mein Arm von der Anstrengung schmerzt. Als ich Clive die Waffe zurückgeben will, schüttelt er den Kopf. „Behalte sie."

„Benötige ich dafür nicht einen Waffenschein?"

„Kein Thema, den besorge ich dir."

„Gut, sie verleiht mir wirklich ein wenig Sicherheit, auch wenn ich nicht weiß, ob ich sie jemals einsetzen könnte."

„Sobald dein Leben auf dem Spiel steht, wirst du das."

„Ich hoffe, dieser Fall wird nie eintreten. Kann ich eigentlich heute Abend in die Klinik zurück?"

Er mustert mich aus schmalen Augen. „Du kannst wohl gar nicht schnell genug von mir wegkommen?"

„Ganz im Gegenteil. Du wirst es mir vielleicht nicht glauben, aber in deiner Nähe fühle ich mich sicher. Doch wir leiden unter schrecklicher Personalnot im Krankenhaus. Jeder Arzt wird dringend benötigt."

„Ja, das marode englische Gesundheitssystem. Nicht, dass es durch den Brexit besser geworden wäre. Aber lass mich kurz meinen Boss anrufen, ob es etwas Neues zu dem Terroristen gibt, der in der Klinik entdeckt wurde."

„Okay, ich schaue mir derweil mal dein Fitnessstudio genauer an." Ich lege den Kopf schief und bedenke ihn mit einem herausfordernden Blick. „Bringst du mir auch noch das Boxen bei?"

Seine Gesichtszüge entspannen sich leicht, höchstwahrscheinlich hatte er mit weiterem Protest meinerseits gerechnet. „Alles, was du willst, Darling."

Bei dem Kosewort, das er früher immer benutzt hat, beginnt mein Herz abermals zu rasen. Daher flüchte ich schnell ins Haus und steige auf einen Stepper.

Als Clive einige Zeit später den Fitnessraum betritt, habe ich mich schon ziemlich verausgabt. Ich müsste dringend wieder häufiger Sport treiben, doch das Leben in der Klinik ist derart stressig, dass ich nach Feierabend meistens keine Kraft mehr aufbringen kann, um mich noch körperlich zu betätigen. Gelegentlich jogge ich mit meiner besten Freundin und Kollegin Mia, da wir aber oft zu unterschiedlichen Schichten eingeteilt sind, ist das manchmal gar nicht so einfach.

Ich wende mich Clive zu und erkenne an seiner Miene sofort, dass es keine guten Neuigkeiten gibt.

„Du musst leider noch ein paar Tage mit mir vorliebnehmen“, informiert er mich.

„So schlimm?“

Er nickt. „In deine Wohnung wurde am frühen Morgen eingebrochen.“

Entsetzt schlage ich mir eine Hand vor den Mund und stürze dabei beinahe vom Stepper. „Oh, mein Gott! Ich muss auf der Stelle dorthin. Wurde etwas gestohlen?“

„Das weiß ich nicht, spielt jetzt aber auch keine Rolle.“

„Das sagst du!“ Ich springe von dem Fitnessgerät und versuche, an Clive vorbeizulaufen. Doch weit komme ich nicht, denn er fängt mich mit Leichtigkeit auf, schlingt mir einen Arm um die Taille und sucht nach meinem Blick.

„Beruhige dich, Amber. Alles wird gut. Du kannst jetzt unmöglich nach London zurückkehren. Das ist viel zu gefährlich.“

„Aber ich muss sehen, ob mit meinen Pflanzen alles in Ordnung ist, meine Bücher, die Bilder. Nicht zu vergessen: meine heiß geliebten Drachen. Außerdem habe ich einen nagelneuen Computer und …“

Meine Stimme bricht, als er mich näher an sich zieht und mir sanft übers Haar streicht. „Amber, das ist gerade zweitrangig. Es geht in erster Linie um dein Leben. Es waren zwei Einbrecher, dummerweise konnten die Kameras ihre Gesichter nicht richtig einfangen. Aber es gibt eine Verbindung zu dem Typen, der sich im Krankenhaus aufgehalten hat.“

Voller Verzweiflung lasse ich den Kopf gegen seine Schulter sinken. „Du hast recht. Tut mir leid. Die Vorstellung ist nur so schrecklich, dass jemand in meinen persönlichen Sachen herumgewühlt hat.“

„Ich weiß. Es ist zu befürchten, dass sie herausfinden wollten, wo du dich aufhältst. Vielleicht gehen sie ja auch davon aus, du wärst in die Forschung deines Vaters involviert und haben nach Informationen gesucht. Ich gebe der Klinik Bescheid, dass du dir wegen eines Notfalls ein paar Tage freinimmst."

„Denkst du, meine Eltern oder Roger befinden sich ebenfalls in Gefahr?"

„Das kann ich für den Moment nicht einschätzen. Aber ich werde dafür sorgen, dass sie informiert werden, damit sie ihre Security erhöhen können. Ich kommuniziere dabei über ein Computersystem, das nicht abgehört oder nachverfolgt werden kann. Du bist hier also in Sicherheit."

„Mein Vater wird nicht mit dir reden."

„Das habe ich auch nicht vor. Ein Kollege oder mein Boss kann das übernehmen."

„Könntet ihr bitte auch meiner Freundin kurz Bescheid geben? Sie macht sich bestimmt große Sorgen um mich. Dr. Mia Barns, sie arbeitet ebenfalls in der Notaufnahme."

„Du bist dir sicher, dass sie vertrauenswürdig ist?"

Ich verdrehe die Augen. „Nein, sie ist eine gefährliche Kriminelle, die seit Jahren nichts Besseres zu tun hat, als Menschenleben zu retten. Himmel, Clive, dein Misstrauen treibt mich irgendwann noch in den Wahnsinn. Natürlich kann man sich auf Mia verlassen."

Abwehrend hebt er eine Hand in die Luft. „War nur eine Frage. Geht klar, ich kümmere mich darum. Es kann sicher nicht schaden, wenn wir zukünftig auch ein Auge auf sie haben. Wäre möglich, dass jemand versucht, über deine Freundin an dich heranzukommen. Daher ist es gewiss kein Nachteil, wenn sie vorgewarnt ist."

Ich nicke. „Ja, das klingt vernünftig. Gut, dann werde ich jetzt eben ein paar Tage Urlaub machen, hatte ich ohnehin schon lange nicht mehr." Ich löse mich aus seinen Armen. „Danke, Clive, für alles."

Er lächelt. „Nicht dafür."

An diesem Abend finde ich erneut keine Ruhe. Zu groß ist die Sorge um meine Wohnung. Ich bewahre dort Bilder und kleine Geschenke meines verstorbenen Bruders auf, die für mich unsagbar wertvoll sind. Genau wie Habseligkeiten meiner Mutter, die sie mir irgendwann überlassen hat, da sie sie nicht mehr benötigt, wie Broschen oder Ringe. Es würde mir im Herzen wehtun, wenn die Sachen gestohlen oder zerstört worden wären.

Auch habe ich ein ganz besonderes Verhältnis zu meinen Drachen, Pflanzen und Büchern. Ich lese für mein Leben gerne, vorwiegend seichte Liebesromane. Das lenkt mich immer von den schlimmen Bildern ab, die ich viel zu oft im Krankenhaus zu sehen bekomme.

Letztendlich schwinge ich die Beine aus dem Bett und husche in die Küche, um mir etwas zu trinken zu holen. Ich trage nur ein langes Shirt von Clive, da in dem Haus jedoch Totenstille herrscht, vermute ich, dass er längst schläft.

Gerade habe ich mir ein Glas Wasser eingeschenkt, als ich hinter meinem Rücken ein Geräusch höre. Ich fahre herum und schlucke bei dem Anblick, der sich mir bietet.

Clive steht in der Tür, trägt nichts am Leib außer

schwarzen Boxershorts und einer Pistole in der Hand. Das Tattoo auf seinem muskulösen Brustkorb vervollständigt dieses umwerfende Bild.

Teufel aber auch, etwas Erotischeres habe ich schon lange nicht mehr gesehen!

Einige Herzschläge lang starren wir uns wortlos an, bevor er die Waffe sinken lässt und abermals meine nackten Beine begutachtet.

„Entschuldige, ich wollte dich nicht wecken“, stammle ich schließlich. „Ich kann nicht schlafen.“

„Kein Thema, du weißt, ich habe einen sehr leichten Schlaf. Ich dachte schon, Garfield wäre mal wieder auf Erkundungstour. Mach dir nicht allzu viele Sorgen, Amber. Du bist hier sicher. Im Wohnzimmer findest du übrigens ein paar Bücher, wenn du dich ablenken möchtest. Liest du immer noch für dein Leben gerne?“

Ich nicke, doch mir ist jetzt überhaupt nicht nach Lesen zumute. Dennoch tapse ich in den großen Wohnraum, greife mir achtlos einen dicken Wälzer aus einem Regal und verschwinde damit wieder in das Gästezimmer.

Ich falle ins Bett, werfe das Buch neben mir auf die Matratze und blicke gen Zimmerdecke. Die Situation überfordert mich. Dass ich aufgrund des Reichtums meines Vaters konstant einem Risiko ausgesetzt bin, ist nichts Neues für mich. Doch eine derart konkrete Bedrohung gab es niemals zuvor. Auch macht mir Clives Nähe zu schaffen, da ich einfach nicht weiß, wie ich mit ihm umgehen soll. Ich schäme mich jetzt fast für das, was ich ihm damals angetan habe.

Ein Klappern am Fenster reißt mich aus meinen

Gedanken. Ich verharre unbeweglich und lausche. Heute herrschte schon den ganzen Tag über ein heftiger Sturm. Aber was, wenn da doch jemand ums Haus schleicht? Womöglich ist es ja Garfield. Aber würde dann nicht die Alarmanlage anschlagen?

Ich versuche, mich zu beruhigen, leider gelingt es mir nicht.

Plötzlich vernehme ich einen lauten Schlag gegen die Fensterscheibe, der mich erschrocken hochschießen lässt. Ohne einen weiteren Augenblick zu überlegen, springe ich aus dem Bett und jage hinüber in Clives Schlafzimmer.

„Clive, da ist jemand an meinem Fenster“, kreische ich mit hysterischem Unterton und schäme mich keine Sekunde später dafür. Normalerweise bin ich nicht derart dünnhäutig, aber momentan liegen meine Nerven brach.

Er schaltet das Licht ein, greift in aller Seelenruhe nach dem Pad, das auf dem Nachttisch liegt und blickt darauf. „Komm her, hier siehst du die Umgebung. Da ist nichts. Es sind nur ein paar Äste, die vom Wind gegen das Haus gedrückt werden.“ Er bedeutet mir mit einer Handbewegung, neben ihm auf dem Bett Platz zu nehmen.

Ich zögere, doch zu guter Letzt gebe ich mir einen Ruck und sinke auf die Matratze. Neugierig starre ich auf das Display. Die Überwachungskameras, die rund um das Haus installiert sind, signalisieren mir, dass sich wirklich niemand in der Nähe aufhält.

„Tut mir leid“, murmle ich mit gesenktem Kopf. „Meine Nerven sind heute nicht die besten.“

„Schon klar, das braucht dir nicht peinlich zu sein.“ Er schweigt eine Weile. „Möchtest du die

Nacht bei mir verbringen?“, bietet er mir schließlich an.

Zaghaft schaue ich auf und mustere ihn nachdenklich. „Nein, nein, alles gut.“

Ich mache Anstalten, mich zu erheben, doch er packt mich am Handgelenk. „Nun zier dich nicht! Ich verspreche dir auch, dass ich nicht erneut den Versuch unternehmen werde, dich zu küssen.“

„Und das soll ich dir glauben?“

Er legt den Kopf schief. „Wovor hast du mehr Angst? Vor meinem Verhalten oder vor deiner Reaktion?“

Ich schweige, da ich diese Frage beim besten Willen nicht beantworten kann. Letztendlich gebe ich klein bei und krieche neben Clive unter die Decke, sorgsam darauf bedacht, ihn nicht zu berühren und so viel Platz wie möglich zwischen uns zu lassen.

Er löscht das Licht. „Besser?“, erkundigt er sich nach einiger Zeit.

„Schon.“

Ein leises Lachen perlt über seine Lippen. „Dein Glück, dass du nichts anderes gesagt hast. Ich konnte mich gar nicht mehr an deinen Geruch erinnern, aber jetzt werde ich ihn vermutlich so schnell nicht wieder aus der Nase bekommen. Der Duft deiner Haut erinnert mich immer an die freie Natur.“

„Na ja, ich habe als Kind viel Zeit draußen verbracht. Es erschien mir stets angenehmer, mich im Garten mit einem Buch aufzuhalten, als mit meinem Vater im Haus gefangen zu sein. Nathan war mir da sehr ähnlich.“

„Ich weiß. Er war ein toller Junge.“

„Ja, das war er.“ Ich seufze. „Mir war bewusst,

dass er hin und wieder übers Ziel hinausschoss: Mädchen, Alkohol, Zigaretten, vielleicht sogar Drogen. Das war seine Art, mit den strengen Regeln meines Vaters zurechtzukommen. Ich glaube nicht, dass er in Dads Firma glücklich geworden wäre."

„Das sehe ich genauso. Weißt du eigentlich, dass er eine Freundin hatte, sich aber nicht getraut hat, es deinen Eltern zu sagen?"

„Ja, leider kannte ich sie nicht. Die beiden sind sich beim Spring Break in Florida begegnet. Sie haben häufig von morgens bis abends miteinander gechattet. Ich hatte schon Angst, dass er sich irgendwann bei Nacht und Nebel in die Staaten absetzt. Heute würde ich mir wünschen, er hätte es getan. Aber lass uns nicht länger darüber reden, das macht mich traurig. Warum hast *du* keine Partnerin, Clive?"

„Wer sagt, dass ich keine habe?"

Überrascht blicke ich zu ihm hinüber, kann in der Dunkelheit jedoch nur seine Umrisse erkennen. „Der Bauernhof sieht nach einer Junggesellenbude aus. Es fehlt die weibliche Hand. Kissen, Blumen, Bilder, Kerzen … Alles nicht vorhanden."

„Mir war nicht klar, dass das derart offensichtlich ist. Aber du hast recht. Ich befürchte, mein Lebenswandel ist nicht sonderlich beziehungstauglich. Das Dasein, das ich führe, kann man keiner Frau zumuten. Eventuell habe ich ja auch Angst, es abermals zu vermasseln", setzt er leise hinzu.

Seine Worte tun mir im Herzen weh. Irgendwie hat er das alles nicht verdient. Doch ich kann die Ereignisse nun mal nicht ungeschehen machen. „Womöglich wird ja jetzt vieles durch deinen neuen Job besser."

„Ja, eventuell.“ Seine Antwort klingt alles andere als zuversichtlich. „Und du, mit wem warst du in den letzten Jahren zusammen?“

„Vor Roger gab es nur einen Mann. Einen Kollegen, doch ich war damals noch nicht bereit, mich wieder dauerhaft auf jemanden einzulassen.“

„Mhm, verstehe. Aber du solltest jetzt schlafen. Gute Nacht, Amber“, beendet er das Gespräch. Es ist klar ersichtlich, dass er nicht weiter darüber reden will.

„Gute Nacht, Clive.“ Minuten später schlafe ich tatsächlich tief und fest.

Als ich erwache, ruht mein Kopf auf Clives Schulter. Er hält mich im Arm, noch dazu ist mein Körper an seinen geschmiegt. Sieht ganz danach aus, als hätte ich in der Nacht seine Nähe gesucht. Ich kann nicht bestreiten, dass es sich verdammt gut anfühlt, seine Wärme und diese harten Muskeln zu spüren.

Vorsichtig schiele ich zu ihm empor. Der Raum ist in ein sanftes frühmorgendliches Licht getaucht, daher sehe ich, dass Clives Gesichtszüge entspannt wirken. Er hält die Augen geschlossen, ich kann jedoch nicht einschätzen, ob er schläft, denn auf irgendeine Art und Weise ist er stets wachsam. Die Militärakademie und sein Agentendasein haben ihn geformt und ich kann mir nicht vorstellen, dass sich das geändert haben soll.

Mein Blick gleitet über die kleine Narbe an seiner Schläfe hinweg. Ich mustere die langen dunklen Wimpern, die auf seinen Wangen ruhen, bevor ich mein Augenmerk auf seine sinnlichen Lippen richte.

Gott, dieser Kerl ist so unsagbar attraktiv!

Die fünf Jahre, die er älter geworden ist, lassen ihn noch männlicher wirken und tun seiner sexy Ausstrahlung keinerlei Abbruch. Er war schon immer durchtrainiert, aber allem Anschein nach hat er seinen Körper durch das Boxen weiter gestählt.

Der Drache auf seiner Brust erregt einmal mehr meine Aufmerksamkeit. Zögerlich hebe ich eine Hand und mache genau das, was ich vom ersten Tag an wollte, ich fahre sanft die Linien des Tattoos nach. Ich weiß, Clive hat einen leichten Schlaf, doch das ist mir gerade gleich. Ich muss ihn jetzt einfach berühren.

Ich zucke erschrocken zusammen, als er mit einer schnellen Bewegung nach meinem Handgelenk greift, es über meinem Kopf festsetzt und mich auf den Rücken dreht. Ehe ich begreife, was geschieht, ist er schon über mir. Sein rechter Oberschenkel drängt sich zwischen meine Beine und spreizt sie. Ein Keuchen entfährt mir, als seine festen Muskeln gegen meine empfindlichste Stelle drücken.

„Du legst es also wirklich darauf an", zischt er.

Noch bevor ich das abstreiten kann, treffen seine Lippen hart auf meine. Unterdessen presst er mich mit seinem Gewicht in die Matratze.

Ich schnappe überrascht nach Luft, was Clive dazu veranlasst, seine Zunge in meinen Mund gleiten zu lassen. Er geht dabei nicht gerade zaghaft vor, nimmt regelrecht von mir Besitz.

Ich bin versucht, ihn von mir zu schieben, doch von einer Sekunde auf die nächste steigt eine brennende Leidenschaft in mir auf, die meinen ganzen Körper erzittern lässt. Eine Leidenschaft, von der ich schon fast vergessen hatte, dass sie existiert.

Intuitiv erwidere ich Clives Zärtlichkeiten. Unsere Zungen berühren sich, was uns beiden ein Stöhnen entlockt. Der Kuss scheint ein Eigenleben zu entwickeln, steigert seine Intensität, wird wild, verlangend und fordernd. Clives köstlicher Geschmack und sein männlicher Geruch hüllen mich ein, geben mir das Gefühl, wir wären niemals getrennt gewesen.

Als er nach einiger Zeit mein Handgelenk loslässt, schlingen sich meine Arme wie von selbst um seinen Nacken.

Ich spüre seine Erektion an meinem Becken, was mich erneut zum Stöhnen bringt. Clives Hand gleitet an meiner Seite hinab, schiebt sich unter meinen Hintern und presst mich fester gegen seine Härte. Halt suchend wandern meine Fingerspitzen über seinen nackten Rücken hinweg, krallen sich in die kräftigen Muskeln und wollen gar nicht mehr von ihm ablassen.

Unser beider Atem beschleunigt sich, während wir uns gierig aneinander reiben. Es dauert nicht lange, bis sich Clives Hand unter mein Shirt stiehlt und besitzergreifend meine Brust umfasst. Diese Berührung fühlt sich so unsagbar gut an, dass sich prompt glühendes Verlangen in meinem Schoß ausbreitet.

Jetzt ist es endgültig um mich geschehen. Ich kann nicht länger leugnen, wie sehr ich diesen Mann will. Gleichzeitig begreife ich jedoch, dass ich das hier unmöglich durchziehen kann.

Obwohl es mir schwerfällt, löse ich mich von seinen Lippen. „Nein, Clive, nicht“, keuche ich. „Ich bin mit jemandem zusammen, ich kann das nicht. Es wäre ein Fehler.“

Er stöhnt kehlig. „Nicht dein Ernst, oder? So wie

du mich gerade geküsst hast, hast du garantiert nicht an einen anderen Kerl gedacht."

„Du hast mich überwältigt."

„Ach, jetzt soll es also meine Schuld sein? Wer hat den angefangen, an mir herumzufummeln? Weißt du eigentlich, wie verdammt frustrierend es ist, die Nacht über neben dir zu liegen, ohne dich berühren zu können? Amber, sag mir, dass du nichts mehr für mich empfindest. Dass du mich aus tiefster Seele hasst, dann lasse ich dich auf der Stelle los."

Ich versinke in seinen wundervollen eisblauen Augen, in denen sich Verlangen, Schmerz, jedoch auch verhaltene Wut die Waage halten. „Das kann ich nicht, denn ein Teil meines Herzens wird für immer dir gehören", antworte ich leise. „Aber ungeachtet dessen ist unsere gemeinsame Zeit dennoch vorüber."

„Das ist mir bewusst. Trotzdem fällt es mir gerade verflucht schwer, dich nicht auf der Stelle, um den Verstand zu vögeln. Vielleicht könnte ich ja dann vergessen, was du mir angetan hast." Er schließt kurz die Augen und holt vernehmlich Luft. „Es gab Zeiten, da konnte ich kaum mehr atmen, so sehr hast du mir gefehlt. Dein Verlust kam körperlichen Schmerzen gleich, trieb mich zum Alkohol und brachte mich beinahe um."

Ich verstehe ihn nur zu gut, denn auch mich hätte die Situation um ein Haar verzweifeln lassen. Einzig mein neuer Job in der Klinik hielt mich über Wasser. Ich stürzte mich Tag und Nacht in die Arbeit, versuchte jeden Menschen zu retten, der eingeliefert wurde, das war ich meinem Bruder einfach schuldig.

„Ach, Clive, ich kann nur noch einmal beteuern,

wie leid mir das alles tut, aber ich mag Roger wirklich und werde die Beziehung zu ihm nicht zerstören. Zugegeben, mit ihm ist es anders als mit dir, dennoch macht er mich glücklich. Für mich war das ein Neuanfang, und ich möchte diese Chance wahrnehmen. Daher werde ich jetzt unter gar keinen Umständen mit dir schlafen."

Clive mustert mich eine Weile schwer atmend, und ich kann nur hoffen, dass er mich nicht erneut küsst. Denn ich vermag nicht einzuschätzen, wie lange ich noch imstande wäre, ihm zu widerstehen. Nicht zuletzt, da dieser Mann all meine sexuellen Vorlieben besser kennt als jeder andere auf dieser Welt.

Schließlich rollt er sich von mir herunter und springt aus dem Bett. „Du hast recht, es ist wahrscheinlich klüger, wenn wir uns nicht noch näherkommen", würgt er hervor, bevor er in eine Jeans schlüpft und sich ein Shirt überwirft. „Ich mache uns Frühstück." Mit großen Schritten verlässt er den Raum.

Erleichtert sinke ich in die Kissen zurück und atme erst einmal tief durch.

Holy shit, es hat nicht viel gefehlt und ich hätte tatsächlich mit Clive geschlafen. Kann ich unter diesen Umständen überhaupt noch mit Roger zusammen sein?

Ehe ich zu einer Antwort komme, stürmt Clive wieder in den Raum. „Es gab einen Notfall in London, ich werde vor Ort gebraucht. Bleib einfach im Haus. Hier kann dir nichts geschehen. Ich bin so schnell wie möglich zurück."

„Ist irgendetwas mit Roger oder seinem Vater?"

„Ich denke nicht, aber wir müssen in Erfahrung bringen, wie viele Terroristen da draußen unterwegs sind.“ Er rauscht davon.

Kurz darauf höre ich aus der Scheune das Aufheulen eines Motors und das Davonbrausen eines Wagens.

Frustriert schließe ich die Augen. Das Haus erscheint mir plötzlich leer. Einsamkeit legt sich über mich und lässt mich frösteln. Mit Clive in meiner Nähe fühlte ich mich sicher und geborgen.

Ein lautes Seufzen entfährt mir.

Ich glaube, ich habe ein riesiges Problem.

Kapitel 10

Clive

Wie ein Verrückter jage ich den schwarzen Ferrari in Richtung London. Über The Eye stellt Percy unterdessen sicher, dass alle Ampeln zu meinen Gunsten geschaltet werden und die fest installierten Blitzer keine Geschwindigkeitsübertretungen aufzeichnen. So müssen wir uns später schon nicht deswegen rechtfertigen.

Diese Eile ist notwendig, da jemand versucht hat, ins Büro des Premierministers zu gelangen. Lincoln konnte den Eindringling zwar abfangen, doch seitdem scheint rund um das Regierungsgebäude ein ziemliches Chaos zu herrschen und wir können nicht ausschließen, dass sich weitere Angreifer im Umfeld der Downing Street aufhalten.

Genaueres weiß ich für den Moment leider nicht, aber unsere Widersacher scheinen entweder völlig irre oder absolut skrupellos zu sein. Die Downing Street ist neben dem Buckingham Palace und dem Tower das bestabgesicherte Gebäude Londons. Nur ein Verrückter würde versuchen, dort einzudringen. Die Erfahrung mit Extremisten hat mich jedoch gelehrt, dass diese Typen in vielerlei Hinsicht vollkommen unzurechnungsfähig sind. Sie fürchten weder Tod noch Teufel und können daher nicht mit normalen Maßstäben gemessen werden.

Als ich mich in mörderischem Tempo der City nähere, schweifen meine Gedanken zu Amber ab. Ich könnte mir in den Hintern treten, dass es mir einfach nicht gelingt, meine Finger von ihr zu lassen. Während der vergangenen Nacht habe ich kaum Schlaf gefunden, da sich ihr Körper neben mir viel zu geil angefühlt hat. Ich war schon hart, ehe sie überhaupt das Tattoo auf meinem Brustkorb berührte, und in dieser Sekunde war jegliche Zurückhaltung dahin.

Vielleicht sollte ich Lincoln bitten, sie ab sofort zu beschützen, dann könnte ich mich wieder um den Regierungschef kümmern und würde nicht jeden Tag dieser rothaarigen Versuchung gegenüberstehen.

Während ich mir noch den Kopf darüber zerbreche, wie das mit Amber und mir weitergehen soll, wird der Verkehr dichter und erfordert meine volle Aufmerksamkeit. Alle Zufahrten zur Stadt sind bereits weiträumig abgesperrt und es kostet mich einiges an Nerven, bis ich endlich mein Ziel erreiche.

Der Krankenwagen, der in der Downing Street parkt, beschert mir ein schlechtes Gefühl. Percy hatte mich nicht darüber informiert, dass jemand verletzt wurde.

Mit quietschenden Reifen bringe ich den Ferrari zum Stillstand, renne in das Gebäude und treffe als Erstes auf Lincoln, der den Eingang abgesichert hat. In dem dunklen Anzug erkenne ich ihn kaum wieder, muss aber gestehen, dass er mit den breiten Schultern und der stattlichen Körpergröße darin ziemlich Furcht einflößend wirkt.

„Was genau ist geschehen?“, erkundige ich mich bei ihm.

„Ein Typ hat sich als Handwerker getarnt Zugang zum Gebäude verschafft. Ich konnte ihn gerade noch abfangen, bevor er in das Büro des Premierministers eingedrungen ist.“

„Gott sei Dank! Geht es Clark Morgan gut?“

Lincoln nickt.

„Und der Angreifer?"

„Weniger." Er zuckt mit den Schultern. „Er hätte sich nicht zur Wehr setzen sollen. Im Moment ist er nicht vernehmungsfähig. Percy ist gerade dabei, seine Identität festzustellen."

„Könnten weitere Verdächtige in der Nähe sein?"

„Wäre möglich, ich habe das Gebäude komplett räumen lassen, auch wenn das den Angestellten missfallen hat. Jeder der wieder hinein will, wird vorab gewissenhaft kontrolliert."

In diesem Moment vernehmen wir lautes Geschrei von draußen, danach erschallt ein Schuss. Nahezu zeitgleich ziehen Lincoln und ich unsere Waffen und jagen zur Ausgangstür. Roy liefert sich gerade vor dem Eingang mit einem Kerl in blauer Handwerkerlatzhose einen Kampf am Boden. Es handelte sich bei dem Eindringling also nicht um einen Einzeltäter.

Die beiden wälzen sich in einer Blutlache, und ich kann nur hoffen, dass unser Kollege unverletzt ist. Ehe wir noch imstande sind einzugreifen, versetzt Roy dem Typen einen Schlag aufs Kinn, der ihn ohnmächtig werden lässt.

„Er hat versucht, ins Haus zurückzukehren", informiert er uns, nachdem er sich aufgerappelt und seinen Anzug glatt gestrichen hat. „Zum Glück überwacht The Eye gerade jeden und hat rechtzeitig bemerkt, dass dieser Spinner gar kein Handwerker ist."

Erleichtert atme ich aus, als ich erkenne, dass es Roy gut geht.

„Schließt alle Türen, lasst niemanden mehr ins Haus!", weist Lincoln jetzt Roy und Pam an, die umgehend gehorchen. Er richtet seine Aufmerksamkeit auf den ohnmächtigen Terroristen. „Falls der Typ zu sich kommt, könnt ihr ja versuchen, ihm ein paar Informationen zu entlocken.“ Nun wendet er sich mir zu. „Wir sollten den Premierminister in ein Safehaus bringen, bis hier wieder Ruhe und Ordnung eingekehrt ist.“

Ich nicke. „Das macht Sinn, solange wir nicht wissen, mit wie vielen Angreifern wir es zu tun haben. Ich begleite dich dorthin.“

„Was ist mit deinem Schützling?“

„Sie sollte bei mir fürs Erste in Sicherheit sein.“

„Gut, dann lass uns Morgan hier rausschaffen.“

Zum Glück widerspricht dieser nicht, als wir ihn über unseren Plan informieren.

Durch einen unterirdischen Gang führen wir ihn in ein Nebengebäude, in dessen Innenhof ein unauffälliger dunkler BMW parkt, der selbstverständlich ebenfalls gepanzert ist.

Wir lassen Morgan hinten einsteigen, bevor wir vorne Platz nehmen. Ich fahre, da ich London kenne wie meine Westentasche.

Schon nach kurzer Zeit befinden wir uns mitten im üblichen Verkehrschaos und dürften etwaigen Verfolgern erst einmal entkommen sein.

Nachdem ich Lincoln und den Premierminister in einem unauffälligen Apartmenthaus an der Themse abgesetzt habe, in dem ganz sicher niemand das britische Regierungsoberhaupt vermuten würde, düse ich zu Percy, um herauszufinden, wie der Stand der Dinge ist. Einmal mehr ist sein Assistent gezwungen, mich ins Gebäude zu lassen, da ich die Zugangscodes noch immer nicht kenne. Und so langsam geht mir das mächtig gegen den Strich.

Was muss ich denn noch tun, um diesem Mann meine Loyalität zu beweisen? Ihm die Füße küssen?

Ich weiß, dass ich in dieser Hinsicht wahrscheinlich ein wenig überreagiere, doch ich bin ein gebranntes Kind und extrem misstrauisch.

Aber verdammt noch mal, ich will den Job bei den Fallen Agents behalten, und nicht wieder auf die Straße gesetzt werden!

In Percys unterirdischen Räumen angelangt, ist dieser gerade mit The Eye zugange. Wobei er sowohl mit dem Mikrofon als auch mit einem Joystick arbeitet, den er allem Anschein nach mit seinen verkrüppelten Fingern problemlos bedienen kann. Die Vermutung liegt nahe, dass es sich hierbei um eine ausgeklügelte Sonderanfertigung handelt.

Unmengen von Fotos blitzen währenddessen im Sekundentakt auf dem Bildschirm an der Wand auf. Höchstwahrscheinlich überprüft Percy soeben alle Personen, die sich in der Nähe der Downing Street befinden. Fasziniert begutachte ich die Informationen zu jedem Angestellten, Besucher oder Passanten, die The Eye auswirft.

Unfassbar, was diese Maschine leistet! Die Spionagesoftware des MI5 ist ein Dreck dagegen.

Percy schaut kurz auf, als ich mich ihm nähere. „Nehmen Sie doch bitte Platz." Er nickt in Richtung des Stuhls vor seinem Schreibtisch. „Ich stelle nur schnell auf Automatik. The Eye wird uns informieren, sobald ihm ein weiterer Verdächtiger auffällt." Noch einmal bedient er den Joystick, dann wendet er sich mir zu. „Alles in Ordnung mit Clark Morgan?"

Ich nicke. „Ihm wurde kein Haar gekrümmt."

„Perfekt. Wie ist es um Ms. Stuart bestellt?"

„Auch alles bestens. Ich möchte sie nur nicht allzu lange alleine lassen, sonst kommt sie bloß auf die blöde Idee, in die Klinik zurückzukehren. Weiß man schon mehr über den Einbruch in ihre Wohnung?"

„Allerdings, sie hatten tatsächlich das richtige Gespür. Es scheint sich um die gleiche Organisation zu handeln, die es auf den Premierminister abgesehen hat. Ich lasse gerade überprüfen, ob sein Sohn auch gefährdet ist. Vorsichtshalber hat Roger seine Afrikareise abgebrochen. Leider hat er sich dagegen entschieden, ebenfalls in ein Safehaus einzuziehen."

Percy lehnt sich zurück und mustert mich eindringlich. „Er macht sich Sorgen um seine Freundin, da er sie telefonisch nicht erreichen kann, und will sich persönlich davon überzeugen, dass es Ms. Stuart gut geht."

Ich verdrehe innerlich die Augen.

Aber klar doch! Ob ich dem Typen mal sagen soll, was ich so alles will?

„Informieren Sie ihn einfach darüber, dass ihr bei mir nichts geschehen kann. Ambers Telefon befindet sich noch im Krankenhaus. Dort ist es hervorragend aufgehoben. Jeder, der versucht es zu orten, wird auf eine völlig falsche Fährte gelockt."

„Das habe ich Roger bereits mitgeteilt, es hat ihn leider nicht zufriedengestellt. Vielleicht könnte Ihr Schützling sich demnächst einmal bei ihm melden."

„Ja, das sollte machbar sein", brumme ich, da ich jetzt echt keinen Bock habe, über Roger Morgan zu reden. „Mit welcher Terrororganisation haben wir es zu tun?", wechsle ich das Thema.

„Extremisten aus mehreren Ländern des Nahen und Mittleren Ostens haben sich zusammengetan, um an die Atomwaffenpläne von Nuclearis zu kommen. Ich habe schon ein paar Verdächtige ausfindig gemacht, bislang fehlen mir jedoch konkrete Beweise. Ich weiß nur eins, es sind hochrangige Politiker und Militärführer involviert, was uns die Angelegenheit nicht leicht machen wird. Sobald ich weitere Details kenne, werde ich die Geheimdienste einschalten, die uns dann unterstützen können."

Überrascht nehme ich ihn in Augenschein. „Die Geheimdienste sind über die Fallen Agents und The Eye informiert?"

„Selbstverständlich nicht. Allerdings spiele ich ihnen häufiger anonym Informationen zu. Dann können sie die richtig schmutzigen Dinge für uns erledigen."

„Ah, verstehe. Wir fliegen also nicht selbst in die Krisengebiete und sprengen dort Terrorcamps in die Luft?"

Er mustert mich irritiert. „Nur im äußersten Notfall. Stellt das ein Problem für Sie dar?"

„Nun ja, viel von der Welt habe ich in letzter Zeit nicht gesehen."

„Womöglich hätten Sie dann lieber Pilot werden sollen."

Jetzt muss ich grinsen. Sich mit Percy Wortgefechte zu liefern, beschert mir grundsätzlich gute Laune. „Schon okay, war nur ein Scherz. Im Grunde genommen fühle ich mich in England ganz wohl. Aber was ist eigentlich an den Produkten von Nuclearis so außergewöhnlich, dass sich jeder die Finger danach leckt?"

„Die Sprengköpfe, die dort erforscht werden, sind gerade in aller Munde, da der Firma eine wahre technische Innovation gelungen ist. Sie sind kleiner als herkömmliche Atombomben, gut zu transportieren, und besitzen dennoch eine enorme Sprengkraft. Da Nuclearis jedoch abgesichert ist wie Fort Knox, haben die Terroristen sich etwas anderes überlegt: jemanden entführen, mit dem sie Druck ausüben können.“

„Glauben die Typen im Ernst, man würde ihnen dann die Baupläne aushändigen?“

„Die britische Regierung wohl eher nicht, aber ein verzweifelter Vater, der das Leben seiner Tochter zu retten versucht, eventuell schon.“

„Ich hatte also recht, es geht im Grunde genommen um Amber?“

„Höchstwahrscheinlich. Vielleicht beabsichtigt man ja auch zweigleisig zu fahren, oder aber das mit Clark Morgan war lediglich ein Ablenkungsmanöver.“

„Unter diesen Umständen macht es möglicherweise Sinn, Amber woanders unterzubringen. Zwar dürfte niemand meine Adresse kennen, doch es ist nicht ausgeschlossen, dass die Kerle irgendwann eine Verbindung zu mir herstellen könnten.“

Percy wirft mir einen gedankenverlorenen Blick zu. „Der Premierminister könnte sich Zugriff auf Ihre Adresse verschaffen.“

Verständnislos glotze ich ihn an. „Wollen Sie jetzt etwa andeuten, dass er mit den Terroristen unter einer Decke steckt?“

„Gott bewahre! Aber wie schon erwähnt, sucht sein Sohn Ms. Stuart wie einen kleinen Kreuzer.“ Er wendet sich dem Mikrofon zu, über das er The Eye steuert. „Finde bitte heraus, wo sich Roger Morgan zurzeit aufhält."

Kurz darauf erscheint auf einem Satellitenbild ein roter Punkt, der sich über die A2 auf meinen Bauernhof zubewegt.

„Verdammte Scheiße!", stoße ich ungehalten aus und springe auf. „Ich hoffe nur, dieser Kerl ist clever genug etwaige Verfolger abzuhängen, sonst muss ich ihm leider den Hals umdrehen."

„Soll ich Ihnen einen Helikopter organisieren?"

„Nicht nötig, das geht auch nicht viel schneller. Schalten Sie mir einfach wieder alle Ampeln auf Grün. Sie entschuldigen mich." Mit diesen Worten renne ich aus dem Büro.

Kapitel 11

Amber

Nachdem Clive verschwunden ist, liege ich noch minutenlang im Bett und starre versonnen die Zimmerdecke an. An Schlaf ist nicht mehr zu denken, ich bin viel zu aufgewühlt. Clive nach so langer Zeit wieder zu küssen und seinen Körper auf meinem zu spüren, hat sich unsagbar gut angefühlt. Mein Schoß pocht immer noch vor unerfüllter Lust und will einfach nicht zur Ruhe kommen.

Aber was ist mit Roger? Und warum reagiere ich nach wie vor derart auf Clive?

Ich müsste dringend mit Roger reden, mich in seine Arme werfen, dann wüsste ich eventuell wieder, wohin ich gehöre. Doch momentan scheint das leider unmöglich zu sein, da ich weder mich noch jemand anderen in Gefahr bringen will. Außerdem hält mein Freund sich gerade in Afrika auf. Der Trip macht ihm schon genug zu schaffen, und in Anbetracht seines empfindlichen Magens möchte ich ihm nicht weitere Sorgen bereiten.

Seufzend stehe ich letztendlich auf, steige unter die topmoderne Dusche und lasse das warme Wasser auf mich herabprasseln. Alles hier ist unsagbar gepflegt. Mit Sicherheit beschäftigt Clive Angestellte, die seinen Bauernhof und das riesige Grundstück in Schuss halten.

Als ich das Badezimmer verlasse, fühle ich mich wieder einigermaßen hergestellt. Ich suche in Clives Kleiderschrank nach einem frischen Shirt, das ich auch prompt finde. Nachdenklich beäuge ich seine

Boxershorts, die mir gewiss notdürftig passen würden, entscheide mich dann jedoch dagegen. Das ist mir jetzt doch zu intim. Auf Unterwäsche kann ich ausnahmsweise einmal verzichten.

Neugierig betrachte ich auch Clives restliche Klamotten. Sportbekleidung, Shirts und lässige Hemden findet man hier in rauen Mengen. Darüber hinaus entdecke ich fetzige Jeans und coole Lederjacken. Nichts erinnert mehr an den Mann von früher. Von Anzügen und Krawatten scheint er sich vollständig getrennt zu haben. Offensichtlich kleidet er sich nur noch förmlich, wenn derartige Garderobe verlangt wird.

Ja, er hat sich massiv verändert, und ich kann noch nicht einschätzen, ob mir der neue Clive gefällt. Manchmal haftet ihm eine düstere Aura an. Ein gewaltiges Stück Lebensfreude ist ihm abhandengekommen, dafür hat sich ein Anflug von krimineller Energie in ihm aufgebaut. Leider kann ich nicht leugnen, dass ich hierfür einen Teil der Verantwortung trage.

Nachdem ich angezogen bin, bereite ich mir ein paar Rühreier zu, da ich im Kühlschrank nichts anderes finde, und nehme einmal mehr neugierig den Bauernhof unter die Lupe.

Echt schön, was Clive sich hier erschaffen hat. Früher lebte er in einem schicken Apartment in London, daher hätte ich niemals vermutet, dass er sich auf dem Land wohlfühlen würde.

In seinem Fitnessstudio haue ich versuchshalber ein paarmal auf einen der Boxsäcke, der sich zuerst kein Stück bewegt. Als er endlich in Schwung kommt, bringt er mich beim Zurückschwingen mit seinem Gewicht beinahe zu Fall.

Da ich mich nicht selbst k. o. schlagen will, lasse ich davon ab und nehme die Pokale noch einmal genauer unter die Lupe. Danach schnüffle ich in den hölzernen Regalen im Wohnzimmer herum. Als ich Bilder von mir und Clive von früher entdecke, steigen mir Tränen in die Augen. Wir waren so jung, bis über beide Ohren verliebt und glücklich. Bis das Schicksal erbarmungslos zuschlug.

Ich zucke zusammen, als ich eine Bewegung am Boden wahrnehme, atme jedoch kurz darauf erleichtert aus. „Garfield, wie schön, dass du mich besuchen kommst."

Gemächlich tapst der Kater auf mich zu. Ich beuge mich zu ihm hinab und streiche ihm sanft übers Fell. Zufrieden schnurrend reibt er sich an meinem Bein. Das Geräusch eines ankommenden Fahrzeugs lässt mich aufblicken.

Ich stutze.

Kann Clive wirklich derart schnell zurück sein?

Als die Klingel ertönt, macht sich Unruhe in mir breit.

Nein, Clive würde ganz gewiss nicht läuten.

Vorsichtig spähe ich aus einem der Fenster und entdecke Rogers dunklen Mercedes vor dem Tor.

Na hoppla, ich dachte, er wäre in Afrika.

Intuitiv will ich hinauslaufen, doch dann fallen mir die aktivierten Alarmanlagen ein, von denen Clive gesprochen hat. Ich muss herausfinden, wie man sie ausschaltet, sonst wimmelt es hier vermutlich in wenigen Minuten von Polizisten.

Neben der Eingangstür finde ich ein hochmodernes Schaltfeld. Leider kenne ich die Codes nicht.

Ich tippe Clives Geburtsdatum ein.

Nichts!

Danach meins - genauso falsch.

Letztendlich gebe ich das Datum ein, an dem wir uns zum ersten Mal begegnet sind. Ich kann mich so genau daran erinnern, da es der Abend vor Weihnachten war.

Und tatsächlich: Ein grünes Licht blinkt auf.

Vorsichtig öffne ich die Eingangstür. Nachdem alles ruhig bleibt, laufe ich hinaus zum Tor. Von innen lässt es sich problemlos beiseiteschieben, sodass Roger eintreten kann.

Freudestrahlend falle ich ihm um den Hals. „Roger, was tust du denn hier? Ich habe dich in Afrika vermutet. Hat Clive dich geschickt?“

Überrascht starrt er mich an. „Nein, so einfach war es leider nicht, deinen Aufenthaltsort in Erfahrung zu bringen. Diese bescheuerte Bodyguard-Firma macht ein Riesengeheimnis daraus. Wegen der neuen Gefahrenlage wurde mein Afrikatrip abgebrochen. Ich habe mir große Sorgen um dich gemacht. Du gehst nicht an dein Handy und keiner wusste, ob alles mit dir in Ordnung ist. Mach so etwas nie wieder mit mir!“

„Mein Telefon liegt im Krankenhaus. Aber wie hast du mich dann gefunden?“

„Mein Vater konnte mir die Adresse von Clive Finley besorgen. Es war nur ein Verdacht, dass du dich hier aufhalten könntest, doch ich wollte nichts unversucht lassen. Verwundert sieht er sich um. Hier lebt dieser Kerl also? In einer Scheune.“

Sein herablassender Ton missfällt mir, denn ich finde den Bauernhof zauberhaft. „Ja, das ist wohl so“, gehe ich gar nicht darauf ein. „Komm doch rein. Clive musste nach London wegen eines Notfalls. Ist dort alles in Ordnung?“

Er nickt. „Irgendein Typ ist in die Downing Street eingedrungen. Ein weiterer wurde daran gehindert. Jetzt will man sogar mir Security verpassen. So langsam geht mir dieses Theater echt auf den Geist.“

Wir betreten das Haus. „Soll ich uns einen Tee machen?“, erkundige ich mich.

Roger packt mich am Arm und zieht mich an sich. „Lass mich dich zuerst einmal begrüßen. Du hast mir gefehlt.“ Er küsst mich zärtlich, doch ich bin gerade nicht bei der Sache, daher winde ich mich aus seinen Armen.

„Was ist denn das für ein hässliches Tier?“, stößt er in diesem Moment mit angewidertem Gesichtsausdruck aus.

Ich folge seinem Blick. „Oh, das ist Garfield. Er treibt sich häufiger hier herum.“

Roger schüttelt sich theatralisch. „Igitt! Allein der Anblick beschert mir Flöhe.“

Irritiert mustere ich den Kater. Zugegeben, Garfield ist mit seinem struppigen Fell nicht gerade die eleganteste Katze, aber seine Unvollkommenheit macht ihn in meinen Augen wunderschön.

Ich zucke mit den Schultern. „Das Leben hat ihn gezeichnet. Doch wer ist schon perfekt? Mein Gang war vor dem Reitunfall auch graziöser.“

Roger sieht mich verständnislos an. „Als ob man das miteinander vergleichen könnte. Und jetzt lass mich dich endlich richtig küssen.“

Ich weiche einen Schritt zurück. „Roger, ich muss dir zuerst etwas sagen.“

Verdutzt mustert er mich. „Nun machst du mir Angst."

„Nein, nein, keine Sorge. Ich möchte nur nicht, dass du es auf andere Art erfährst. Also, Clive Finley und ich wir kennen uns von früher. Genau genommen waren wir einmal zusammen."

Seine Augen verengen sich kurzzeitig. „Oh, jetzt verstehe ich sein Handeln im Golfclub. Nun gut, immerhin muss ich mir dann keine Gedanken machen, dass er nicht richtig auf dich aufpasst. Warum habt ihr euch getrennt?"

„Wegen der Sache mit Nathan."

Er runzelt die Stirn, keine Sekunde später blitzt Unmut in seinen dunklen Augen auf. „Er war derjenige, der den Wagen fuhr?"

Ich nicke. „Ja, leider."

„Und jetzt beschützt dieser Kerl dich und meinen Vater? Das kann doch nur ein schlechter Scherz sein?"

„Nein, das damals ist einfach furchtbar unglücklich gelaufen. Clive ist gut in seinem Job. Wirklich."

Er verzieht das Gesicht. „Na, ich weiß nicht."

„Roger, bitte, du darfst das niemandem erzählen. Ich möchte nicht, dass Clive erneut Ärger bekommt. Ich wollte nur, dass du es weißt."

Er räuspert sich. „Gut, aber unter diesen Umständen bestehe ich darauf, dass du auf der Stelle mit mir nach London zurückkommst. Ich werde dich auf gar keinen Fall weiterhin mit ihm hier allein lassen."

Ich lege meine Hand auf seinen Oberarm. „Jetzt reagierst du über."

„Ach ja, tue ich das?", fährt er mich an. „Verdammt, Amber, du bedeutest mir viel! Daher wirst du ab sofort in meiner Nähe bleiben!“

So langsam steigt dunkle Wut in mir auf.

Wieso denkt er, er könnte mich herumkommandieren?

„Das kommt nicht infrage. Hier bin ich in Sicherheit. Clive und seine Firma tun alles, um diese Kerle zu schnappen. Danach kehre ich schnellstmöglich zu dir zurück.“

„Das gefällt mir gar nicht. Du wärst nicht die erste Frau, die mit ihrem attraktiven Bodyguard durchbrennt.“

„Das liegt gewiss nicht in meiner Absicht, aber wenn du dich weiterhin wie ein Tyrann aufführst, lasse ich mir das vielleicht noch einmal durch den Kopf gehen.“

„Gut, wie du willst. Sag Bescheid, sobald du wieder in normalen Bahnen denkst. Du weißt ja, wo du mich findest.“ Er macht auf dem Absatz kehrt und rauscht aus dem Haus.

Verdrossen schaue ich ihm hinterher. Roger ist für gewöhnlich ein umgänglicher Typ, aber wenn es nicht nach seinem Kopf geht, kann er verdammt unangenehm werden. Jetzt kann ich bloß hoffen, dass er Clive nicht in Schwierigkeiten bringen wird.

Shit, ich hätte einfach meinen Mund halten sollen!

Nachdenklich mache ich mir einen Tee, setze mich an den Küchentisch, und nippe daran. Garfield sucht unterdessen meine Nähe und lässt sich zu meinen Füßen nieder. Er ist so entzückend. Anscheinend ist Roger weit davon entfernt, ein Tierfreund zu sein.

Jammerschade.

In diesem Moment läutet es abermals.

Erfreut springe ich auf.

Das ist sicher Roger, dem sein schlechtes Benehmen leidtut.

Ich laufe zur Tür und reiße sie auf. Im nächsten Augenblick werde ich von kräftigen Händen gepackt, bevor mir jemand ein Tuch auf die Nase presst. Ich erkenne den scharfen Geruch von Chloroform, dann wird es mir schwarz vor Augen.

Kapitel 12

Clive

Blätter tanzen hektisch über meine Windschutzscheibe, während ich den Ferrari mal wieder wie der Teufel über die Landstraße jage. Als ich mich nach einer gefühlten Ewigkeit endlich meinem Bauernhof nähere, will ich per Fernbedienung die Alarmanlage deaktivieren, stelle aber mit Schrecken fest, dass das bereits geschehen ist. Eine eiskalte Hand schnürt mir die Kehle zu.

Verdammte Scheiße! Was ist hier passiert?

Ich lege eine Vollbremsung hin und parke den Wagen vorsichtshalber auf der Straße hinter einem dichten Busch. Nachdem ich herausgesprungen bin, ziehe ich meine Waffe und schleiche durch die Scheune ins Hauptgebäude. Meine Babys befinden sich alle an Ort und Stelle, nicht ein Fahrzeug fehlt. Keine Ahnung, ob mich das jetzt beruhigen oder noch nervöser machen soll.

Auf dem Wohnzimmertisch entdecke ich eine fast volle Teetasse, von Amber ist jedoch weit und breit nichts zu sehen. Die Pistole, die ich ihr gegeben habe, liegt auf einem Sideboard. Die Haustür steht offen.

Das kann doch alles nicht wahr sein! Ich werde verrückt, wenn ihr etwas passiert sein sollte.

Da ich auf dem gesamten Gelände keinen unerwünschten Eindringling oder irgendeinen Hinweis auf Ambers Verbleiben finden kann, greife ich nach meinem Handy und starte eine spezielle Software. Was für ein Glück, dass ich Ambers Kette verwanzt habe. Der kleine Drache ist innen hohl, das perfekte Versteck für einen Sender.

Da ich auch beim MI5 heikle Aufträge ausgeführt habe, machte ich mir damals schon häufig Sorgen um sie, daher schenkte ich ihr die Kette. Vorletzte Nacht, während Amber betäubt war, habe ich die alte Wanze durch eine neue ersetzt.

Als ich auf dem Display sehe, dass sich das Signal auf den London City Airport zubewegt, schließe ich erschüttert die Augen. Wo ich so sehr gehofft hatte, Amber wäre vielleicht wegen eines Notfalls mit dem Taxi ins Krankenhaus gefahren. Natürlich hätte sie auch dieser Vollpfosten von einem Freund kutschieren können. Offensichtlich scheint jedoch beides nicht der Fall zu sein.

Ich renne in den Nebenraum, hole ein paar Waffen aus dem Stahlschrank und stopfe weitere Dinge, wie Sprengstoff, Handgranaten und Messer in einen Rucksack.

Danach rufe ich Percy an. „Ich gehe davon aus, dass Amber entführt worden ist. Helfen Sie mir, mehr herauszufinden!“

„Verdammt!“, flucht er. „Sind Sie sich sicher, dass sie nicht bei Roger oder im Krankenhaus ist?“

„Ich hatte Amber verwanzt, daher weiß ich, dass sie auf dem Weg zum City-Airport ist. Möglicherweise wollen die beiden ja auch einen kleinen Rundflug über London machen“, antworte ich voller Ironie. „Wer kann das schon so genau sagen.“

„Unwahrscheinlich. Gut, ich setze The Eye auf Ms. Stuart sowie den Flughafen an.“

„Und ich werde den Entführern folgen, die leider über eine halbe Stunde Vorsprung haben.“

Er schweigt sekundenlang, scheint sich etwas durch den Kopf gehen zu lassen. „Zudem ziehe ich Lincoln auf der Stelle vom Premierminister ab. Er kann am Flughafen zu Ihnen stoßen.“

„Klingt gut.“ Während ich aus dem Haus hetze, nehme ich noch einmal die Umgebung ins Visier, kann aber nichts Außergewöhnliches entdecken.

„Viel Glück, Clive. Und Sie wissen ja, sich an Gesetze zu halten ist nicht nötig. Wenn Sie meine Hilfe benötigen, egal, in welcher Hinsicht, sagen Sie Bescheid.“

„Sie könnten mir in der Tat helfen. Legen Sie dieses Mal nicht nur alle Ampeln lahm, die mich aufhalten würden, sondern obendrein den Flugbetrieb, das wird mir Zeit verschaffen.“

„Einverstanden. Ich lasse The Eye die Computer des City-Airports hacken, vielleicht die Stromversorgung kurzzeitig kappen, das hilft uns sicher weiter.“

„Perfekt.“

Ich springe in den Ferrari und aktiviere vorsichtshalber die Alarmanlage meines Bauernhofs wieder. Danach rase ich zum Flughafen, der sich auf dem Gebiet eines ehemaligen Hafenbeckens befindet und glücklicherweise überschaubarer ist als Heathrow oder Gatwick.

Dort angekommen weist mich die Wanze daraufhin, dass Amber sich in einem von drei auf der Rollbahn stehenden Privatflugzeugen befinden muss. „Percy, vor dem Private Jet Center parken drei Maschinen, finden Sie bitte für mich heraus, wem sie gehören“, spreche ich in das Mikrofon meines Headsets, über das ich jetzt konstant mit Percy in Verbindung stehe.

„Geht klar."

Während er noch recherchiert, parke ich meinen Wagen etwas abseits und begebe mich an eine nicht einsehbare Stelle, wo ich mit einer speziellen Zange ein Loch in den Zaun des Airports schneide. In diesem Moment hält ein mir wohlbekannter dunkler BMW ein Stück entfernt und Lincoln steigt aus.

Ich winke ihm zu, woraufhin er mich prompt ansteuert.

„Danke, dass du gekommen bist, Kumpel", begrüße ich ihn mit Handschlag.

„Das ist doch selbstverständlich. Morgan ist in Sicherheit. Deine Süße leider nicht."

„Sie ist nicht meine Süße", knurre ich.

Er schmunzelt. „Warten wir einfach einmal ab."

Ich ignoriere seinen Kommentar und blicke auf die Rollbahn. „Amber befindet sich in einem der Flugzeuge, Percy findet gerade heraus, in welchem."

„Der Jet mit den grauen Streifen", meldet sich Percy in diesem Moment. „Er gehört einem reichen Saudi. Das passt genau ins Bild."

„Danke, Percy. Lincoln ist hier, wir holen Amber jetzt da raus."

„Viel Glück. Ich habe übrigens die Überwachungskameras und die Computer des Flughafens angezapft. Niemand wird Sie entdecken. Und ich werde zu verhindern wissen, dass die Maschine eine Starterlaubnis erhält."

„Das klingt wie ein Plan. Wollen wir?", äußere ich in Lincolns Richtung. Als er nickt, ziehe ich zwei Sturmhauben aus meinem Rucksack und werfe ihm eine zu. „Damit man uns nicht filmen oder wiedererkennen kann."

Er fängt sie lässig mit einer Hand in der Luft auf und stülpt sie sich über den Kopf.

Als auch ich meine übergezogen habe, klettern wir durch den Zaun und laufen in gebückter Haltung zu dem Jet. Dort angekommen verstecken wir uns an einer vom Flugzeug aus nicht einsehbaren Stelle unter dem Rumpf.

„Ich sprenge die Tür“, entscheide ich, nachdem ich die Maschine und ihren Standort genauer begutachtet habe. „Wir nutzen das Überraschungsmoment und stürmen den Flieger. Du kümmerst dich um die Piloten. Ich hole Amber raus. Einverstanden?“

„Geht klar. Wie sieht sie eigentlich aus?“

„Kinnlanges rotes Haar, schlank, bildhübsch. Sie sollte eins meiner Shirts tragen, das ihr um Längen zu groß ist.“

Er grinst. „Gut, dann weiß ich Bescheid.“

Eins muss man dem Kerl lassen, er ist die Ruhe in Person und hat offenbar Nerven wie Drahtseile. Das ist genau das, was ich jetzt benötige. Jemand, der bloß unnötige Fragen stellt, hätte mir nämlich gerade noch gefehlt. Percy scheint ein Gespür für gute Mitarbeiter zu haben.

Ich hole zwei Sprengsätze aus meinem Rucksack, schleiche mich unter dem Flieger durch, und befestige sie mit Klebeband an der Eingangstür. Danach gebe ich Lincoln ein Zeichen. Wir gehen beide in Deckung, bevor ich zeitgleich die zwei Zünder betätige.

Mit einem ohrenbetäubenden Knall fliegt die Tür aus den Angeln und schlägt scheppernd ein paar Meter entfernt auf dem Rollfeld auf. Keine Sekunde später hangle ich mich nach oben, halte die Luft an, um den bei der Sprengung entstanden Rauch nicht einzuatmen, und klettere in den Jet. Bevor ich ins Heck stürme, ziehe ich meine Waffe. Aus dem Augenwinkel sehe ich, dass Lincoln mir folgt und ins Cockpit eindringt.

Ein ganz in schwarz gekleideter, arabisch aussehender Typ springt mit einem Messer in der Hand auf mich zu.

Ich knalle ihn kurzerhand ab. Höchste Priorität hat momentan Amber. An einem Kampf oder zeitraubenden Verhör, das erfahrungsgemäß bei Extremisten ohnehin nur mäßigen Erfolg bringt, hege ich gerade keinerlei Interesse.

Auch dem zweiten Kerl, der auftaucht, jage ich eine Kugel in den Kopf.

Aus dem Cockpit höre ich erst laute Stimmen, dann weitere Schüsse.

Amber liegt in einem weißen Ledersessel, an Händen und Füßen gefesselt, ein Knebel im Mund. Ich beuge mich über sie, taste nach ihrer Halsschlagader und stelle mit Erleichterung fest, dass sie atmet.

Eine Flugbegleiterin im dunkelblauen Kostüm stürzt in diesem Moment aus der Toilette und glotzt mich aus großen Augen erschrocken an.

„Gehen Sie zurück, dann passiert Ihnen nichts!“, befehle ich ihr schroff, während ich mit der Pistole auf den Waschraum deute.

Sie nickt hektisch und rettet sich angsterfüllt wieder in die kleine Kabine.

Ich nehme Amber den Knebel ab, zerschneide ihre Fesseln und werfe sie mir vorsichtig über die Schulter. Mit einer Hand fische ich mein Handy aus der Hosentasche und fotografiere die beiden Toten.

Vorne an der Tür wartet Lincoln bereits auf mich. Ein schneller Blick ins Cockpit zeigt mir, dass er mit den Piloten ebenfalls kurzen Prozess gemacht hat.

„Sie hatten kein großes Interesse daran, zu kooperieren“, bekundet er schulterzuckend.

Ich nicke. „Ja, ging mir mit den Typen im Heck ähnlich.“

Ich bin heilfroh, dass wir Amber retten konnten, dennoch sehe ich den Erfolg unserer Mission kritisch. Ich gehe nämlich nicht davon aus, dass die Kerle, die wir soeben abgeknallt haben, die Drahtzieher hinter der Entführung sind.

Ich mache auch Fotos von den Piloten, danach hieven wir Amber vorsichtig aus dem Flugzeug und tragen sie übers Rollfeld. Durch das Loch im Zaun können wir sie problemlos hinausheben. An meinem Wagen angekommen, lassen wir sie auf den Beifahrersitz sinken.

Im Hintergrund wird jetzt Geschrei laut. Einige Personen rennen aus dem Jet Center auf die Rollbahn. Die Vermutung liegt nahe, dass ihnen die Explosion und die Schüsse nicht verborgen geblieben sind. Glücklicherweise können sie uns nicht entdecken.

„Danke für deine Hilfe, mein Freund“, wende ich mich Lincoln zu. „Es war mir eine große Ehre mit dir zusammenzuarbeiten.“

Er grinst. „Gleichfalls, und immer wieder gerne. Wohin bringst du sie?“

„Wahrscheinlich in irgendein Hotel, bei mir ist sie nicht mehr sicher. Ich kann auch leider nicht in die Downing Street zurück, sonst schlage ich diesen nutzlosen Sohn des Premiers zu Brei.“

Er lacht. „Ich könnte das für dich übernehmen."

„Damit würdest du mir einen großen Gefallen tun."

Schmunzelnd verabschiedet er sich, steigt zügig in den BMW und rauscht davon.

Auch ich rutsche in meinen Wagen und starte ihn. „Amber ist in Sicherheit", informiere ich Percy über mein Headset. „Wir haben vier Männer eliminiert, allesamt arabischer Herkunft. Sie machten auf mich jedoch eher den Eindruck von Handlangern. Ich schicke Ihnen Fotos von den Kerlen zu. Vielleicht können Sie darüber die Hintermänner ermitteln."

„Perfekt. Gute Arbeit, Clive. Hat Sie jemand gesehen, der Sie oder Lincoln identifizieren könnte?"

„Eine Flugbegleiterin, aber wir trugen Sturmhauben. Also, alles in bester Ordnung."

„Die Dame ist noch am Leben?" Verwunderung schwingt in seiner Stimme mit.

„Selbstverständlich. Halten Sie mich etwa für einen kaltblütigen Killer?"

„Natürlich nicht, sonst hätte ich Sie sicher nicht eingestellt."

„Gut, das beruhigt mich jetzt. Aber etwas anderes: Kennen Sie hier in der Nähe einen Arzt, der nach Amber sehen kann? Sie ist stark betäubt und kommt nicht zu sich. Wir müssen sicherstellen, dass nicht irgendwelche Schäden zurückbleiben."

„Bringen Sie sie in das Queen Elizabeth Hospital in Woolwich, dort arbeitet ein Dr. Williams, ein Freund von mir. Ich gebe ihm Bescheid. In der Nähe befindet sich auch eins unserer Safehäuser, in dem Sie untertauchen können. Ich denke, Ihr Bauernhof scheidet momentan als Versteck aus."

„Das erfährt dann aber dieses Mal nicht der Premierminister, oder? Denn wenn sein Sohn mir jemals wieder in die Quere kommen sollte, kann er sich warm anziehen."

„Natürlich nicht", grummelt Percy. „Tut mir leid, dass das derart aus dem Ruder gelaufen ist. Ich lasse es Sie wissen, sobald es Entwarnung gibt. Mit ein wenig Glück haben Sie ja bereits einen Großteil der Terrorzelle unschädlich gemacht."

„Das wäre zu schön, um wahr zu sein."

„Mhm, vermutlich haben Sie recht. Sie hören von mir." Mit diesen Worten beendet er das Gespräch.

Vorsichtig, aber dennoch zügig steuere ich den Wagen in Richtung des Krankenhauses, das mein Boss mir genannt hat. Während der Fahrt schiele ich ein ums andere Mal zu Amber hinüber und wünsche mir, dass sie endlich die Augen öffnet.

Doch nichts!

Ich schwöre bei Gott, wenn diese Verbrecher sie in irgendeiner Art und Weise verletzt haben, werde ich die Kerle bis ans Ende der Welt jagen. Gleich, nachdem ich dem Sohn des Premierministers den Hals umgedreht habe.

Dr. Williams ist sofort zur Stelle, als ich den Wagen vor einem dreistöckigen weißen Klinikgebäude stoppe. Er lässt Amber auf einer Trage in einen der Behandlungsräume bringen, verwehrt mir jedoch den Zutritt.

Verdrossen sinke ich im Flur auf einen Stuhl. Jetzt kann ich nur hoffen, dass sie bald zu sich kommt.

Kurz schießt mir der Gedanke durch den Kopf, Ambers Eltern zu informieren, doch ich unterlasse es. Ich will ihnen nicht unnötig Sorge bereiten, außerdem ist fraglich, ob ihr Vater überhaupt mit mir reden würde.

Es ist schon später Abend, als Dr. Williams sich mir endlich wieder nähert. „Ms. Stuart ist soeben aufgewacht. Wenn Sie möchten, können Sie zu ihr.“

Ich springe auf. „Gott sei Dank. Geht es ihr gut?“

Er nickt. „Ich würde sie gerne über Nacht hierbehalten. Falls morgen alle Blutwerte und die Sauerstoffsättigung in Ordnung sind, kann sie nach Hause.“

Erleichtert atme ich aus. „Ich danke Ihnen.“

Er begleitet mich in eine kleine Kabine, in der Amber in einem Krankenhausbett liegt. Verschiedene Geräte überwachen ihre Werte. Auch werden ihr Sauerstoff und eine trübe Injektionslösung zugeführt.

„Clive“, flüstert sie mit rauer Stimme, als sie mich entdeckt. „Was ist geschehen?“ Sie ist ein wenig blass um die Nase, aber faszinierend wie immer.

„Das frage ich dich. Wieso war die Alarmanlage deaktiviert?“

„Weil ich dumm war. Roger stand plötzlich vor der Tür, da habe ich sie ausgeschaltet.“

„Woher wusstest du den Code?“

Jetzt lächelt sie schwach. „Du hast früher häufig den Tag verwendet, an dem wir uns zum ersten Mal begegnet sind.“

„Mir war nicht klar, dass ich derart durchschaubar bin.“

„Ich habe mich mit Roger gestritten. Er lief wütend davon. Als es wieder läutete, dachte ich, er würde zurückkehren, um sich zu entschuldigen. Dann weiß ich nichts mehr.“

„Worüber habt ihr euch gestritten?“

„Er bestand darauf, mich auf der Stelle nach London mitzunehmen.“

„Dieses arrogante Arschloch!“, zische ich durch zusammengebissene Zähne. „Als ob es nicht schon schlimm genug wäre, dass er diese perversen Killer direkt zu dir geführt hat. Es gibt Leute, die sind in der Lage, Verfolger abzuhängen, andere hingegen bemerken einen Terroristen nicht einmal, wenn er ihnen mitten ins Gesicht schlägt.“

„Er hat vermutlich gar nicht so weit gedacht. Aber wie komme ich hierher?“

„Ich habe dich aus einem Flugzeug geholt, das bereits auf dem Sprung nach Saudi-Arabien war. Da du nicht zu dir gekommen bist, habe ich dich vorsichtshalber in eine Klinik gebracht.“

Tränen glitzern in ihren Augen, als sie nach meiner Hand greift. „Ich danke dir. Du bist ab sofort mein ganz persönlicher Held. Wie konntest du mich so schnell finden?“

Das Vertrauen, das sie mir nach so langer Zeit endlich wieder entgegenbringt, lässt ein wohlig warmes Gefühl in mir aufsteigen. Ich zeige auf den Drachen an ihrem Hals. „Ich habe dir vorgestern Nacht eine neue Wanze verpasst.“

„Ah, und wann wolltest du mir das verraten?“

„Hm, das muss ich doch glatt vergessen haben.“

Sie schmunzelt. „Der Arzt sagt, ich kann morgen nach Hause. Habt ihr all die Typen geschnappt?“

„Das können wir für den Moment noch nicht sagen. Aber nach Hause scheidet leider aus. Fürs Erste werden wir in einem Safehaus unterkommen. Ich lasse dich auf gar keinen Fall nach London zurück, bevor wir nicht mit Bestimmtheit wissen, ob sich weitere dieser Kerle im Land aufhalten.“

„Aber ich mache mir große Sorgen um meine Patienten.“

„Amber, das Thema steht nicht zur Diskussion. Du bleibst in meiner Nähe, bis es Entwarnung gibt. Ist das klar?“

Sie zögert, letztendlich nickt sie. „Einverstanden, du hast mir das Leben gerettet, Clive. Ich vertraue dir und werde mich deinen Anweisungen nicht länger widersetzen.“

„Hätte ich nur mal früher gewusst, wie ich deinen Dickschädel zum Einlenken bewegen kann“, brumme ich.

Sie grinst, wird jedoch rasch wieder ernst. „Was ist mit den Entführern geschehen?“

„Sie werden dir niemals wieder in die Quere kommen.“

„Sie wurden verhaftet?“

Ich verziehe das Gesicht, weiß, dass ich Amber jetzt belügen sollte, doch es widerstrebt mir. „Zerbrich dir einfach nicht den Kopf darüber, einverstanden.“

Sie mustert mich sekundenlang wortlos. Ein dunkler Schatten legt sich über ihre Augen, als ihr die Erkenntnis kommt. „Du hast sie getötet?“

Ich nicke.

Ihr entfährt ein leises Seufzen. „Es ist mir noch nie leichtgefallen, mit deinem Job klarzukommen. Daran scheint sich nicht viel geändert zu haben.“

„Du solltest jetzt ein wenig schlafen.“ Ich nehme die kleine Kabine genauer in Augenschein, in deren Ecke ein Stuhl steht. „Ist es in Ordnung, wenn ich hier übernachte?“

„Ist das nicht furchtbar unbequem?“

„Ich habe schon an schlimmeren Orten geschlafen.“

„Hältst du zuerst noch ein paar Minuten meine Hand? Es beruhigt mich.“

Ich drücke ihre Finger. „Solange du willst, Darling.“

Kapitel 13

Clive

Am darauf folgenden Morgen fahre ich zu meinem Bauernhof, um rasch ein paar Klamotten und einige andere Utensilien zu holen. Außerdem will ich mich davon überzeugen, dass dort alles in Ordnung ist.

Vorsichtig nähere ich mich dem Grundstück, observiere erneut die Umgebung, das Gebäude und den Garten. Auch heute kann ich nichts Außergewöhnliches feststellen. Mit gezückter Waffe trete ich schließlich ein – alles erscheint mir unverändert.

Amber habe ich gebeten, in der Klinik zu bleiben, die über eine recht gute Security verfügt. Zudem überwacht Percy das Krankenhaus mit Drohnen und Wärmebildkameras, sodass ein etwaiger Eindringling auffallen sollte.

Ich tausche den Ferrari gegen einen bequemeren Aston Martin und fahre über Umwege zurück zum Hospital. Nachdem ich sicher bin, dass mir niemand gefolgt ist, hole ich Amber ab und bringe sie in das Safehaus, von dem Percy gesprochen hat. Es handelt sich dabei um ein schickes mehrstöckiges Apartmenthaus, das einem Hotel ähnelt, denn es verfügt über Roomservice, Reinigungskräfte, erstklassige Sicherheitsleute und vieles mehr.

Wir betreten eine geräumige, modern eingerichtete Wohnung und endlich fällt ein Teil der Anspannung von mir ab. Hier dürfte uns niemand vermuten, sodass Amber keinerlei Gefahr mehr droht.

Diese ist noch etwas erschöpft, darüber hinaus scheint sie zum Glück unversehrt zu sein.

„Ich brauche jetzt dringend eine Dusche", verkündet sie, nachdem wir unsere wenigen Sachen in den Schränken verstaut haben.

„Benötigst du Hilfe?"

Sie legt den Kopf schief und grinst. „Das hättest du wohl gerne?" In ihren Augen blitzt der Schalk auf. Eine Gefühlsregung, die ich schon lange nicht mehr bei ihr gesehen habe.

„Mit dir zu duschen, wäre vermutlich das Highlight dieser verkorksten Woche", gehe ich auf ihren lockeren Tonfall ein.

„Vergiss es!" Sie wirbelt herum und steuert das Badezimmer an.

Nachdenklich blicke ich ihr hinterher. Die Stimmung zwischen uns ist gelöst. Die Wut, die über viele Jahre hinweg in mir schwelte, hat sich abgeschwächt. Ich verzeihe Amber ihr damaliges Handeln immer noch nicht, doch ich glaube ihr, dass sie einfach nicht anders konnte. Aber auch sie scheint mich nicht mehr abgrundtief zu hassen. Ob das lediglich damit zusammenhängt, dass ich ihr das Leben gerettet habe, kann ich für den Moment nicht einschätzen.

Dieser Annäherung zum Trotz kann es für uns dennoch keine zweite Chance geben. Zu viel steht zwischen uns: ihr Vater, der mich am liebsten tot sehen würde, ihr hochnäsiger Lover und letztendlich mein Job. Percy hatte recht, den Fallen Agents anzugehören und gleichzeitig eine Beziehung zu führen, ist gewiss kein Kinderspiel.

Seufzend sinke ich rücklings auf das breite Boxspringbett in einem der beiden Schlafzimmer und schließe die Augen, um kurzzeitig abzuschalten. Ich sollte mich damit zufriedengeben, dass Amber und ich nach so vielen Jahren endlich das Kriegsbeil begraben haben. Das ist doch schon einmal ein Fortschritt.

„Darf ich bei dir schlafen?“, erkundigt sich Amber ein wenig kleinlaut, nachdem auch ich der Dusche entstiegen bin und wir köstliche Pasta vom Roomservice verspeist haben. Jetzt sitzen wir bei einem Glas Rotwein gemütlich beisammen.

Die Frage verwundert mich. Für gewöhnlich ist Amber eine starke Person. Die ganze Sache scheint sie ziemlich mitzunehmen, denn ich kann mir nicht vorstellen, dass es in ihrer Absicht liegt, mich zu verführen.

„Ist mit dem zweiten Schlafzimmer irgendetwas nicht in Ordnung?“, frage ich beiläufig.

„Darum geht es nicht. Deine Nähe beruhigt mich und gibt mir Kraft. So wie früher, wenn ich nicht wusste, wie ich mich gegen meinen Vater durchsetzen sollte. Du hast mich immer in allem unterstützt, sonst hätte ich das Medizinstudium vielleicht doch irgendwann geschmissen, um in seine Firma einzusteigen.“

„Amber, ich habe mich verändert. Ich bin mittlerweile weit davon entfernt, ein Gentleman zu sein.“

Sie bedenkt mich mit einem verständnislosen Blick. „Will heißen?“

Ich verdrehe dir Augen. „Du bist immer noch ausgesprochen sexy und törnst mich trotz der Umstände an. Daher kann ich dir nicht einmal annähernd sagen, wie lange ich mich in deiner Nähe noch zurückhalten kann.“

„Ich kenne dich Clive, du würdest niemals etwas

tun, was ich nicht will."

„Wenn du dich da mal nicht täuschst."

Sie legt den Kopf schief und mustert mich. „Ja, du hast dich verändert, das stimmt. Trotzdem vertraue ich dir."

Ich schüttle den Kopf. „Dummes Mädchen."

Sie grinst und leert ihr Glas. Während sie aufspringt, greift sie nach meiner Hand. „Ich wollte schon lange einmal wieder etwas echt Gefährliches tun, das Schicksal herausfordern. Jetzt bietet sich mir endlich die Gelegenheit dazu. Los, komm mit! Ich möchte heute Nacht nicht allein sein, bitte."

Seufzend lasse ich mich von ihr hochziehen und in das größere der beiden Schlafzimmer führen. Sie schlüpft aus ihrer Jogginghose, behält mein langes Shirt jedoch an. Rasch krabbelt sie unter die Decke.

Ich hingegen entkleide mich bis auf die Boxershorts. So schlafe ich immer.

„Halt mich fest, Clive", bittet sie mich, nachdem auch ich es mir im Bett bequem gemacht habe.

Ich hole tief Luft.

Oh, fuck, das wird eine harte Nacht für mich werden!

Leider kann ich nicht einschätzen, wo das alles hinführen soll, doch ich möchte mir jetzt auch nicht den Schädel darüber zerbrechen. Daher ziehe ich Amber an mich. Zufrieden platziert sie den Kopf auf meiner Schulter.

Ich schließe die Augen, genieße ihren Duft und ihre Nähe. Sanft streiche ich mit den Fingerspitzen über ihren Rücken. Ein kleines Nachtlicht erhellt den Raum. Das Bett ist außerordentlich bequem und die Bezüge riechen nach Frühling. Ich denke, hier kann ich es ein paar Tage lang aushalten.

„Ich weiß nicht, ob ich noch mit Roger zusammen sein kann“, durchbricht Amber plötzlich die beruhigende Stille. Höchstwahrscheinlich ohne auch nur den Hauch einer Ahnung zu haben, dass diese Aussage ein explosives Prickeln in meinem Kopf und meinen Lenden lostritt.

„Wie kommst du denn jetzt darauf?“

„Es gibt mehrere Gründe. Ich bin verärgert, dass er mich in eine derartige Situation gebracht hat. Manchmal benimmt er sich wie ein verzogenes reiches Kind. Vor allem, wenn er seinen Willen nicht durchsetzen kann, oder ihn jemand nicht ausreichend wertschätzt. Zudem hat er Garfield beleidigt. Ich glaube, Roger kann Tiere nicht ausstehen. Ich bin mit Pferden und Hunden aufgewachsen. Was sollte ich denn mit so einem Mann anfangen?“ Sie seufzt leise. „Und letztendlich deinetwegen.“

„Meinetwegen?“

Sie sieht zu mir auf. „Clive, ich fühle mich bei dir sicher. Außerdem hätte ich um ein Haar mit dir geschlafen. Deine Küsse machen mich willenlos. Ich sollte nicht derartige Gefühle hegen, solange ich mit einem anderen Mann zusammen bin.“

Ich ziehe die Augenbrauen hoch. „Meine Küsse machen dich willenlos?“

Sie nickt.

„Das hättest du mir jetzt nicht sagen dürfen“, raune ich mit dunkler Stimme. Ich greife in ihren Nacken und halte ihren Kopf fest, bevor ich mich über sie beuge und ihr tief in die Augen schaue.

Ein wohliges Seufzen verlässt ihre Lippen, als unsere Blicke sich treffen. Das Vertrauen, das ich in ihren Augen erkenne, beschleunigt meinen Herzschlag und stellt etwas Seltsames mit mir an.

Ich kann nicht einschätzen, wie oft ich mir gewünscht habe, Amber wieder in den Armen zu halten. In den ersten Jahren nach dem Unfall hatte ich mich noch der Hoffnung hingegeben, dass sie irgendwann den Glauben an mich und unsere Liebe zurückerlangen würde, wurde aber bitter enttäuscht. Und nun liegt sie plötzlich neben mir und sieht mich erwartungsvoll an. Vielleicht sollte ich mich zwicken, um sicherzugehen, dass ich nicht träume.

Ich weiß nicht, ob ich nun alles ruinieren werde, doch es ist mir gerade gleich. Ich muss diese Frau jetzt einfach spüren. Daher lege ich meine Lippen sanft auf ihre, was einen Stromstoß durch meinen Körper zu jagen scheint.

Amber holt vernehmlich Luft. „He, das sollte keine Einladung sein“, nuschelt sie.

„Tja, Darling, das hättest du dir früher überlegen müssen.“ Ich beiße sie spielerisch in die Unterlippe, was ihr ein Stöhnen entlockt. Als ihr Mund sich leicht öffnet und unsere Zungen sich berühren, stöhne auch ich voller Verlangen auf.

Während wir uns küssen, schlingt Amber ihre Arme um meinen Körper. Ich schiebe mich ein wenig über sie und presse sie mit meinem Gewicht in die Matratze. Meinen Unterleib dränge ich dabei fest gegen ihr Becken und lasse sie meine Härte spüren. Sie soll ruhig wissen, was sie mit mir anstellt, soll fühlen, wie geil sie mich macht.

Auch Amber scheint das hier zu genießen, denn sie keucht und reibt sich genüsslich an meinem mittlerweile steinharten Schwanz.

„Vorsicht“, flüstere ich, „reiz mich nicht allzu sehr.“

Sie lacht leise. „Clive, du besitzt einen eisernen Willen. Deine Selbstbeherrschung zu knacken, ist vollkommen unmöglich.“

„Bist du dir da so sicher? Ich schwöre dir, wenn du noch ein paar Minuten so weitermachst, liegst du schneller stöhnend unter mir, als du Nein sagen kannst.“

Ein zischendes Geräusch entfährt ihr bei meinen Worten. „Von dir geküsst zu werden, tut unsagbar gut, aber ich kann nicht mit dir schlafen, solange ich nicht weiß, ob das mit mir und Roger eine Zukunft hat. Ich würde niemals einen Mann betrügen.“

„Das heißt, wenn ich dich jetzt um den Verstand vögle, musst du gezwungenermaßen mit ihm Schluss machen?“ Ehe sie antworten kann, greife ich mit beiden Händen nach ihrem Shirt und zerre es ihr über den Kopf.

Mein Blick gleitet über ihren nackten Oberkörper, bevor ich meine Lippen auf eine ihrer Brüste herabsenke und an dem aufgerichteten Nippel sauge. Ambers Busen ist nicht sehr üppig, aber immer noch wundervoll fest. Besitzergreifend wandern meine Finger über die zarte, porzellanartige Haut ihres Leibs. Nie hätte ich gedacht, dass ich ihr jemals wieder derart nahekommen würde.

Sie stöhnt auf. „Clive, oh, mein Gott! Du spielst nicht fair.“

„Ja, manchmal kann ich verdammt egoistisch sein.“ Meine Hand wandert zwischen ihre Schenkel. Erst jetzt begreife ich, dass sie kein Höschen trägt und völlig nackt unter mir liegt. Diese Erkenntnis lässt mich schwer schlucken.

„Fuck, Amber“, raune ich und fahre sanft mit den Fingerspitzen über ihren Schritt. „Du bist feucht, du brauchst es genauso sehr wie ich. Nun komm schon, Darling, du willst diesen Kerl doch gar nicht mehr.“

„Da weißt du aber mehr als ich.“ Sie umfasst mein Handgelenk und stoppt meine Liebkosungen. „Es wäre nicht richtig.“

„Sag nicht, ich hätte dich nicht gewarnt. Du hast doch nicht wirklich gedacht, du könntest eine weitere Nacht mit mir in einem Bett verbringen, ohne dass wir uns näherkommen? Hast du auch nur den Hauch einer Ahnung, wie hart ich seit Tagen bin? Wie geil du mich immer noch machst?“ Ehe sie antworten kann, beuge ich mich über sie und küsse sie abermals voller Leidenschaft, bis sie unter mir erbebt und mein Handgelenk loslässt.

„Gott, Clive, ja“, wimmert sie, als ich erneut vorsichtig über ihre empfindlichste Stelle streiche, bevor ich zwei Finger in sie hineinschiebe. Sie ist klitschnass und kommt mir mit ihrem Becken gierig entgegen.

Ohne meine Finger aus ihr herauszuziehen, rutsche ich nach unten, spreize ihre Schenkel und knie mich dazwischen. Zärtlich fahre ich mit meiner Zunge über ihre Scham.

Amber erbebt vor Lust.

„Fast hatte ich vergessen, wie gut du schmeckst“, äußere ich, ehe ich sie intensiver lecke und dabei mit meinen Fingern sanft vögle.

Ihr Stöhnen wird lauter, während sie sich in Ekstase windet.

„Clive, nicht, bitte.“ Die Leidenschaft in ihrer

Stimme straft ihre Worte jedoch Lügen.

„Du willst also nicht unter meiner Zunge kommen?“ Ich puste über ihre Feuchtigkeit.

Sie schreit lustvoll auf. „Du hast ja keine Ahnung, wie sehr ich das will.“ Ihre Finger krallen sich in die Matratze. „Ach zum Teufel, jetzt tu doch endlich etwas! Ich halte das nicht länger aus.“ Letztendlich drängt sie mir ihren Unterleib entgegen und gibt sich mir bebend vor Lust hin.

Ich sauge fest an ihrer Klitoris, was Amber bereits nach kurzer Zeit zitternd und stöhnend zum Höhepunkt kommen lässt.

Mein Schwanz zuckt unterdessen heftig und ist so hart, wie das schon lange nicht mehr der Fall war. All die Frauen, mit denen ich in den letzten Jahren geschlafen habe, waren ein Zeitvertreib, ein Hormonausgleich. Nichts weiter. Auf jede von ihnen hätte ich problemlos verzichten können. Doch jetzt von Amber abzulassen, gelingt mir nicht. Ich will sie gerade stärker, als ich es in Worte fassen kann, wenngleich ich noch nicht einmal einschätzen kann, warum.

Geht es darum, sie diesem Idioten wegzunehmen? Sehe ich sie als Trophäe an? Oder will ich mich rächen, für das, was sie mir angetan hat?

Leider bin ich für den Moment viel zu erregt, um eine Antwort auf diese Frage zu finden. Daher springe ich auf, hole ein Kondom aus meinem Gepäck und steige aus meinen Shorts, bevor ich mich abermals zwischen Ambers Schenkel dränge.

Ihr Blick wandert über meinen Oberkörper hinab zu meiner heftigen Erektion. „Du bist so schön“, flüstert sie. Mit den Fingerspitzen tastet sie vorsichtig über den Drachen auf meiner Brust, ehe sie zärtlich an meinem Schwanz entlangstreift.

Als sie ihn umfasst, halte ich die Luft an und beiße die Zähne aufeinander. Für kurze Zeit schließe ich die Augen, so geil fühlt sich das an. Wenn ich mich nicht zusammenreiße, komme ich noch über ihre Finger. „Amber, ich muss dich jetzt einfach spüren", presse ich mit vibrierender Stimme hervor.

„Ich will dich auch. So sehr."

Halleluja! Ich habe nämlich keine Ahnung, wie ich mit dieser Latte schlafen sollte. Noch dazu, neben der Frau, die mich gerade völlig um den Verstand bringt.

Hastig rolle ich mir das Kondom über, beuge mich über sie und bringe meinen Penis in Position. Prüfend blicke ich ihr noch einmal in die Augen. „Geht das auch wirklich in Ordnung?"

Sie nickt. „Clive, bitte, ich brauche dich jetzt."

Ihre geflüsterten Worte geben mir den Rest. Vorsichtig dringe ich in sie ein. Währenddessen überkommt mich das Gefühl, vor Lust zu vergehen.

Uns beiden entfährt ein lautes Stöhnen. Amber verdreht genüsslich die Augen. Ihre Fingernägel kratzen leicht über meinen Rücken, während ihre Miene mir signalisiert, welche intensiven Emotionen sie gerade verspürt. „Clive", keucht sie. „Gott, fühlt sich das gut an."

„Frag mich mal."

Unsere Blicke versinken ineinander. Plötzlich kommt es mir vor, als hätte uns eine Zeitmaschine fünf Jahre zurückversetzt. Die Verbundenheit, die einmal zwischen uns bestand, ist wieder da. Amber ist es tatsächlich gelungen, dieses alles verzehrende Feuer in mir neu zu entzünden, das viel zu lange erloschen war.

Rhythmisch stoße ich jetzt in sie hinein, bis ich beinahe den Verstand verliere. „Verdammt aber auch, ich konnte mich gar nicht mehr daran erinnern, wie gut es sich anfühlt, dich unter mir zu haben."

„Clive, bitte, fick mich! Hart! Das hier soll nur Sex sein. Nichts Sentimentales."

Schockiert halte ich in der Bewegung inne. Diese Aussage passt nicht zu der Amber, die ich kannte. Ich versuche, in ihren Augen zu lesen, und entdecke ein Fünkchen Furcht darin. „Du hast Angst, dich wieder auf mich einzulassen, richtig?"

Sie nickt. „Ich will einfach nur mit dir schlafen. Nicht mehr. Geht das in Ordnung?"

Ihre Worte kratzen an meinem Stolz.

Nein, das ist untertrieben, sie pissen mich richtiggehend an.

„Was erwartest du denn jetzt für eine Antwort von mir? Wo ich bereits bis zum Anschlag in dir stecke und kurz vom Explodieren stehe", stoße ich verärgert aus. „Als ob ich noch in der Lage wäre, das hier abzubrechen."

Sie lächelt ein wenig gezwungen. „Ich habe eben erst bemerkt, wie viel mich noch mit dir verbindet. Und das macht mir Angst."

„Muss es nicht, denn dein Wunsch kommt mir entgegen. Nur Sex. Keine Gefühle." Meine Stimme klingt rau, erregt und kompromisslos.

In diesem Moment spiele ich nicht fair. Ich weiß haargenau, Amber ist eine Person, die Sex und Liebe nur schwer voneinander trennen kann. Zumindest war das früher einmal so. Aber ich bin aufgebracht, scharf und zugegebenermaßen mit der Situation überfordert.

Ich brauche jetzt nichts mehr als einen heftigen Fick mit genau der Frau, von der ich im Moment nicht weiß, ob ich sie hassen oder lieben soll. Mit ein wenig Glück kann ich hinterher ja wieder klar denken.

Ich ziehe mich fast vollständig aus ihr zurück und stoße abermals fest in sie hinein. Das Gefühl ist unglaublich. Nach so langer Zeit tatsächlich wieder in ihr zu sein, bringt mich heftig aus dem Gleichgewicht.

Sie stöhnt voller Verlangen auf, scheint sich nicht daran zu stören, dass ich nicht gerade zaghaft mit ihr umgebe.

Daher vögle ich sie kraftvoll durch. Ohne Unterlass treibe ich mich zwischen ihre Schenkel. Rasch entgleitet mir die Kontrolle, die Gefühle zerren mich in einen tiefen Abgrund, sodass ich weder meinen Körper noch meine Emotionen länger im Griff habe.

Leidenschaft, Frust, Glück, aber auch ein Anflug von Panik wechseln sich in meinem Kopf ab. Dieser Cocktail aus Empfindungen zwingt mich in die Knie, lässt mich völlig die Beherrschung verlieren. Meine Stöße werden hart, fordernd, fast schon brutal.

Einzig und allein die Frau, an der ich mich gerade abreagiere, trägt die Schuld an meinem desolaten Zustand. Sie hat vor vielen Jahren diese dunkle Seite in mir erweckt. Früher hätte ich das hier auf der Stelle abgebrochen. Doch ich bin in der Tat kein Gentleman mehr, daher ziehe ich diese Nummer durch, ohne Rücksicht auf Verluste.

Amber stöhnt, lässt sich vollkommen fallen, gibt sich mir hin. Währenddessen sieht sie mich aus verschleierten Augen an. Ihr leidenschaftlicher Gesichtsausdruck verdeutlicht mir, was ich bereits geahnt habe. Das hier ist für sie so viel mehr als reiner Sex, was ihr womöglich selbst nicht bewusst ist. Der Anstand würde gebieten, sofort von ihr abzulassen, doch es gelingt mir nicht.

Aber was, wenn ich soeben nicht sie, sondern mich bestrafe? Ich das hier lange nicht so locker wegstecke wie bei all den Frauen zuvor?

„Ja, Clive, bitte. Oh …“ Amber schreit auf, als sie unter mir einen mächtigen Orgasmus erlebt. Ihre Kontraktionen rauben mir noch das letzte bisschen Selbstkontrolle. Ich kann mich nicht länger zurückhalten und ergieße mich in kraftvollen Schüben in das Kondom.

„Amber, oh, fuck, ist das gut!“, stoße ich aus.

Das Gefühl zu schweben, breitet sich in mir aus. Seit einer Ewigkeit bin ich nicht mehr derart hart und heftig gekommen.

Ich weiß nur eins, wenn wir das hier überstehen, ohne uns hinterher wieder gegenseitig an die Gurgel zu gehen, soll es nicht das letzte Mal gewesen sein, dass ich zwischen Ambers weichen Schenkeln den Himmel auf Erden gefunden habe.

Kapitel 14

Amber

Ich liege in Clives Armen und meine Finger tasten mal wieder über sein Drachentattoo, was ihm eine heftige Gänsehaut beschert. Der Sex mit ihm kam völlig überraschend und hat mich in seiner Intensität erschüttert.

Ich sehnte mich lediglich nach Clives Nähe, um die schrecklichen Umstände zu vergessen und besser schlafen zu können, doch dann hat mein Körper ein Eigenleben entwickelt. Explosionen der Lust fanden in meinem Schoß statt, sodass ich Clive einfach nicht mehr widerstehen konnte.

Ich kann nicht leugnen, dass ich so etwas mit Roger noch nie verspürt habe. Die Nummer eben war hitzig, schien emotional aus dem Ruder zu laufen, und dennoch war es das Erregendste, was ich in den letzten Jahren erlebt habe. Diese Mischung aus Anziehung und Wut, die zwischen Clive und mir herrscht, ist einzigartig und hat mir mit ihrer Macht fast ein wenig Angst eingejagt.

Ich weiß, das sollte es jetzt eigentlich gewesen sein, allerdings habe ich noch lange nicht genug von diesem Mann. Seltsamerweise scheint die sexuelle Energie zwischen uns all die Jahre überdauert zu haben und wurde nun erneut zum Leben erweckt. Mir war nicht bewusst, wie sehr mich Clive noch antörnt. Auch kann ich für den Moment nicht einschätzen, ob diese Anziehungskraft möglicherweise sogar übers rein Körperliche hinausgeht.

Dessen ungeachtet ist es unvorstellbar, dass das

mit uns noch einmal etwas werden könnte. Meine Eltern würden durchdrehen. Zudem sind unsere Arbeitszeiten alles andere als beziehungstauglich. Doch so weit will ich im Moment gar nicht denken. Eventuell hassen wir uns ja wieder, sobald die aufgewühlten Hormone erst zur Ruhe gekommen sind und die Euphorie gewichen ist.

Oder aber ich sorge dafür, dass dieses Hochgefühl noch ein wenig länger bestehen bleibt. Obgleich Clive mich heftig hergenommen hat und mein Körper an manchen Stellen schmerzt, möchte ich ihn noch einmal spüren.

Mutig lasse ich meine Hand über Clives gestählten Bauch nach unten gleiten und umfasse seinen Schwanz, der prompt zwischen meinen Fingern zuckt.

„Du warst schon immer unersättlich“, scherzt der Mann an meiner Seite. „Daran hat sich offensichtlich nichts geändert.“

„Du erinnerst dich sicher, dass ich beim Sex gerne oben sitze. Interesse an einer weiteren Nummer?“

Er lacht. „Da fragst du noch. Mach ihn wieder richtig steif, Darling. Und dann hol dir, was du brauchst.“

Ich beuge mich über ihn und sauge seinen Penis zwischen meine Lippen. Clive erbebt unter mir vor Lust. Er stöhnt kehlig, während seine Erektion in meinem Mund anschwillt.

„Gott, Amber“, raunt er, legt mir eine Hand auf den Hinterkopf und drückt mich näher gegen sich. „Ja, so ist es gut! Du weißt noch haargenau, wie du mich um den Verstand bringst. Los, blas ihn richtig hart.“

Das lasse ich mir nicht zweimal sagen und verwöhne Clive nach allen Regeln der Kunst.

Schon bald beginnen die Muskeln seines Unterleibs zu zucken. „Kondom“, fordert er ungeduldig. „Und dann setz dich verdammt noch mal auf mich! Sonst komme ich noch in deinem Mund. Herrgott, Amber, was stellst du bloß mit mir an?“

Schmunzelnd gehorche ich, greife nach einem weiteren Gummi, das auf dem Nachttisch liegt, und rolle es ihm vorsichtig über. Danach stütze ich mich an seinem Oberkörper ab und schwinge ein Bein über ihn. Das Gefühl, als er in mich hineingleitet, ist unbeschreiblich. Mein Blick heftet sich auf den Drachen auf Clives Brust, den ich stundenlang bewundern könnte. Voller Verlangen bewege ich mein Becken auf und ab.

Clive stöhnt. „Du bist so wunderschön, Amber. Ich würde dich zukünftig gerne häufiger spüren. Bekommen wir das hin?“

Ein Glücksgefühl steigt in mir auf, doch ich zucke lediglich belanglos mit den Schultern. „Lass uns später darüber reden. Jetzt treibe ich dich erst einmal in den Wahnsinn.“

„Nur zu.“ Er lächelt. Ein Lächeln, das von Herzen zu kommen scheint, und Stellen ganz tief in meinem Inneren berührt, die es nicht erreichen dürfte.

Ich strecke den Rücken durch, werfe den Kopf in den Nacken und genieße das Gefühl, völlig von Clive ausgefüllt zu werden. Bereits nach kurzer Zeit breitet sich erneut ein genüssliches Ziehen in meinem Unterleib aus. Ich spüre, wie sich der nächste Höhepunkt ankündigt. „Clive, ja“, wimmere ich. „Ah, ist das gut. Bitte, hilf mir.“

Er stöhnt kehlig. „Amber, du bringst mich noch um.“ Seine Stimme vibriert, während sein Atem abgehackt geht. Auch wenn er einen auf cool macht, reißt ihn das hier ebenso mit wie mich. Sein Penis ist schon wieder steinhart und zuckt heftig in mir, signalisiert mir, dass Clive kurz davorsteht, die Beherrschung zu verlieren.

Er packt mich an den Hüften und kommt mir von unten mit kräftigen Stößen entgegen, wobei er derart geschickt vorgeht, dass mich rasch ein weiterer Orgasmus durchschüttelt, der mich durch seine Heftigkeit Sternchen sehen lässt, während ich von Kopf bis Fuß erschauere.

Clive treibt sich noch einige Male kraftvoll in mich hinein, bevor er die Zähne zusammenbeißt und laut stöhnend ebenfalls einen Höhepunkt erreicht. Seine Finger krallen sich sekundenlang in mein Becken, ehe seine angespannte Miene weicher wird.

Es ist ein wundervoller Anblick, ihn dabei zu beobachten, wie er kurzzeitig die Kontrolle abgibt und einfach nur genießt.

Glücklich seufzend sinke ich auf seine Brust, woraufhin er mich in seine Arme zieht und festhält. In diesem Moment würde ich mir wünschen, dass es immer so zwischen uns sein könnte.

Am nächsten Tag bringt mir zu meiner großen Freude ein Angestellter des Safehauses frische Klamotten vorbei, sodass ich nicht weiterhin gezwungen bin, in Clives Jogginghosen und Shirts herumzulaufen.

Am Nachmittag gehen wir Hand in Hand spazieren, bevor wir abermals wundervollen Sex in dem riesigen Bett und später sogar unter der Dusche haben. Ich genieße die Zeit und als ich am Abend einmal mehr in Clives Armen liege, begreife ich, dass ich gerade dabei bin, mich erneut in diesen Mann zu verlieben.

Doch noch bin ich skeptisch, ob es funktionieren könnte, zu viel spricht dagegen. Auch habe ich keine Ahnung, was Clive für mich empfindet. Ja, er betrachtet mich oft mit glühendem Verlangen in den Augen, dennoch ist seine Miene meistens unergründlich. Ob er mir jemals völlig verzeihen wird, kann ich für den Moment nicht einschätzen.

„Könntest du in deinem Job eigentlich eine feste Beziehung führen?", wage ich einen Vorstoß, da mir viel zu viele Dinge durch den Kopf gehen, die mich vom Einschlafen abhalten.

„Eher nicht. Mein Boss hat mir von Anfang an gesagt, dass das nicht erwünscht ist."

Autsch! Warum nur schmerzt diese Antwort derart?

„Oh, woran genau liegt das?"

„Es würde alles nur unnötig kompliziert machen. Ich bin ständiger Gefahr ausgesetzt, stehe rund um die Uhr auf Abruf bereit. Bei Bedarf kann ich weltweit eingesetzt werden. Und manche Aufträge können sich monatelang hinziehen."

„Also ähnlich wie beim MI5."

Überrascht zieht er die Augenbrauen hoch. „Hast du das damals so empfunden? War ich wirklich so viel unterwegs?"

„Durchaus, doch irgendwie konnte ich damit umgehen, da mich das Studium ziemlich eingespannt hat. Und in der Klinik ist das heute kein Stück besser, ich arbeite manchmal rund um die Uhr. Roger hat sich bereits häufiger darüber beschwert."

„Hm, das ist mir früher gar nicht aufgefallen. Tut mir leid."

„Schon gut. Kämst du mit einer Frau klar, die konstant Nacht- und Wochenendschichten schiebt?"

Er sucht nach meinem Blick. „Was wird das hier? Worauf genau willst du hinaus?"

„Das ist alles sehr hypothetisch, aber ich habe mich gefragt, ob es für uns eine zweite Chance geben könnte."

Er mustert mich ein paar Herzschläge lang stillschweigend. „Das heißt, du empfindest noch etwas für mich?"

„Vermutlich habe ich nie aufgehört, dich zu mögen. Ich weiß es nicht so genau und bin gerade ziemlich verwirrt."

„Und du könntest mir das mit Nathan verzeihen?"

„Du hast mir das Leben gerettet, Clive. Das werde ich dir nie vergessen."

„Einzig deswegen?"

„Sicher nicht. Ich denke, ich habe dir längst verziehen. Ich kann es nicht richtig in Worte fassen, aber irgendwie kommt es mir vor, als ob wir beide einfach zusammengehören."

Er fährt sich mit einer Hand nachdenklich durchs Haar. „Hör zu, Amber, wir sollten nichts überstürzen. Wir hatten gerade absolut geilen Sex. Ich befürchte, dass die Glückshormone in deinem Kopf die Oberhand gewonnen haben. Ich könnte es nicht ertragen, dich ein zweites Mal zu verlieren. Wer weiß schon so genau, ob du mich nicht irgendwann wieder abgrundtief hasst. Können wir es nicht einfach bei heißem Sex belassen?"

„Ja, wahrscheinlich hast du recht. Aber ich werde mich auf jeden Fall von Roger trennen.“

„Davon bin ich ausgegangen. Du bist nicht die Frau, die sich mir völlig enthemmt hingibt, jedoch weiterhin mit einem anderen Mann zusammen ist.“

„Du wusstest das von Anfang an, richtig?“

Er grinst. „Ich wäre ein Idiot gewesen, hätte ich dich darauf hingewiesen.“ Sanft küsst er mich auf die Stirn. „Und nun schlaf, bevor ich dich ein weiteres Mal vernaschen muss.“

„Oh, nein, ich kann jetzt schon kaum noch laufen. Die Nummer unter der Dusche war echt heftig.“

„Sag bloß, sie hat dir nicht gefallen.“

„Hattest du etwa den Eindruck?“

Er lacht leise. „Keinesfalls. Ich denke, ich werde dich morgen noch einmal im Stehen von hinten nehmen.“

Ich stöhne. „Hör auf damit, du machst mich nur wieder heiß.“

„Also gut, ich gebe dir eine kleine Pause.“

Ich dränge mich enger gegen ihn, bin einerseits glücklich, andererseits habe ich Angst vor der Zukunft. Clive hat recht, mich erneut in ihn zu verlieben und ihn einmal mehr zu verlieren, könnte auch ich nicht ertragen.

Zwei Tage später informiert mich Clive am Abend darüber, dass man in London zwei weitere Terroristen geschnappt hat. Für den Moment scheint sich kein Attentäter dieser Organisation mehr in England aufzuhalten. Die übrigen Verdächtigen im Ausland werden streng überwacht, sodass es auffallen müsste, falls wieder einer einreisen sollte. Damit dürfte die größte Gefahr fürs Erste gebannt sein.

Wie üblich verrät mir Clive jedoch nicht alle Details, und ich will sie auch gar nicht wissen, da es mich vermutlich nur nervös machen würde.

Außerdem kann ich mich nicht ewig verstecken. Ich sehne mich danach, in meine Wohnung zurückzukehren, zudem braucht mich das Krankenhaus. Nichtsdestotrotz würde ich mir wünschen, dass die schöne Zeit mit Clive niemals endet.

Aber es hat für mich auch eine hohe Priorität, die Sache mit Roger endlich zu klären. Ich muss einen sauberen Schlussstrich ziehen, kann ihn nicht länger im Ungewissen lassen. Und auf gar keinen Fall möchte ich ihn telefonisch vor vollendete Tatsachen stellen, ich will ihm meine Beweggründe von Angesicht zu Angesicht erörtern.

So kehre ich unserem kleinen Liebesnest am nächsten Tag mit einem lachenden und einem weinenden Auge den Rücken. Clive begleitet mich in mein Apartment in London, in dem mittlerweile das aufgebrochene Schloss der Eingangstür repariert worden ist.

Mir fällt ein Stein vom Herzen, als ich feststelle, dass lediglich meine Unterlagen durchwühlt wurden und nichts zu fehlen scheint. Die Einbrecher haben offenbar einzig Hinweise auf meinen Aufenthaltsort oder Informationen über Nuclearis gesucht.

Wenngleich ich mich in dem Apartment gerade nicht sonderlich wohlfühle, bitte ich Clive, mich allein zu lassen. Er zögert zuerst, stimmt aber letztendlich zu. Mit einem langen zärtlichen Kuss verabschiede ich mich von ihm.

Kaum ist er gegangen, vermisse ich ihn auch

schon. Doch wir sind übereingekommen, dass uns ein paar Tage Abstand guttun werden, um unsere Gedanken zu sortieren und nicht überstürzt zu handeln.

So mache ich mich am Abend schweren Herzens auf den Weg zu Roger, der eine luxuriöse Wohnung im schicken Stadtteil Mayfair bewohnt, um dieses unangenehme Gespräch hinter mich zu bringen. Ich weiß, dass er nicht mit Zurückweisung umgehen kann und sorge mich um seinen empfindlichen Magen, doch nachdem, was sich zwischen Clive und mir zugetragen hat, ist eine Zukunft mit Roger in weite Ferne gerückt.

Überglücklich reißt er mich in seine Arme, als ich aus dem Lift gestiegen bin, der direkt in sein Penthouse fährt. „Gott, Amber, ich habe fürchterliche Ängste um dich ausgestanden. Es tut mir unsagbar leid, dass ich dich in Gefahr gebracht habe. Ich hoffe, du kannst mir verzeihen."

Ich löse mich aus seiner Umarmung und nehme ihn genauer in Augenschein. Dieser Mann ist unglaublich attraktiv. Seine hochgewachsene Figur in dem dunklen Hemd und der schwarzen Hose wirkt ausgesprochen sexy. Dennoch überkommt mich gerade nicht der Drang, ihn berühren zu wollen. Er versetzt weder mein Herz noch meine Hormone in Aufruhr, was einem anderen Kerl mit spielender Leichtigkeit gelingt.

Ich räuspere mich. „Sicher, du konntest ja nicht ahnen, dass dich jemand verfolgt. Ist bei dir und deinem Vater alles in Ordnung?"

Er betrachtet mich verwundert. „Außer, dass du mir wahnsinnig gefehlt hast, schon."

„Roger, es tut mir furchtbar leid, aber ich hatte viel Zeit zum Nachdenken und befürchte, das mit uns beiden passt einfach nicht."

Erschrocken reißt er die schönen Augen auf. „Du bist mir böse, weil ich diesen dummen Fehler begangen habe?"

„Nein, darum geht es nicht. Die gemeinsame Zeit mit Clive hat alles verändert. Ich glaube, ich empfinde noch etwas für ihn, du hingegen hast eine Partnerin verdient, die dich von ganzem Herzen liebt. Ich bin mir nicht sicher, ob ich das wirklich kann."

Von einer Sekunde auf die nächste verhärten sich seine Gesichtszüge. „Hast du etwa vergessen, dass er deinen Bruder auf dem Gewissen hat?"

„Wie könnte ich das jemals vergessen? Aber es ist jetzt über fünf Jahre her und zum Glück kann ich Clive endlich wieder in die Augen sehen, ohne an den schrecklichen Vorfall erinnert zu werden."

Ungläubig schüttelt er den Kopf. „Du bist also wieder mit ihm zusammen?"

„Nein, wir wollen es langsam angehen lassen, da wir nicht einschätzen können, ob es überhaupt funktionieren wird."

Mit fahrigen Fingern fährt er sich durchs Haar. „Wie lange geht das schon?"

„Als ob du das nicht genau wüsstest. Ich bin ihm im Golfclub zum ersten Mal nach langer Zeit wieder begegnet."

„Aha!"

„Du glaubst mir nicht?"

„Ich weiß im Moment gar nicht, was ich noch glauben kann. Schläfst du mit ihm?"

„Wir sind uns in den letzten Tagen nähergekommen“, drücke ich mich um eine Antwort.

„Also ja?“

Ich nicke leicht.

Wütend fährt er herum, greift nach einem auf dem Sideboard stehenden Glas und feuert es gegen die Wand. Das Klirren, als es zersplittert, lässt mich zusammenzucken.

Versöhnlich lege ich ihm eine Hand auf die Schulter. „Roger, bitte, reg dich nicht auf, denk an deinen Magen.“

„Ach, scheiß auf meinen Magen!“ Ungehalten wirft er die Arme in die Luft. „Als ob dich das jemals wirklich interessiert hätte. Ich habe mir Sorgen um dich gemacht, und du hast nichts Besseres zu tun, als dich von deinem Ex durchvögeln zu lassen.“

Seine Worte schmerzen, doch ich hatte mit dieser Reaktion schon fast gerechnet.

„Es tut mir leid, aber Gefühle kann man nun einmal nicht beeinflussen. Das war so sicher nicht geplant. Ich denke, ich sollte jetzt gehen. Wir können gerne telefonieren, wenn du den ersten Schock überwunden hast. Und als Ärztin bleibe ich dir selbstverständlich erhalten.“

Er kommt auf mich zu und baut sich bedrohlich vor mir auf. Das zornige Glitzern in seinen dunklen Augen lässt eine ungute Vorahnung in mir aufsteigen. „Du kannst es wohl kaum erwarten, zu ihm zurückzukehren, was? Vielleicht sollte ich mal mit meinem Vater reden, ihm sagen, was dieser Typ auf dem Kerbholz hat. Ob er dann für eine Sicherheitsfirma noch tragbar ist, sei dahingestellt.“

Erschüttert starre ich ihn an. „Du drohst mir?“

Er zuckt mit den Schultern. „Trenn dich von ihm

und kein Wort kommt über meine Lippen!“

„Und was würde das an meinen Gefühlen ändern? Rein gar nichts. Es wäre wirklich schäbig, wenn du aus verletztem Stolz versuchen würdest, Clives Leben zu ruinieren.“

Roger stößt ein wütendes Schnauben aus. „Schäbig nennst du mich! Dann kann ich mich ja auch dementsprechend verhalten.“ Er macht einen großen Schritt auf mich zu, greift mit eisernem Griff nach meiner Taille und reißt mich an sich, bevor er seine Lippen brutal auf meine presst.

Für einen Moment bin ich schockgefrostet, halte die Luft an und kann gar nicht fassen, was hier gerade geschieht. Doch dann steigt kochende Wut in mir auf.

Was bildet sich dieser arrogante Kerl eigentlich ein? Denkt er, weil er der Sohn des Premierministers ist, könnte er sich einfach nehmen, was er will?

Nein, mein Freund, nicht alles auf dieser Welt ist käuflich!

Mit einer Hebeltechnik, die ich in den Selbstverteidigungskursen erlernt habe, entwinde ich mich ruckartig seinem Griff.

Ein überraschtes Gurgeln kommt über seine Lippen, während er einen Schritt zurücktorkelt und mich schlagartig loslässt. Leider komme dadurch auch ich ins Wanken und stolpere mit einem Fuß über einen flauschigen Teppich. Ich kann das Gleichgewicht nicht mehr halten, stürze zu Boden und schlage seitlich mit dem Kopf auf einer Kante des massiven Wohnzimmertischs auf.

Ein stechender Schmerz durchfährt mich. Sekundenlang bin ich wie gelähmt, während mein Schädel zu explodieren scheint. Ich will mich aufrichten, doch mir schwindelt und ich sehe Sternchen. Halt suchend, greife ich nach dem Tisch und versuche verzweifelt, das Bewusstsein nicht zu verlieren.

Mein Atem rast, ich stehe kurz vorm Hyperventilieren. Die Schmerzen sind nahezu unerträglich. Aber ich gebe nicht auf, kämpfe darum, die Fassung zurückzuerlangen.

„Gott, Kleines, geht es dir gut?“, dringt Rogers Stimme wie aus weiter Ferne zu mir durch.

Er sackt neben mir auf die Knie. Als er meinen Arm berührt, zucke ich zusammen. Mit letzter Kraft rapple ich mich auf, schnappe geistesgegenwärtig meine Tasche, die ein Stück von mir entfernt auf dem Boden gelandet ist, und torkle aus dem Wohnzimmer - ohne Roger eines weiteren Blickes zu würdigen.

Er folgt mir und versucht, mich aufzuhalten, doch ich stoße ihn von mir. „Fass mich nie wieder an!“, zische ich, während ich in den Fahrstuhl flüchte.

Mein Puls rast wie ein Schnellzug, als ich mit dem Rücken gegen die Wand des Aufzugs falle. Nach wie vor dreht sich alles in meinem Kopf. Vorsichtig betaste ich meine Schläfe, die immer noch höllisch schmerzt.

Blut rinnt mir über die Finger.

Shit, das wird sicher ein heftiger Bluterguss werden. Vielleicht sogar eine Narbe.

Am liebsten würde ich mich jetzt in Clives starke Arme flüchten, doch ich kenne seinen heiligen Zorn. Am besten er erfährt gar nicht, wie Roger mich behandelt hat, sonst geschieht ein Unglück.

Daher rufe ich mir ein Taxi und lasse mich in die Klinik fahren, dort kann auch gleich ein Kollege nach meiner Verletzung sehen.

Jetzt kann ich nur hoffen, dass Roger seine Drohung nicht wahr macht. Clive musste in diesem Leben bereits genug ertragen. Erneut seinen Job zu verlieren, würde ihm vermutlich den Todesstoß versetzen.

In der Klinik angekommen stelle ich fest, dass Mia an diesem Abend Dienst hat. Eine Tatsache, die mich vor Glück seufzen lässt.

Wir haben fast zeitgleich in der Notaufnahme angefangen und sind seitdem gute Freundinnen. Häufig haben wir in den vergangenen Jahren London unsicher gemacht, da Mia nach mehreren unglückseligen Beziehungen die Nase von Männern gestrichen voll hat. Und ich aus bekannten Gründen ebenfalls lange Zeit bindungsunfähig war.

Während der letzten Tage hatte ich keinen Kontakt zu ihr. Clive wollte kein Risiko eingehen, daher habe ich mit niemandem telefoniert oder gechattet. Aber jetzt muss ich sie endlich in alles einweihen, denn sie macht sich sicher große Sorgen um mich.

Da die Notfälle in der Klinik heute zum Glück überschaubar sind, packe ich sie am Ärmel ihres hellblauen Arztkittels und schiebe sie in eine der Behandlungskabinen, wo ich die Tür hinter uns zuziehe.

„Amber, endlich. Ich hatte schon Angst, dir wäre etwas zugestoßen.“ Sie will mich umarmen, hält jedoch in der Bewegung inne und starrt erschrocken meine lädierte Schläfe an. „Grundgütiger, was ist geschehen? Hattest du einen Unfall? Oder wurdest überfallen?“

„Ja, Überfall kommt in etwa hin. Allerdings war der Angreifer kein Unbekannter." Ich verdrehe genervt die Augen. „Warum zum Teufel können Männer einfach nicht mit Zurückweisung umgehen?"

Sie weist auf einen Stuhl. „Setz dich doch." Danach beugt sie sich über mich und reinigt vorsichtig die Wunde.

Zischend ziehe ich die Atemluft ein.

Holy shit, das brennt wie Hölle!

„Ein Klammerpflaster sollte genügen", äußert sie. „Aber ich kann dir jetzt schon sagen, dass das ein heftiges Veilchen werden wird."

Ich winke ab. „Schon klar."

„Ist dir schwindelig?"

„Ja, aber das Karussell in meinem Kopf kommt so langsam zum Stillstand. Für den Moment kann ich nicht einschätzen, ob es die Nerven sind oder ich mir eine Gehirnerschütterung zugezogen habe. Ich benötige ein paar Minuten Ruhe, dann kann ich vielleicht wieder denken wie eine Ärztin."

Mia greift nach einer Diagnostiklampe und leuchtet mir damit mehrfach in die Augen, solange bis ich nur noch dunkle Punkte sehe.

„Unauffälliger Befund", verkündet sie. „Soll ich ein CT anordnen?"

Ich winke ab. „Nicht nötig. Ich glaube, es war einfach der Schock, der mich aus der Bahn geworfen hat."

„Möchtest du, dass ich die Polizei verständige?"

„Himmel, nein! Das würde es nur noch verschlimmern. Gott, Mia, ich stehe im Moment völlig neben mir. Mir wächst gerade alles über den Kopf."

„Das dachte ich mir schon, nachdem ich erfahren

habe, dass eventuell gefährliche Terroristen hinter dir her sind. Wäre schön, wenn du mir endlich erzählen würdest, was Sache ist."

„Puh, lange Geschichte, lass uns später darüber reden. Vielleicht bei einem Glas Wein?"

Sie nickt. „Liebend gerne. Aber sag mir zumindest, wer der Scheißkerl war, der das hier zu verantworten hat." Sie wedelt mit einer Hand in Richtung meiner Schläfe.

„Roger, ich habe mit ihm Schluss gemacht."

Sie stößt einen anerkennenden Pfiff aus. „Glückwunsch! Ich habe dir doch gleich gesagt, dieses verwöhnte Politikersöhnchen passt nicht zu dir."

„Ich weiß. Aber wir fühlten uns beide einsam und haben im Grunde genommen so viel gemein. Ich hatte gehofft, es würde funktionieren. Fakt ist …" Ich suche nach ihrem Blick. „Der Bodyguard, der für mich abgestellt wurde, bei ihm handelt es sich um Clive. Ich ging davon aus, ihn auf Lebzeiten zu hassen, doch offensichtlich ist das genaue Gegenteil der Fall."

Überraschung blitzt in ihren blauen Augen auf, während sie meine Schläfe mit gekonnten Griffen verarztet. „Du redest von deinem Ex?"

„Allerdings."

„So, fertig." Sie tritt einen Schritt zurück und lehnt sich mit der Schulter gegen eine Wand. „Mensch, Amber, vom Regen in die Traufe, oder?"

Ich verziehe das Gesicht. „Kennst mich doch."

Sie lacht leise. „Ja, Männer, ein schwieriges Thema." Ungläubig schüttelt sie den Kopf. „Du bist also wieder mit deinem Ex zusammen, obwohl er für den Tod deines Bruders verantwortlich ist?"

„Wenn ich das bloß selbst wüsste. Wir hatten fantastischen Sex, alles Weitere wird sich zeigen."

Erneut stößt sie einen Pfiff aus. „Ich weiß echt nicht, welchen von diesen beiden Typen ich mehr hassen soll. Aber dass dieser abgehobene Politiker es wirklich gewagt hat, dich zu schlagen, kann ich kaum fassen. Du solltest das nicht auf sich beruhen lassen."

„Es war nicht so, wie du denkst. Er hat mich gegen meinen Willen geküsst. Ich habe mich ihm entwunden, bin gestolpert und mit dem Kopf auf einen Tisch gefallen. Ich dachte, mein Schädel würde explodieren."

„Ja, so sieht er leider auch aus. Das wird ein paar Tage dauern, bis die Schwellung und der Bluterguss verschwunden sind. Schönheitswettbewerbe scheiden fürs Erste einmal aus."

Mir entfährt ein Seufzen. „Ich habe keine Ahnung, wie ich das Clive erklären soll. Höchstwahrscheinlich muss ich ihn belügen, sonst wird er Roger den Hals umdrehen."

„Soeben ist dein Verflossener in meinen Augen einen Tick sympathischer geworden. Vielleicht machst du mich irgendwann mit ihm bekannt. Ich platze nämlich gerade vor Neugierde. Du könntest dir also vorstellen, wieder mit ihm zusammenzukommen?"

„Ich glaube, er war über all die Jahre hinweg ständig in meinem Unterbewusstsein und Herzen präsent. Deswegen hat es wahrscheinlich auch nie mit einem anderen Mann geklappt."

Nachdenklich zupft sie an ihrem blonden Pferdeschwanz herum. „Was genau empfindet er für dich?"

„Das weiß ich leider nicht. Ich gehe davon aus, er

hegt ebenfalls noch Gefühle für mich. Obwohl er mich manchmal zu hassen scheint." Ich zucke mit den Schultern. „Eine echt explosive Mischung."

Mia zieht scharf die Luft ein. „Jetzt mache ich mir noch größere Sorgen um dich."

Ich erhebe mich vorsichtig und merke, dass sich der Schwindel in meinem Kopf abgeschwächt hat. Sanft lege ich ihr eine Hand auf den Arm. „Das ist nicht nötig. Clive würde mir niemals wehtun. Ich fahre jetzt nach Hause. Kommst du nach Schichtende bei mir vorbei? Dann können wir in aller Ruhe reden."

„Selbstverständlich."

Ich weise auf meine Schläfe. „Und wenn ich am Wochenende nicht aussehe wie Quasimodo, machen wir endlich einmal wieder die Londoner Pubs unsicher. Einverstanden?"

Nun strahlt sie über das ganze Gesicht. „Ich kann es kaum erwarten. Du glaubst gar nicht, wie sehr mir das in letzter Zeit gefehlt hat."

Ich umarme sie. „Danke, nun geht es mir schon viel besser. Ich bin so froh, dass es dich gibt."

Kapitel 15

Clive

Nachdem ich auf meinem Bauernhof nach dem Rechten gesehen habe, bin ich nun auf dem Weg zu meinem Boss. Am Vortag hat er mir zu meiner großen Überraschung die Zugangscodes zum Hauptsitz der Fallen Agents übermittelt, was mir zeigt, dass er mit meiner Arbeit zufrieden ist und endlich Vertrauen zu mir gefasst hat.

Diese Wertschätzung verursacht ein gutes Gefühl in meinem Inneren. Es ist lange her, seitdem jemand zu mir gehalten hat, und dass nun sowohl Percy als auch Amber an mich glauben, zeigt mir, dass in meinem Leben vielleicht doch noch nicht alles verloren ist. Aber ich will den Tag nicht vor den Abend loben, denn leider kann ich nicht einschätzen, wie sich die Zukunft gestalten wird.

Der Verkehr ist heute geringer als normalerweise in London üblich, daher bin ich früher am Hauptsitz als vereinbart. Als ich in Percys Büro eintrete, verharre ich überrascht in der Bewegung. Eine Blondine sitzt auf seinem Schoß.

Als die beiden mich entdecken, springt die Frau hektisch auf, torkelt einen Schritt zur Seite und streicht mit den Händen ihren kurzen schwarzen Rock glatt, der den Blick auf ein paar wohlgeformte Schenkel freigibt.

Neugierig mustere ich sie von Kopf bis Fuß.

Wow, was für eine Frau!

Sie ist bildhübsch, mit einer bombenmäßigen Figur gesegnet und passt so gar nicht in diesen düsteren

Kellerraum. Allerdings ist sie bei genauer Betrachtung älter, als der erste Eindruck es vermuten ließ. Schätzungsweise um die vierzig.

Percys Tochter, eventuell?

Aber würde sie dann auf seinem Schoß sitzen? Wohl kaum.

Jetzt erhebt sich auch Percy. Er richtet seine Krawatte, fährt sich mit einer Hand durchs Haar und räuspert sich. „Clive, ich hatte Sie nicht so früh erwartet."

Ja, das ist mir nicht entgangen.

Ich unterdrücke ein Grinsen, während ich lässig mit den Schultern zucke. „War wenig los auf den Straßen."

„Ah, verstehe." Er tritt um den Schreibtisch herum. „Darf ich Ihnen Anna vorstellen, meine Frau."

Ungläubig pendelt mein Blick zwischen den beiden hin und her. „Ich wusste nicht, dass Sie verheiratet sind." Ich gehe auf die Blondine zu und reiche ihr die Hand. „Clive Finley, schön Sie kennenzulernen."

Sie betrachtet mich schmunzelnd aus großen haselnussbraunen Augen und sieht dabei einfach entzückend aus. „Freut mich sehr, Clive, ich habe schon viel von Ihnen gehört", verkündet sie mit dunkler Stimme, die eindeutig einen russischen Akzent aufweist. Sie wendet sich Percy zu. „Ich muss jetzt los, wir sehen uns dann oben." Nachdem sie ihm noch einen liebevollen Kuss auf den Mund gehaucht und mir noch einmal zugezwinkert hat, schwebt sie auf ihren High Heels aus dem Raum.

Neugierig nehme ich nun meinen Boss ins Visier.

„Was starren Sie denn so?", fährt er mich an.

„Ich bin lediglich überrascht."

„Warum, weil ich ein Krüppel bin?“

„Das haben Sie jetzt gesagt. Nein, ich dachte, Sie hätten Ihr Leben The Eye gewidmet.“

„Das ist auch so. Anna ist eine begnadete Programmiererin, wir haben das System zusammen entwickelt. Ich habe sie durch Zufall kennengelernt, als ich damals IT-Spezialisten gesucht habe.“

„Na hoppla, das hätte ich nun nicht erwartet.“

Er winkt ab. „Schon klar, Sie wären nicht der Erste, der sie für ein Callgirl hält. Die meisten Menschen gehen davon aus, ich würde Sie dafür bezahlen, meine Nähe zu ertragen.“

„Dabei haben Sie ihr eine Zukunft gegeben, richtig?“

Percy nickt. „Sie war auf der Flucht. Suchte verzweifelt nach einem Job und einer Wohnung, um eine Aufenthaltsgenehmigung zu erlangen. Ich konnte ihr beides bieten, indem ich sie heiratete. Dass daraus einmal so viel mehr werden würde, war uns damals nicht bewusst.“

„Was für eine interessante Geschichte. Es freut mich wirklich für Sie, dass Sie glücklich sind.“

„Anna hat mir dabei geholfen, meinen Hass auf alle Terroristen dieser Welt zu kanalisieren. Dafür bin ich ihr unsagbar dankbar.“

„Noch eine Frage. Was bedeutete: Wir sehen uns oben?“

Er verzieht fast unmerklich das Gesicht, offensichtlich ist es ihm alles andere als recht, dass er gerade etwas von seinem Privatleben preisgeben muss. „Wir haben uns im Nebengebäude ein Loft eingerichtet, damit wir in der Nähe des Hauptsitzes sein können, insofern das nötig ist.“

„Verstehe. Und normalerweise wohnen Sie wo?“

Er zupft sich mal wieder imaginäre Fusseln von der Kleidung. In diesem Moment fällt mir auf, dass ich ihn heute zum ersten Mal ohne Jackett sehe. „Clive, Sie sind nicht mehr für den MI5 tätig, wo Sie alles haargenau hinterfragen müssen“, weist er mich zurecht. „Aber, einverstanden, ich werde Ihre Neugier befriedigen. Ich besitze zudem ein altes Herrenhaus im Süden von London. Und jetzt ist die Fragestunde beendet. Zurück zu Ihrem Job. Erstklassige Arbeit. Ich denke, ich habe gut daran getan, Sie zu engagieren.“

„Danke. Bringen Sie mich bitte auf den neusten Stand der Dinge. Sind Amber und der Premierminister wirklich nicht mehr gefährdet?“

Er marschiert wieder um seinen Schreibtisch herum und nimmt dahinter Platz. „Setzen Sie sich doch.“ Er weist in Richtung des Stuhls auf der gegenüberliegenden Seite, auf den ich prompt sinke.

„The Eye hat mittlerweile alle Kontakte zu den Verbrechern, die Sie in dem Flugzeug eliminiert haben, ausgewertet. Dabei sind wir auf zwei weitere Terroristen gestoßen, die sich in einem Londoner Hotel aufhielten. Leider zeigten sich auch die beiden nicht sonderlich kooperativ, demzufolge hat Lincoln sie erledigt. Aber das habe ich Ihnen ja bereits am Telefon erzählt.“

Er lehnt sich zurück. „Lincoln musste übrigens gestern Abend kurzfristig abreisen. Ich soll Ihnen schöne Grüße ausrichten. Es könnte sein, dass in Kanada ein Problem auf uns zukommt, daher wollte ich ihn nicht länger hier festhalten.“

„Sie gehen also davon aus, dass sich keine weiteren Terroristen in England aufhalten?“

Er nickt. „Zumindest keine, die mit den anderen in Verbindung gebracht werden können. Einige der Hintermänner sind in Saudi-Arabien beheimatet. Allerdings hegen noch andere Staaten großes Interesse an den Sprengköpfen von Nuclearis, was es um so schwieriger macht, die Verantwortlichen zu identifizieren.“

Versonnen fahre ich mir mit der Hand übers Kinn. „Das dachte ich mir schon. Der Jet, den wir gestürmt haben, wirkte edel und teuer. Da scheint ein enormes finanzielles Potenzial dahinterzustecken.“

„Exakt. Aufgrund der sechs toten und zwei verletzten Terroristen, die übrigens schweigen wie ein Grab, haben sich jetzt endlich die englischen Geheimdienste eingeschaltet. Noch tappen sie im Dunkeln, doch ich habe ihnen bereits anonym wichtige Informationen zugespielt.“

„Klingt gut.“

Percy lehnt sich zurück. „The Eye überwacht konstant alle Flughäfen sowie ankommenden Schiffe und Fähren. Sobald mir irgendein Einreisender suspekt erscheinen sollte, werde ich Sie unverzüglich informieren.“

„Und falls sich die Kerle bereits im Land befinden?“

„Sie reden von Schläfern?“

Ich nicke.

„Ja, vor denen ist man fatalerweise nie gefeit. Aber wenn einer unserer Verdächtigen, zu jemandem in England den Kontakt suchen sollte, werden wir das hoffentlich bemerken.“

„Ihr Wort in Gottes Ohren.“

Er zuckt mit den Schultern. „Ich kann es leider nicht schönreden, aber Nuclearis ist eine tickende Zeitbombe. Ich frage mich, ob Amber Stuarts Vater das überhaupt bewusst ist. Auch wenn es momentan keine akute Bedrohungslage gibt, wird seine Familie dadurch immer einem Risiko ausgesetzt sein – genau wie der Premierminister und andere hochrangige Politiker.“ Er hält eine Hand in die Luft. „Vielleicht sogar die Mitglieder des Königshauses. Wer weiß das schon mit Bestimmtheit. Wir können wirklich nicht stolz darauf sein, eine der mörderischsten Waffen der Neuzeit in unserem schönen Land produzieren zu lassen.“

„Wem sagen Sie das? Amber hat ihren Vater bereits auf die Gefahrenlage hingewiesen, doch es scheint ihn nicht zu interessieren. Mich straft er seit Jahren mit Missachtung, sonst würde ich ihm mal ein paar Takte erzählen.“

Jetzt blickt Percy nachdenklich drein. „Eventuell werde ich bei Gelegenheit das Gespräch mit ihm suchen. Von einem verrückten Millionär zum anderen. Womöglich kann ich ja etwas bewegen.“

Dass Percy sich als verrückt bezeichnet, bringt mich zum Grinsen. Ich mag den sonderbaren Knilch mittlerweile wirklich. „Ein Versuch kann sicher nicht schaden. Haben Sie eigentlich schon einen neuen Auftrag für mich?“

„Im Moment sind Cyberattacken mal wieder auf dem Vormarsch, doch darum kümmert sich Anna. Pam und Roy werde ich in den nächsten Tagen aus der Downing Street abziehen, damit sie ihr dabei unter die Arme greifen können. *Sie* möchte ich bitten, noch ein wenig an der Sache mit Nuclearis dranzubleiben. Sie kennen sich bestens mit Terroristen aus und könnten mir bei der Überwachung helfen. Vielleicht gelingt es Ihnen ja, weitere Verbindungen herzustellen, die mir bislang entgangen sind. Derartige Informationen würden wir dann ebenfalls den Geheimdiensten zuspielen."

„Liebend gerne. Ich möchte Ihnen noch einmal danken, dass Sie mir eine Chance gegeben haben. Endlich kann ich wieder dem nachgehen, was ich am besten kann und immer wollte: die Menschheit vor Terroristen und ähnlichen Monstern bewahren."

Er schmunzelt. „Bedanken Sie sich bei Chris. Er trifft seit Jahren die Vorauswahl für mich. Und bislang lag er mit seinen Empfehlungen selten daneben."

„Das werde ich ganz gewiss tun. Geht es für Sie in Ordnung, wenn ich nebenbei weiterhin ein Auge auf Amber habe? Ich mache mir immer noch Sorgen um sie. Im Krankenhaus gehen zu viele Menschen ein und aus, dort kann ich sie mehr schlecht als recht bewachen. The Eye könnte mir dabei behilflich sein, falls Sie nichts dagegen haben."

„Selbstverständlich." Er wirft mir einen eindringlichen Blick zu. „Ich habe übrigens gehört, dass Ms. Stuart sich von Roger Morgan getrennt hat. Haben Sie etwas damit zu tun?"

„Die beiden haben eh nie zusammengepasst", weiche ich aus.

„Ihnen ist aber schon klar, dass Sie sich dadurch einen mächtigen Feind erschaffen haben, oder?"

„Das ist nichts Neues für mich."

Er schüttelt leicht den Kopf. „Sie sind also wieder mit Ms. Stuart liiert? Ich frage nicht aus Neugier, sondern um die Situation besser einschätzen zu können."

Nachdenklich stoße ich die Atemluft aus. „Das kann ich für den Moment gar nicht so genau sagen. Wir sind uns nähergekommen, ja. Doch ich weiß nicht, ob mehr daraus wird."

„Gut, mit dieser Information kann ich leben. Dass der Premierminister und sein Sohn der Meinung sind, ich müsste Sie feuern, ist mir gleich. Ich lasse mir schon lange nicht mehr von anderen Menschen vorschreiben, wie ich mich zu verhalten habe. Sie denken aber bitte daran, dass Ihnen eine Beschäftigung bei den Fallen Agents eine Beziehung nicht gerade erleichtert."

Ich nicke. „Keine Sorge, das ist mir bewusst. Mein Job wird nicht darunter leiden."

„Perfekt, dann gehen Sie jetzt nach Hause und versuchen Sie, ein wenig zu entspannen. Die letzten Wochen waren stressig. Und ich werde mich unterdessen einmal schlaumachen, wie ich den Vater von Ms. Stuart davon überzeugen kann, sich von Nuclearis zu trennen."

„Danke, Percy, dabei wünsche ich Ihnen viel Glück. Und unter uns, der Alte ist widerlich."

Percy grinst. „Sie werden es nicht glauben, aber das habe ich mir schon gedacht."

Als ich Percys heilige Hallen verlasse, ist meine gute Laune weiter gestiegen. Hinter der distinguierten Miene meines Chefs scheint sich im Grunde genommen ein netter Kerl zu verbergen. Was für ein Glück, dass seine Frau ihn davor bewahrt hat, an seinem Hass auf alle Terroristen dieser Welt zugrunde zu gehen.

Dass er mir den Rücken stärkt, wenngleich Roger Morgan und sein Vater mich am liebsten auf den Mond schießen würden, begeistert mich. Das nenne ich mal Loyalität. Hätte ich damals beim MI5 einen derartigen Vorgesetzten gehabt, wäre mein Leben wahrscheinlich anders verlaufen.

Während ich in meinen Wagen steige, ziehe ich in Betracht, bei Amber in der Klinik vorbeizuschauen, um mich zu vergewissern, ob alles mit ihr in Ordnung ist.

Rasch schlage ich mir diese Idee jedoch wieder aus dem Kopf. Ich möchte Amber nicht das Gefühl geben, sie zu bedrängen oder zu stalken. Sollte das mit uns beiden wirklich funktionieren, muss es sich langsam entwickeln.

Doch es ist nicht allein die Angst um sie, die mich jetzt am liebsten ins Krankenhaus fahren lassen würde. Fakt ist: Diese Frau fehlt mir. In ihrer Nähe erfasst mich eine Leichtigkeit, die ich schon lange nicht mehr verspürt habe. Die dunklen Schatten, die sich in meiner Seele eingenistet hatten, lösen sich nach und nach in Wohlgefallen auf, machen neuer Lebensfreude und Hoffnung Platz. Mir ist bewusst, ich werde niemals wieder der Mensch sein, der ich früher einmal war, aber ein wenig optimistischer in den Tag hinein zu leben, würde ja schon genügen.

So fahre ich nach Hause und widme mich meinen heiß geliebten Sportwagen. Es wird höchste Zeit, mal wieder das eine oder andere kostbare Stück über die Straßen Englands zu jagen. Und da ich jetzt über Ausweise verfüge, die mein Rasen der Polizei gegenüber rechtfertigen sollten, wird mir das zukünftig noch größere Freude bereiten.

Während ich zufrieden vor mich hin pfeifend ein paar Chromteile poliere, leistet Garfield mir Gesellschaft. Faul rekelt sich der Fellkamerad auf einer kleinen Bank und beobachtet mich, wobei er von Zeit zu Zeit herzhaft gähnt.

Ich unterdrücke ein Grinsen.

Tja, Katze müsste man sein, dann würde das Leben vermutlich noch viel mehr Spaß machen.

Gedankenverloren starre ich ein paar Tage später aus dem Fenster meines Bauernhofes. Der Himmel ist wolkenverhangen, zudem regnet es seit Stunden. Die Atmosphäre wirkt düster und macht deutlich, dass es unbarmherzig auf den Winter zugeht, was meine Stimmung weiter trübt.

Eigentlich wollte mich Amber am Wochenende besuchen, daher habe ich heißem Sex mit ihr entgegengefiebert. Doch soeben hat sie mich versetzt, da sie angeblich den Dienst einer Kollegin übernehmen muss. Für mich hörte sich das jedoch eher wie eine Ausrede an.

Inzwischen bin ich zu dem Schluss gekommen, dass ich es auf einen weiteren Versuch mit ihr ankommen lassen werde, sollte sie mir das mit Nathan wirklich verziehen haben. Demzufolge hat mich ihre Absage frustriert. Ich kann nur hoffen, sie bereut es nicht bereits, dass wir uns nähergekommen sind.

Nachdenklich wende ich mich vom Fenster ab und nehme wieder vor meinem Computer Platz. Seit Tagen arbeite ich mich jetzt tiefer in The Eye ein, und von Stunde zu Stunde fasziniert mich dieses Computernetzwerk mehr. Terroristische Strukturen zu durchleuchten und staatsfeindliche Vorhaben zu analysieren, ist ein wahres Kinderspiel. Beim MI5 habe ich schon viel über die Hintergründe von Extremisten in Erfahrung gebracht, doch das, was diese Maschine liefert, bringt selbst mich hin und wieder zum Staunen.

Mittlerweile habe ich alle Verbindungen zu Nuclearis überprüft. Auffällige Aktivitäten dazu spannen sich rund um den Globus, offenbaren, dass internationale Firmen, das Militär sowie hochrangige Politiker ein Interesse an den neuartigen Sprengköpfen haben. Zudem konnte The Eye herausfinden, wer für die Finanzierung der Terroristen zuständig sein könnte. Dabei handelt es sich häufig um prominente Personen, mit denen selbst ich niemals gerechnet hätte. Diese künstliche Intelligenz, die hier erschaffen wurde, ist absolut einzigartig.

Allerdings muss ich Percy recht geben, auch ich kann momentan nichts finden, was auf eine weitere Bedrohung in England hinweisen würde.

Versonnen nehme ich noch einmal all unsere Verdächtigen unter die Lupe. Nach einigen Minuten lehne ich mich jedoch entnervt zurück und fahre den Rechner herunter. Seit Ambers Anruf kann ich mich nur noch unzulänglich konzentrieren. Ich bin nicht mehr bei der Sache und frage mich unentwegt, was geschehen sein könnte.

Ein paar Stunden später halte ich die Ungewissheit nicht länger aus. Ich steige in meinen Ferrari und düse zum Krankenhaus, vor dem ich auf Ambers Dienstende warte. Da es schon Abend ist, sind nicht mehr allzu viele Menschen unterwegs.

Lässig an eine Tür des Wagens gelehnt, beobachte ich die ein- und ausgehenden Personen. Mehrfach machen mir junge Frauen schöne Augen, wobei ich nicht einzuschätzen vermag, ob es an mir oder doch eher dem Sportwagen liegt. Womöglich ist es ja das Gesamtpaket. Allerdings gehe ich überhaupt nicht auf diese Avancen ein, denn im Grunde genommen interessiert mich zurzeit nur eine einzige Frau.

Als diese zu später Stunde das Krankenhaus verlässt und mich entdeckt, schleicht sich prompt ein Lächeln auf ihr Gesicht, was mich ein wenig beruhigt. Wie so üblich trägt sie Jeans und eine lässige Lederjacke. Amber ist ihrem Stil immer treu geblieben, niemand würde bei ihrem Anblick vermuten, dass ihr Vater stinkreich ist.

Sie läuft auf mich zu und schlingt mir die Arme um den Hals. „Clive, was für eine schöne Überraschung."

Ich will sie küssen, halte jedoch inne, als ich das Veilchen an ihrem Auge entdecke. „Du liebe Güte, was ist denn mit dir geschehen? Bist du unter die Boxer gegangen?"

Das Lächeln fällt ihr schlagartig aus dem Gesicht. „Oh, das. Ich bin gestürzt und habe mich an einem Tisch gestoßen." Sie senkt den Blick zu Boden. „Bitte schau nicht so genau hin. Ich weiß, es sieht schrecklich aus."

Leider ist Amber die schlechteste Lügnerin der Welt, daher weiß ich sofort, dass sie mir etwas verschweigt. „Dann sag mir, was sich wirklich zugetragen hat."

Sie zögert, bevor sie vorsichtig zu mir emporschielt. „Du darfst dich aber nicht aufregen, versprochen?"

„Amber, raus mit der Sprache!"

„Roger hat es nicht besonders gut aufgenommen, dass ich mit ihm Schluss gemacht habe."

„Er hat dir dieses blaue Auge verpasst?"

„Nein, er hat versucht, mich zu küssen, doch ich konnte ihn abwehren, dabei bin ich leider gestürzt."

Wütend beiße ich die Zähne zusammen. „Das wird er noch bereuen", stoße ich bedrohlich leise aus. „Schon bald wird er sich wünschen, dich niemals angefasst zu haben."

„Genau deswegen wollte ich nicht, dass du es erfährst. Du hättest das hier", sie weist auf ihr Gesicht, „nicht sehen sollen, daher habe ich dir fürs Wochenende abgesagt. Roger weiß übrigens von der Geschichte mit meinem Bruder, und ich bete zu Gott, dass er nicht auf die Idee kommt, sie in irgendeiner Art gegen dich zu verwenden. Clive, du musst jetzt die Füße stillhalten. Er ist es nicht wert, dass du seinetwegen Ärger bekommst."

„Mein Boss ist bereits über alles im Bilde. Der Premierminister hat ihm nahegelegt, mich zu feuern."

Erschrocken reißt sie die Augen auf. „Und wie hat dein Chef es aufgenommen?"

„Erstaunlich cool. Ich denke, ihm ist bewusst, was er an mir hat."

Sie atmet erleichtert aus. „Ein Glück. Ich habe mir schon furchtbare Sorgen gemacht. Bitte versprich mir, Roger in Frieden zu lassen, sonst wirst du alles nur noch verschlimmern."

„Das kann ich nicht, ich bin gerade viel zu wütend."

„Dann lass mich dich auf andere Gedanken bringen." Sie legt mir abermals die Arme um den Nacken, drückt mich mit ihrem Körper rücklings gegen den Wagen und küsst mich. Fordernd und leidenschaftlich, sodass mir schon nach kurzer Zeit die Hose zu eng wird.

„Wenn du so weitermachst, nehme ich dich noch hier auf der Motorhaube“, raune ich ihr zu. „Wobei es keine Rolle spielt, wer uns dabei zusieht. Du weißt ja, mein Ruf ist bereits ruiniert.“

Sie lacht leise. „Oder du bringst mich schnellstmöglich nach Hause.“ Ihr Atem geht stockend und lässt ihre Stimme sexy klingen.

Ein Stein fällt mir in diesem Moment vom Herzen, denn ihre Erregung vermittelt nicht den Eindruck, dass sie bereits genug von mir hat und mich loswerden will.

Ich werfe ihr eine Hand in den Nacken, halte sie fest und küsse sie erneut. „Kein Interesse an Sex im Freien?“, hauche ich gegen ihren Mund, während ich an ihrer Unterlippe knabbere.

Sie stöhnt auf. „Liebend gerne, aber gerade du solltest doch wissen, dass es hier vor Überwachungskameras nur so wimmelt.“

„Soll ich dir sagen, was der Vorteil ist? Ich kenne ihre Standorte.“

Sie lehnt sich eine Handbreit zurück und mustert mich ungläubig. „Du würdest das echt durchziehen, oder?“

Ich lege meine Hände um ihre Arschbacken und knete sie. „Jetzt tu nicht so, als hätten wir es noch nie im Freien getrieben. Ich denke da an eine warme Sommernacht an der Themse. Du konntest gar nicht genug davon bekommen, auf mir zu sitzen und mich um den Verstand zu ficken.“

Ein Stöhnen entfährt ihr. „Gott, Clive, hör auf

damit, sonst komme ich, bevor du mich überhaupt richtig angefasst hast."

Ich lache leise. „Immer noch so empfänglich für Dirty Talk?"

Amber grinst teuflisch. „Du hast ja keine Ahnung." Sie drängt ihren Unterleib gegen meinen und reibt sich lasziv an meiner Erektion. „Kannst du dich noch daran erinnern, als uns der Polizist überrascht hat, während ich dir im Auto einen geblasen habe? Du warst dermaßen geil, dass du meinen Kopf in deinen Schritt gepresst hast und erst mit ihm gesprochen hast, als ich auch noch den letzten Tropfen geschluckt hatte."

Ich schließe vor Verlangen die Augen. „Du Biest, du weißt haargenau, dass ich jetzt auf der Stelle in meiner Hose kommen könnte. Herrgott, Amber, du machst mich steinhart. Das schmerzt."

Sie lacht leise. „Wer hat denn damit angefangen. Und nun bring mich endlich nach Hause, bevor wir noch verhaftet werden!"

Kapitel 16

Amber

Wir schaffen es gerade noch bis in den Fahrstuhl meines Apartmenthauses, dann fallen wir übereinander her. Clive drängt mich mit seinem Körper gegen die Wand des Aufzugs und küsst mich mit einer Leidenschaft, die mir den Boden unter den Füßen wegzieht. Ich kenne kaum einen Mann, der einem allein durch sein Verhalten signalisieren kann, wie scharf er auf eine Frau ist. Clive gelingt das jedoch immer wieder. Und ganz ehrlich, er könnte mir kein schöneres Kompliment machen.

Jetzt weiß ich, dass ich ihm mindestens ebenso sehr gefehlt habe wie er mir und das macht mich glücklich. Als seine Zunge zielstrebig in meinen Mund fährt, komme ich ihm stöhnend entgegen, woraufhin wir in einem sinnlichen Kuss versinken. An Clives zitterndem Atem und der pochenden Erektion in seiner Hose spüre ich, dass er sich kaum mehr unter Kontrolle hat.

Oben angekommen manövriert er mich in die Wohnung und steuert prompt das Schlafzimmer an, doch ich halte ihn auf. „Nein, Clive, setz dich bitte auf das Sofa.“

Er erstarrt in der Bewegung. „Hat das einen speziellen Grund?“

Ich nicke, während ich bereits meine Lederjacke abstreife, die Schuhe von den Füßen kicke und lasziv meine Bluse aufknöpfe. „Ich möchte heute das Tempo bestimmen. Mir geht das gerade zu schnell.“

Verwundert zieht er die Augenbrauen hoch. „Verrätst du mir, was genau das werden soll? Dir ist schon bewusst, dass ich mich kaum mehr unter Kontrolle habe, oder?“

Seine Augen heften sich auf meinen schwarzen BH, als die Bluse von meinen Schultern geglitten ist. Ich höre, dass er schwer schluckt.

„Bitte, Clive, lass es uns langsam angehen.“

Er ist versucht, etwas zu erwidern, nickt dann aber, schlüpft aus seiner Jacke und wirft sie über einen Stuhl. Darunter trägt er ein dunkles eng anliegendes Shirt, das seine prächtigen Muskeln zur Geltung bringt, und ihn unsagbar sexy aussehen lässt.

„Einverstanden, wenn es dir Freude bereitet, mich zu foltern, dann nur zu.“

„Zieh das Shirt aus!“, befehle ich.

Er gehorcht, zerrt es sich über den Kopf und lässt es achtlos zu Boden fallen.

Beim Blick auf seinen nackten Oberkörper mit dem Drachentattoo wird mir noch heißer. Ich presse die Schenkel zusammen, um die Hitze und Feuchtigkeit in meinem Schritt unter Kontrolle zu bringen, doch es will mir nicht so recht gelingen. Hastig öffne ich meine Hose und steige heraus.

„Jetzt die Jeans, mitsamt Shorts“, fordere ich Clive auf.

Als er nackt vor mir steht, kann ich mich gar nicht an dem muskulösen Mann und seiner heftigen Erektion sattsehen. „Setz dich auf das Sofa.“ Meine Stimme bebt, verdeutlicht mir, wie scharf ich auf diesen Kerl bin. Auch ich stehe kurz davor, jegliche Beherrschung zu verlieren. Doch ich wünsche mir, dass das heute über ruchlosen Sex hinausgeht.

Ein Grinsen zuckt um seine Mundwinkel. „Zu Befehl, aber zuerst ziehst du dich ebenfalls aus." Offensichtlich hat er inzwischen Gefallen an meinem kleinen Spiel gefunden.

Verführerisch streife ich mir BH und Höschen ab und werfe beides beiseite.

Clive mustert mich mit einem brennenden Verlangen in den Augen, ehe er auf das Sofa sinkt. „Du bist das Schönste und Geilste, was ich je gesehen habe", äußert er in einem Ton, der meinen Körper zum Vibrieren bringt.

Schmunzelnd frage ich mich, wie lange er das hier noch mitmachen wird, denn dass er gegen den Drang ankämpft, mich auf der Stelle um den Verstand zu vögeln, ist unübersehbar.

Ich bin versucht, vor ihm auf die Knie zu sinken, um ihn mit meinem Mund und meiner Zunge so richtig in den Wahnsinn zu treiben. Doch ich befürchte, damit würde ich es im Handumdrehen zu Ende bringen. Daher schreite ich auf ihn zu, halte mich an seinen Schultern fest und klettere auf seinen Schoß, wobei ich mich rechts und links von ihm auf das Sofa knie.

Unsere Blicke treffen sich, was meinen Herzschlag beschleunigt. Clives Miene drückt heute etwas anderes aus als bei unserem letzten Sex. Neben undefinierbarer Lust liegt eine Wärme in seinen Augen, die ich gar nicht mehr von ihm kannte. Jeglicher Hass ist verschwunden. Diese Erkenntnis lässt unbändige Freude in mir aufsteigen. Ich beuge mich zu ihm nach vorne und küsse ihn sanft auf den Mund.

Ein kehliges Stöhnen entfährt ihm, während sich seine Finger um meine Hüften legen. „Willst du mich eigentlich umbringen?", fragt er mit dunkler Stimme.

Ich knabbere an seiner Unterlippe. „Sag mir, was das zwischen uns ist, Clive. Lust, Verlangen, oder ist da mehr?“

Er seufzt. „Das fragst du mich ausgerechnet jetzt. Verdammt, Amber, ich bin steinhart. Setz dich endlich auf meinen Schwanz oder du liegst in wenigen Sekunden flach unter mir. In meiner Brieftasche findest du ein Kondom.“ Er weist auf seine Jacke, die ich glücklicherweise erreichen kann, ohne aufstehen zu müssen.

„Also gut, wenn du mich so nett darum bittest.“ Ich beuge mich zur Seite und fische den Geldbeutel aus der Innentasche. Als ich das Kondom herausziehe, fällt mir ein Ausweis in die Finger. Irritiert starre ich darauf. „Du hast einen MI5-Ausweis? Bist du wieder beim Geheimdienst?“

Er schüttelt den Kopf. „Der dient lediglich der Tarnung.“

„Aber ist das legal?“

Er wirft mir einen ungläubigen Blick zu. „Echt jetzt? Wir wollen in einer solchen Situation über meinen Job reden? Nicht dein Ernst, oder?“

Ich zögere noch einen Moment, dann lege ich den Ausweis und die Brieftasche beiseite, reiße das Kondom auf und reiche es Clive, der es sich gekonnt mit einer Hand überrollt.

Sofort bringe ich mein Becken über seiner Erektion in Position und nehme sie langsam in mich auf. Währenddessen sehen wir uns unablässig in die Augen. Als ich ihn tief in mir spüre, verharre ich für eine Weile unbeweglich. Das Gefühl ist unglaublich. Am liebsten würde ich vor Glück schreien, so gut tut es, von ihm ausgefüllt zu werden.

Clive beißt die Zähne zusammen und schließt die Lider. Sein Atem geht abgehackt, während seine Erektion heftig in mir zuckt.

Holy shit, er scheint ganz schön verrückt nach mir zu sein.

Vorsichtig hebe ich mein Becken an.

„Amber“, stöhnt er. „Bitte, ich brauche es härter.“

„Also gut, du hast gewonnen.“ Ich fange an, mich rhythmisch auf und ab zu bewegen. Währenddessen halten unsere Blicke einander fest.

„Clive“, wimmere ich „Gott, ist das gut.“

„Allerdings. Fühlt sich das für dich an, als ob es lediglich Sex wäre?“

„Kein Stück.“

„Dann ist deine Frage wohl hiermit beantwortet.“ Er legt mir eine Hand in den Nacken, setzt meinen Kopf fest und küsst mich mit einer Leidenschaft, die mir völlig den Atem raubt. Als er letztendlich von mir ablässt, schnappen wir beide zitternd nach Luft. Mein Herz klopft wie wild, doch nicht nur vor Erregung, auch vor unbändiger Freude. Vielleicht kann ja tatsächlich wieder alles werden wie früher.

Clive kommt meinen Bewegungen jetzt entgegen, stößt von unten hart in mich hinein. Unser Rhythmus wird schneller, unser Atem beschleunigt sich erneut. Wir sind beide auf dem besten Weg, die Beherrschung zu verlieren. Es fühlt sich an wie im Rausch. Wir lieben uns mit einer unglaublichen Intensität. Ein Sturm von Emotionen braust über uns hinweg und reißt uns mit. Wir fliegen davon, höher und höher, können einfach nicht genug voneinander bekommen.

Clive geht nun nicht mehr zaghaft mit mir um, doch ich genieße diese Wildheit. Seine lodernden

Blicke und sein Stöhnen treiben mich in den Wahnsinn. Die Heftigkeit unseres Begehrens macht deutlich, wir sehr wir das hier benötigen. Spiegelt aber auch unsere Angst wider, dass das dünne Band zwischen uns abermals zerreißen könnte. Uns ist bewusst, dass jederzeit etwas Unerwartetes geschehen könnte, das uns wieder auseinanderbringt. Deswegen kosten wir die körperliche Nähe umso stärker aus, lassen zu, dass wir uns völlig an den anderen verlieren.

„Fuck, Amber, ich komme gleich“, keucht Clive in diesem Moment. Seine rechte Hand gleitet zwischen meine Schenkel. Mit dem Daumen streicht er sanft über meine empfindlichste Stelle. Die Berührung elektrisiert mich derart, dass sich prompt ein köstliches Ziehen in meinem Unterleib breitmacht.

„Clive, ja, ah“, stöhne ich, als ich Sekunden später mit einer unglaublichen Heftigkeit explodiere. Kurz darauf gibt er ein knurrendes Geräusch von sich und ergießt sich zuckend in mir.

Erschöpft lasse ich den Kopf gegen seine Schulter sinken, woraufhin er seine Arme um mich legt und mich näher an sich zieht. Schweißperlen haben sich auf unserer Haut gebildet, was mir zuvor nicht einmal aufgefallen ist.

„Du bist ein Tier“, krächze ich.

Er lacht leise. „Ich hatte nicht den Eindruck, dass es dir missfallen hat.“

„Stimmt, es war perfekt. Bleibst du heute Nacht bei mir?“, erkundige ich mich vorsichtig.

„Du hast bloß Angst, dass ich doch noch zu deinem geisteskranken Ex fahre und ihn windelweich prügle.“

Ich lache. „Das auch, aber ich hätte dich gerne bei mir. Und das hat rein gar nichts mit Roger zu tun."

„Welcher Mann könnte da schon Nein sagen?"

„Perfekt. Und jetzt erzähl mir, wieso du einen gefälschten Ausweis bei dir trägst."

Er seufzt. „Ich hatte gehofft, du hättest es vergessen. Die Security-Firma, für die ich arbeite, gehört einem sehr reichen Mann, der bereits vor langer Zeit begriffen hat, dass die offiziellen Mühlen meistens zu langsam mahlen. Wir agieren oft im Verborgenen, greifen den Behörden aber manchmal voraus, daher benötigen wir mehrere Identitäten."

Ich lehne mich ein wenig zurück und mustere ihn verständnislos. „Das heißt, ihr verstoßt gegen das Gesetz?"

„Nur wenn es sich nicht vermeiden lässt. Unsere Arbeitsmethoden sind einfach sehr fortschrittlich."

Ich kenne Clive gut genug, um zu wissen, dass er mir gerade nicht die volle Wahrheit verrät. „Sag mir bitte, dass du nichts Kriminelles tust und ich dich nicht irgendwann im Gefängnis besuchen muss."

Er küsst mich sanft. „Das wird nicht passieren. Versprochen. Und nun lass mich dich ins Bett bringen, bei der nächsten Nummer will ich dich nämlich unter mir haben."

„Einverstanden. Ein Anliegen hätte ich noch: Du musst mir schnellstmöglich das Boxen beibringen. Denn sollte mir Roger erneut in die Quere kommen, dann schlage ich ihm höchstpersönlich die Zähne ein."

Er schmunzelt. „Nichts lieber als das, Darling."

Kapitel 17

Clive

Nach dieser wundervollen Nacht mit Amber fühle ich mich am nächsten Tag wie beflügelt. Manchmal kann ich mein Glück noch gar nicht fassen. Niemals hätte ich vermutet, dass mein Leben eine derartige Wendung nehmen könnte. Und das alles habe ich nur einer einzigen Person zu verdanken: Percy.

Ich werde für immer in seiner Schuld stehen.

Jetzt muss ich nur noch herausfinden, ob sich eine Beziehung zu Amber mit meinem Job in Einklang bringen lässt, dann wird vielleicht wirklich alles gut.

Als Amber am Mittag ihren Dienst im Krankenhaus antritt, fahre ich entspannt und rundum zufrieden nach Hause. Meine Euphorie schwindet jedoch rasch, als ich den Streifenwagen entdecke, der vor meinem Bauernhof steht.

Tausend Dinge schießen mir gleichzeitig durch den Kopf.

Wurde bei mir eingebrochen? Hängt es mit meinem Job bei den Fallen Agents zusammen, oder holt mich die Vergangenheit in irgendeiner Art und Weise ein?

Nachdenklich steuere ich den Ferrari in die Scheune und gehe den beiden Polizisten entgegen, die mittlerweile ausgestiegen sind.

„Clive Finley?“, erkundigt sich ein untersetzter rotblonder Typ bei mir.

Ich nicke.

„Sie sind verhaftet, begleiten Sie uns bitte auf die Dienststelle.“ Er lässt demonstrativ ein paar Handschellen vor meiner Nase hin und her schwingen, die ich ihm problemlos in den Rachen stopfen könnte, doch ich halte mich zurück.

„Darf ich fragen, warum?“

„Sexuelle Belästigung“

Überrascht glotze ich ihn an. „Wie bitte?“ Ich hatte ja mit vielem gerechnet, aber damit sicher nicht. „Wen soll ich denn Ihrer Meinung nach belästigt haben?“

Er bedenkt mich mit einem herablassenden Blick. „Jetzt kommen Sie erst einmal mit, dann erfahren Sie mehr. Hände auf den Rücken!“

Ich zögere und denke darüber nach, die beiden ungespitzt in den Boden zu hauen, um die Flucht anzutreten.

Letztendlich entscheide ich mich dagegen.

Ich hoffe, dass es sich lediglich um ein Missverständnis handelt, das geklärt werden kann. Ich will nicht davonlaufen, nicht jetzt, wo sich alles mit Amber zum Guten wenden könnte.

Widerwillig nehme ich die Hände hinter den Rücken, drehe mich um und lasse mir die Handschellen anlegen. Es ist nicht das erste Mal, dass ich diese entwürdigende Erfahrung mache. Einmal wurde ich nach einem illegalen Autorennen verhaftet, ein anderes Mal bei einem Boxkampf, da einer meiner Gegner sich an mir rächen wollte. Jedes Mal kam ich frei, daher gehe ich davon aus, dass sich auch das hier bald erledigt haben wird.

Auf der kleinen heruntergekommen Wache der Swanley Police Station angekommen, werde ich von den beiden Polizisten in einen schlecht beleuchteten Raum geschoben, in dem ein alter Holztisch und zwei Stühle stehen. Es riecht nach schalem Rauch in Verbindung mit Alkohol und ist alles andere als gemütlich. Während ich mich noch angewidert umsehe, betritt ein weiterer Beamter die Besenkammer.

Er ist übergewichtig, hat kaum noch Haare auf dem Schädel und der Bauch hängt ihm über die Hose. Entspricht also genau der Vorstellung, die man von einem englischen Dorfpolizisten im Kopf hat.

Nichtsdestotrotz ist er recht umgänglich.

Ich erfahre, dass eine Frau namens Violet Baker Anzeige gegen mich erstattet hat. Allerdings höre ich heute zum ersten Mal von der Dame. Selbst als er mir ein Bild der blonden, relativ hübschen Lady vorlegt, habe ich keinen Schimmer, um wen es sich handeln könnte.

Anstatt einen Anwalt zu kontaktieren, rufe ich in meiner Hilflosigkeit Percy an.

Noch während ich mit ihm telefoniere, lässt er diese Violet überprüfen.

Ein Seufzen dringt nach kurzer Zeit an mein Ohr. „Definitiv eine Escortlady", äußert er. „Die sich in politischen Kreisen großer Beliebtheit erfreut."

In dieser Sekunde begreife ich. „Dieser Scheißkerl!", stoße ich ungehalten aus. „Das wird er mir büßen. Jetzt hat er den Bogen endgültig überspannt."

„Sie sprechen von Roger Morgan?"

„Wer denn sonst? Ich hätte ihm doch die Fresse polieren sollen."

„Clive, bewahren Sie die Ruhe. Ich hole Sie da raus, versprochen."

„Und wie genau wollen Sie das anstellen?"

„Vertrauen Sie mir einfach. Okay?"

Na, der hat gut reden!

Frustriert beiße ich die Zähne zusammen, bis sie bedrohlich knirschen. „Es gibt übrigens ein weiteres Problem, die Polizisten haben den gefälschten MI5-Ausweis entdeckt. Ich habe Ihnen etwas von einem Undercovereinsatz erzählt, doch ich weiß nicht, ob sie mir das abgekauft haben.“ Blöderweise hatte ich das Plastikteil in meine Jackentasche gesteckt, nachdem Amber darauf aufmerksam geworden war und vergessen, es herauszunehmen, ehe ich mich den Beamten gestellt habe.

„Keine Sorge, ich verschaffe Ihnen kurzfristig in den Systemen die passende Identität hierzu. Was im Computer steht, glaubt heutzutage jeder.“

„Klingt gut. Danke, Percy. Ich wüsste manchmal echt nicht, was ich ohne Sie machen sollte.“

„Nicht der Rede wert. Ich schicke Ihnen so bald wie möglich Chris vorbei, damit er Sie da rausholt.“

Mit gemischten Gefühlen beende ich das Gespräch. Zwar hat mir Percy Zuversicht eingehaucht, dennoch frage ich mich, ob meine Entlassung wirklich so problemlos über die Bühne gehen wird.

Am Abend verharre ich in einem schwarzen SUV vor einem vornehmen Apartmenthaus in Mayfair und warte darauf, dass Roger Morgan nach Hause kommt. Wie angekündigt hat mich tatsächlich Percys Assistent aus der Untersuchungshaft befreit. Offensichtlich hatte der Sohn des Premierministers ein Callgirl dafür bezahlt, mich anzuzeigen.

Allerdings konnte The Eye die Zusammenhänge recht schnell eruieren. Percy trat mit Violet in Kontakt und bot ihr eine wesentlich höhere Summe an, woraufhin sie ihre Aussage zurückgezogen hat. Das mit dem gefälschten Ausweis konnte er wohl ebenfalls klären, sonst würde ich mich nicht wieder auf freiem Fuß befinden.

Wenngleich Percy mich gebeten hat, das Thema mit Roger Morgan unter den Teppich zu kehren, werde ich mich meinem Boss dieses Mal widersetzen. Wobei es keine Rolle spielt, welche Konsequenzen das für mich haben wird. Dieser Kerl soll ein für alle Mal aus meinem und Ambers Leben verschwinden, sonst werden wir nie zur Ruhe kommen.

Als sich auf der gegenüberliegenden Straßenseite ein schwarzer Daimler nähert, der die Tiefgarage des Gebäudes ansteuert, wähle ich Percys Telefonnummer, der sich wie so üblich prompt meldet. So langsam frage ich mich, wann dieser Mann eigentlich schläft.

„Percy, Sie müssten mir einen Gefallen tun. Schalten Sie bitte kurzzeitig die Überwachungskameras sowie den Strom in dem Gebäude Grosvenor Street 300 in Mayfield aus. Mitsamt Parkgarage."

„Und warum genau sollte ich das tun?"

„Damit Amber und ich endlich in Frieden leben können."

Sekundenlang herrscht Stille. „Nicht Ihr Ernst, oder? Sie wollen Roger Morgan töten?"

„Ach, woher denn! Ich will ihn lediglich ein wenig einschüchtern."

Er schnaubt vernehmlich. „Clive, ich habe die Sache geklärt, sogar mit seinem Vater gesprochen."

„Ich bezweifle, dass das ausreicht."

Der schwarze Daimler ist jetzt vor der Einfahrt angekommen, deren Tor langsam auffährt.

„Nun kommen Sie schon, Percy!", starte ich einen

weiteren Versuch. „Ich verspreche Ihnen, dass ich diesen erbärmlichen Clown am Leben lasse. Auch wenn er das nicht einmal ansatzweise verdient hat.“

Er antwortet nicht, und ich befürchte bereits, mir eine andere Taktik überlegen zu müssen. Zu dumm, dass ich The Eye nicht eigenhändig steuern kann. Derartige Aktionen kann einzig und allein Percy veranlassen. Womöglich noch Anna, aber sie wäre mir in meiner momentanen Situation vermutlich auch keine Hilfe.

In dieser Sekunde gehen in dem Gebäude alle Lichter aus. Fast zeitgleich springt zwei Häuser weiter eine Alarmanlage mit rotem Blinklicht und lautem Heulen an. Gewiss ein Ablenkungsmanöver.

Perfekt!

„Danke, Percy, Sie haben schon wieder etwas bei mir gut.“

„Ja, ja, tun Sie einfach nichts Unüberlegtes“, grummelt er. „Ich werde Sie nicht noch einmal aus dem Knast holen.“

Grinsend steige ich aus dem Wagen.

Der schwarze Daimler ist mittlerweile in der Tiefgarage verschwunden. Ehe sich das Tor schließen kann, husche ich hinein. Ich setze das mitgebrachte Nachtsichtgerät auf und schleiche zu Morgans Limousine.

Er hat die Innenbeleuchtung des Autos angeschaltet und sitzt nach wie vor darin. Die Vermutung liegt nahe, dass er abwarten will, bis das Licht in der Garage wieder anspringt.

„Percy“, flüstere ich in mein Headset. „Können Sie ein Fahrzeug hacken, damit die Türen sich entriegeln.“ Ich kann nicht mit Gewissheit sagen, ob der

Mercedes von innen versperrt ist, gehe jedoch davon aus.

Ein Knurren erklingt. „Autonummer!“

Ich gebe sie ihm durch, danach nähere ich mich im Schutz der Dunkelheit dem Wagen. Ein Klacken signalisiert mir, dass ich richtig lag und sich die Schlösser soeben geöffnet haben. Ich stürze zur Fahrertür und reiße sie auf.

Morgan fährt erschrocken herum und gibt ein gurgelndes Geräusch von sich. Ich packe ihn am Kragen, zerre ihn aus dem Fahrzeug und werfe ihn zu Boden. Als er um Hilfe brüllt, drücke ich ihm nicht gerade zaghaft eine Hand auf den Mund, die jeden weiteren Laut unterbindet. Er zappelt, tritt und starrt mich aus weit aufgerissenen Augen an, bevor er anfängt, wild um sich zu schlagen.

Da in der Tiefgarage nach wie vor Dunkelheit herrscht, wird er nicht allzu viel erkennen können.

„Hören Sie jetzt gut zu, Morgan!“, fahre ich ihn mit bedrohlicher Stimme an. „Wenn Sie noch einmal Amber gegen ihren Willen anfassen oder einfach nur in ihre Nähe kommen, dann bringe ich Sie um. Und sollten Sie erneut versuchen, mir irgendein Verbrechen in die Schuhe zu schieben, hat Ihr letztes Stündchen ebenfalls geschlagen. Wobei es mich nicht im Geringsten interessiert, wer Ihr Vater ist. Ich habe nämlich nichts mehr zu verlieren. Haben Sie mich verstanden?“

Er gibt ein gurgelndes Geräusch von sich, bevor er hektisch nickt.

„Gut, dann gehe ich davon aus, dass Sie uns niemals wieder in die Quere kommen. Und kein Wort zu irgendjemandem über meinen kleinen Besuch hier, sonst werden Sie Ihres Lebens erst recht nicht mehr froh. Ach, eins noch …“ Ich nehme meine Hand von seinem Mund und lasse meine Faust in sein Gesicht krachen. Die Haut auf seiner Wange platzt auf, während er einen barbarischen Schmerzensschrei von sich gibt.

Als ich aus der dunklen Tiefgarage eile, höre ich im Hintergrund sein erbärmliches Gejammer.

Was für ein Weichei!

„Roger war in der Nacht bei mir in der Notaufnahme“, eröffnet Amber am nächsten Morgen das Gespräch, nachdem ich ihren Telefonanruf entgegengenommen habe.

„Nun sag aber nicht, dieser Schwachmat hat dich schon wieder belästigt?“

„Himmel, nein! Er wirkte vollkommen erschüttert. Außerdem war er verletzt. Hast du etwas damit zu tun?“

„Wie kommst du denn jetzt darauf?“, erkundige ich mich betont belanglos.

Sie schnaubt. „Ich kenne dich, Clive. Los, antworte mir! Hast du ihn so zugerichtet?“

„Was hat er dir eigentlich erzählt, was geschehen ist?“

„Dass er überfallen wurde, den Angreifer jedoch nicht erkennen konnte, da es im kompletten Gebäude einen Stromausfall gab.“

Ich unterdrücke ein Grinsen.

Sehr gut, er hat meine Drohung für voll genommen.

„Zu schade, dann kann ich mich noch nicht einmal bei dem Angreifer bedanken.“

Sie stößt ein verärgertes Zischen aus. „Du bist einfach unmöglich! Versprich mir, Roger zukünftig in Ruhe zu lassen, sonst kündige ich dir die Freundschaft.“

Ich habe Amber bislang nicht erzählt, dass ich mich wegen dieses Wichts einen halben Tag lang in Untersuchungshaft befand und werde es auch dabei belassen. Ich möchte sie nicht unnötig aufregen, sie musste in letzter Zeit bereits genug durchmachen. Über Morgans Kontakte zu irgendwelchen Callgirls muss sie nun wirklich nicht informiert sein.

„Kommst du am Wochenende zu mir, sobald dein Dienst beendet ist?“, lenke ich vom Thema ab. „Dann können wir endlich einmal gemeinsam in den Boxring steigen und uns auf die eine oder andere Art abreagieren …“, äußere ich mit zweideutigem Unterton.

Sie zögert sekundenlang, doch dann lacht sie leise. „Du denkst wohl, da ich bereits ein Veilchen habe, musst du dabei nicht allzu vorsichtig sein. Also gut, einverstanden. Wenngleich ich nicht weiß, ob du das überhaupt verdient hast. Aber ich kann nichts dagegen tun, du fehlst mir.“

Mein Herz jubiliert. „Du mir auch, Darling. Wir sehen uns.“

Als ich das Gespräch beendet habe, hat sich ein zufriedenes Grinsen auf meinem Gesicht ausgebreitet. Sieht ganz danach aus, als ob das Glück mir endlich einmal hold ist.

Doch offenbar ist einem Mann wie mir ein unbekümmertes Dasein einfach nicht vergönnt, denn eine Woche später bringt The Eye in Erfahrung, dass zwei

Kerle in England eingereist sind, die in Verbindung zu den Terroristen stehen, die es auf die Sprengköpfe von Nuclearis abgesehen haben.

Von dem Moment an verfolgt Percy die Verdächtigen unablässig über jede zur Verfügung stehende Überwachungskamera. Er hackt sich sogar in ihre Handys und Computer ein, sodass wir konstant über ihre Handlungen und Aufenthaltsorte im Bilde sind.

Leider können wir nicht einschätzen, ob Amber erneut gefährdet ist und ich möchte sie auch nicht unnötig beunruhigen, daher habe ich sie noch nicht darüber informiert.

Doch dann erreicht mich ein Anruf von Percy, der alles verändert.

Kapitel 18

Clive

„Clive, ich habe schlechte Nachrichten“, informiert mich mein Boss telefonisch, während ich gerade eins meiner Babys über die englischen Landstraßen jage.

„Sagen Sie nicht, mit Amber ist etwas nicht in Ordnung.“

„Bedingt. The Eye hat auf einem Handy der beiden Verdächtigen Pläne von Nuclearis und der Villa von Ambers Eltern entdeckt.“

Ohne einen Augenblick zu zögern, reiße ich das Lenkrad des Porsches herum, wende ihn mitten auf der Straße und steuere ihn in Richtung von Ambers Elternhaus. „Verdammt!“, fluche ich unterdessen. „Warum sollte in meinem Leben auch einmal etwas normal ablaufen?“

„Was war das für ein Quietschen? Alles in Ordnung bei Ihnen?“, vernehme ich Percys besorgte Stimme, dem mein Wendemanöver offenbar nicht verborgen geblieben ist.

„Ja, bei mir schon. Leider hält Amber sich seit gestern bei ihren Eltern auf, da es ihrer Mutter nicht gut geht. Ich bin bereits auf dem Weg dorthin.“

„Ah, verstehe. Soll ich Ihnen wieder den Weg freiräumen?“

„Da fragen Sie noch!“

„Ja, ja, schon klar. Warten Sie kurz, ich orte Ihr Handy … Okay, ich habe Sie. Ab sofort haben Sie freie Fahrt. Ich logge mich zudem in die Alarmanlagen von Ambers Elternhaus sowie von Nuclearis ein. Die Systeme sind gewiss mit der Polizei oder einer

Security-Firma verbunden. Dadurch bekommen Sie Unterstützung und eventuelle Eindringlinge werden abgeschreckt, wenn der Alarm losgeht. Außerdem schicke ich Pam und Roy zu Nuclearis. Sie sollen sich dort einmal umsehen."

„Klingt wie ein Plan. Und jetzt gehen Sie bitte aus der Leitung, damit ich Amber anrufen kann."

Percy seufzt. „Sie sind einfach der perfekte Gentleman. Aber einverstanden, ich mache die Leitung frei."

„Amber!", befehle ich meinem Handy, nachdem Percy aufgelegt hat. Es läutet und läutet, bis sich die Mailbox meldet. „Amber, ruf mich bitte auf der Stelle an! Es ist wichtig", spreche ich ihr aufs Band. „Und pass auf dich auf."

Aus Sicherheitsgründen halte ich mich mit Informationen bedeckt, aber sie wird meine Worte deuten können, und wissen, dass sie womöglich einer Gefahr ausgesetzt ist.

Ich jage den Porsche weiter in Richtung Biggin Hill. Vor mir fahrende Fahrzeuge springen erschrocken beiseite, wenn ich in ihrem Rückspiegel auftauche. Mehrmals hupt ein entgegenkommendes Auto oder blendet auf, doch das ist mir gleich. Jede Ampel, der ich mich nähere, schaltet prompt auf Grün um.

The Eye ist einfach ein Phänomen!

Dieser Tatsache zum Trotz bin ich dennoch hin und wieder gezwungen, anderen Verkehrsteilnehmern die Vorfahrt zu nehmen, doch ich bin stets darauf bedacht, niemandem Schaden zuzufügen.

Zum Glück habe ich mich nicht allzu weit von Ambers Elternhaus entfernt aufgehalten, als mich

Percys Anruf erreichte, und sollte daher in wenigen Minuten dort ankommen. Müsste ich erst noch London durchqueren, würde das die Angelegenheit erschweren.

Dummerweise setzt sich in dieser Sekunde ein Polizeiwagen mit angeschaltetem Blaulicht und heulender Sirene hinter mich. Ich könnte ihn problemlos abhängen, will aber keine groß angelegte Verfolgungsjagd lostreten.

„Percy", spreche ich in Richtung meines Handys.

Dieser meldet sich bereits beim ersten Klingelton. „Alles in Ordnung?"

„Ich erreiche Amber leider nicht. Aber es gibt eine weitere Komplikation." Ich schaue in den Rückspiegel. „Wenn ich Ihnen das Kennzeichen eines Streifenwagens durchgebe, können Sie sich dann in den Polizeifunk einhacken und den Jungs einen wichtigen Einsatz aufdrücken. Vorzugsweise im Norden Londons."

„Das dürfte das geringste Problem sein."

„Perfekt." Ich gebe ihm die Nummer durch und keine Minute später bremst der Polizeiwagen ab und wendet.

Erleichtert atme ich aus.

Na also! Geht doch.

Kurz darauf nähere ich mich der Stelle, an der vor gut fünf Jahren der schreckliche Unfall geschah. Die Bilder ziehen vor meinem geistigen Auge vorbei, als wäre es gestern gewesen. Der markerschütternde Aufprall, die Schmerzen als meine Beine eingeklemmt wurden. Aber in erster Linie ist es Nathans schriller Schrei, den ich wohl niemals aus meinem Gedächtnis streichen kann.

Ich trete das Gaspedal noch einen Tick fester durch, um diesen Ort schnellstmöglich hinter mir zu lassen. Währenddessen gebe ich mir alle Mühe, Ruhe zu bewahren.

Gott, wenn Amber jetzt auch noch etwas passiert sein sollte, dann weiß ich nicht, wie ich das verkraften könnte.

Als ich mich der Villa der Stuarts nähere, kommt mir ein roter Mini entgegen.

Ich atme erleichtert aus, als ich Amber darin erkenne.

Da die Straße recht schmal ist, müssen wir beide abbremsen. Verdutzt starrt sie mich an, als wir uns auf Augenhöhe befinden. Ich signalisiere ihr, dass sie anhalten soll, wende meinen Wagen und bringe ihn hinter dem Mini zum Stillstand, bevor ich mit einem Satz aus dem Porsche springe.

Auch Amber schält sich jetzt aus ihrem Fahrzeug. Sie reißt erstaunt die Augen auf, als ich ihr entgegeneile, und will etwas sagen. Die Worte ersterben ihr jedoch auf den Lippen, da ich sie in meine Arme reiße und küsse.

Überrascht schnappt sie nach Luft, lässt dann aber zu, dass ich sie geradezu verschlinge. In dieser Sekunde wird mir zum ersten Mal bewusst, wie viel mir diese Frau noch immer bedeutet. Eine Zeit lang dachte ich, ich würde sie hassen, in Wirklichkeit habe ich nie aufgehört, sie zu lieben. Ich will sie zurück, will sie für alle Ewigkeit an meiner Seite haben - und ich werde um sie kämpfen.

„Du hältst es keinen Tag ohne mich aus, oder?“, scherzt sie, als ich meine Lippen von ihren löse. „Aber was ist hier eigentlich los? Zuerst ist Security aufgetaucht, da es offenbar ein Problem mit der Alarmanlage gab, und jetzt du."

„Warum bist du nicht an dein Handy gegangen?"

„Ich war mit Mom im Garten und hatte es im Haus vergessen. Und dann überschlugen sich die Ereignisse geradezu, daher habe ich gar nicht darauf geschaut."

„Es könnte sein, dass es abermals eine Bedrohung gibt, deswegen werde ich dich jetzt mit zu mir nehmen. Am besten stellen wir den Mini hier irgendwo ab. Ich will nicht, dass du weiterhin allein unterwegs bist."

Ihre Augen weiten sich erschrocken. „Wie bitte? Was genau ist geschehen?"

„Mutmaßliche Terroristen haben Pläne von der Villa deiner Eltern und von Nuclearis. Mehr wissen wir für den Moment leider nicht. Du solltest dringend noch einmal mit deinem Vater reden. Er muss diese verdammte Firma endlich verkaufen. Und jetzt steig in meinen Wagen, ich bringe dich von hier weg! Deine Rostschleuder fahre ich rasch beiseite."

Sie sinniert einen Augenblick, doch dann holt sie ihre Tasche aus dem Auto und rutscht auf den Beifahrersitz des Porsches. Schnell stelle ich den Mini in einem kleinen Feldweg ab. Das alte Ding wird schon keiner klauen.

„Ich muss später ins Krankenhaus", äußert sie, nachdem auch ich eingestiegen bin.

„Unter gar keinen Umständen!"

„Clive, meine Kollegin ist in Urlaub. Aus einem unbegründeten Verdacht heraus kann ich unmöglich fernbleiben."

Ich weiß, wie viel Amber ihre Patienten bedeuten,

daher verzichte ich auf eine weitere Diskussion. „Wenn es denn unbedingt sein muss“, brumme ich. „Dann werde ich dich aber in der Klinik auf Schritt und Tritt verfolgen.“

„Einverstanden. Aber etwas ganz anderes: Mein Dad müsste endlich von offizieller Seite erfahren, was Sache ist. Ich habe ihm bislang nicht einmal von der Entführung erzählt, weil ich dich nicht ins Spiel bringen wollte. Und auch keinen gesteigerten Wert darauf lege, ein Rudel Bodyguards von ihm verpasst zu bekommen.“

Ich richte erneut meine Aufmerksamkeit auf das Telefon. „Percy“, befehle ich, woraufhin er sich auch prompt wieder meldet. „Amber ist bei mir. Mit ihr ist alles in Ordnung. Könnten Sie bitte dafür sorgen, dass ihre Eltern über das wahre Ausmaß der Bedrohung informiert werden? Ihr Vater ist leider immer noch uneinsichtig.“

„Geht klar“, antwortet er sofort. „Ich wollte ja ohnehin mit Mr. Stuart reden. Zur Not kann ich ihm die Polizei oder den Geheimdienst vorbeischicken, damit er den Ernst der Lage begreift. Möchten Sie Amber in einem unserer Safehäuser unterbringen?“

Ich schaue zu meiner Begleiterin hinüber.

Hektisch schüttelt sie den Kopf, was mich die Augen verdrehen lässt. „Ich denke, bei mir ist sie fürs Erste gut aufgehoben.“

„Gut, wie Sie wollen.“ An seinem Tonfall erkenne ich, dass er diese Entscheidung nicht wirklich gutheißt.

Amber bedenkt mich mit einem dankbaren Blick, nachdem ich das Gespräch beendet habe. „Dein Boss scheint ein netter Mann zu sein. Vielleicht stellst du ihn mir bei Gelegenheit einmal vor. Ich würde ihn sehr gerne kennenlernen.“

Ich nicke. „Wir werden sehen“, äußere ich lapidar, da ich nicht einzuschätzen vermag, ob Percy gesteigerten Wert darauf legt.

Am Abend begleite ich Amber ins Krankenhaus und bin bemüht, keinen Schritt von ihrer Seite zu weichen. Was sich als schwierig erweist, da mir kein Zugang zu den Operations- und Behandlungsräumen gewährt wird. Nichtsdestotrotz bin ich in der Lage sie im Großen und Ganzen zu beschützen.

Die beiden mutmaßlichen Terroristen werden noch in der Nacht vom MI5, der inzwischen begriffen hat, dass es eine ernst zu nehmende Bedrohung gibt, aus dem Verkehr gezogen. Die Pläne auf den Handys der Typen, die Percy dem Geheimdienst übermittelt hat, waren offensichtlich Beweis genug.

Natürlich hätte ich die zwei Kriminellen auch selbst erledigen können, doch erstens wollte ich Amber nicht allein lassen. Und zweitens liegt es in unserer Absicht, endlich auch die Hintermänner hochgehen zu lassen, und dafür benötigen wir die Unterstützung der Geheimdienste. Zum Glück arbeiten MI5 und MI6 bei solchen Gefahren für gewöhnlich zusammen, daher stehen die Chancen gut, dass sie früher oder später einen Erfolg erzielen werden.

Percy hat zudem bereits mit Ambers Vater geredet, woraufhin bei Nuclearis und in der Villa der Stuarts die Sicherheitsvorkehrungen noch einmal erhöht worden sind.

Nachdem ihr Dad nun weiß, dass seine Tochter wegen seiner hirnrissigen Atomforschung sogar entführt wurde, scheint er endlich zur Vernunft zu kommen. Offenbar denkt er darüber nach, sich von Nuclearis zu trennen. Bleibt zu hoffen, dass er das schnell über die Bühne bringen wird, denn ich bin nicht imstande, Amber ewig von der Außenwelt abzuschotten oder mich rund um die Uhr an ihre Fersen zu heften.

Immerhin ist sie auf meine Bitte eingegangen, aus Sicherheitsgründen eine Weile auf meinem Bauernhof zu bleiben. Allerdings habe ich ihr nur die halbe Wahrheit gesagt. In Wirklichkeit will ich diese wundervolle Frau nämlich unentwegt an meiner Seite wissen.

Für alle Ewigkeit.

Ich will beim Einschlafen und Aufwachen nie mehr etwas anderes sehen als Amber.

Bislang hat mir leider der Mut gefehlt, ihr meine Liebe zu gestehen, da ich nicht weiß, wie sie darauf reagieren wird. Doch so langsam wird mir klar, dass ich Nägel mit Köpfen machen muss, wenn ich dieser Beziehung eine zweite Chance geben möchte.

Aber noch unterliege ich der Angst, einmal mehr alles kaputtzumachen, daher werde ich einen geeigneten Zeitpunkt abwarten, um ihr meine Zuneigung zu offenbaren.

Eines Nachts schreckt mich ein Geräusch aus dem Schlaf. Ich blicke zu Amber hinüber, die neben mir tief und fest zu schlummern scheint. Konzentriert lausche ich in die Dunkelheit, doch jetzt herrscht Stille. Vielleicht geistert Garfield ja wieder irgendwo herum.

Leider komme ich nicht mehr zur Ruhe. Vorsichtshalber greife ich nach der Pistole auf meinem Nachttisch und schwinge die Füße aus dem Bett.

Leise schlüpfe ich in meine Jeans und werfe mir ein Shirt über. Danach husche ich aus dem Schlafzimmer. In diesem Moment geht die Alarmanlage los. Jetzt kann ich nur hoffen, dass es wirklich Garfield ist, der draußen herumtapst.

Ich spähe zur Eingangstür hinaus. Da der Mond den Garten schwach beleuchtet, sehe ich einen hohen Schatten, der sich in der Nähe des Zauns hin und her bewegt.

Nein, nach einer Katze sieht das nicht einmal ansatzweise aus!

Ohne zu zögern, schieße ich in die Richtung des schemenhaften Umrisses, der jetzt verschwindet. Im Schutz einiger Büsche schleiche ich in gebückter Haltung an der Wand der Scheune entlang, um den Eindringling zu verfolgen.

In diesem Moment zersplittert auf der Rückseite des Gebäudes eine Fensterscheibe.

Verdammt, es scheint sich um mehrere Angreifer zu handeln! Gar nicht gut!

Ich renne zurück ins Haus, hole eine weitere Waffe aus dem Schrank, schnappe mir einen Autoschlüssel und jage ins Schlafzimmer. Amber ist mittlerweile aufgewacht, hat sich aufgesetzt und schaut irritiert um sich.

Ich werfe ihr die zweite Pistole sowie den Autoschlüssel zu. „Zieh dich an und steig in den blauen BMW, der direkt vor der Tür der Scheune parkt! Damit verlässt du so schnell wie möglich das Grundstück. Ich öffne dir das Tor und gebe dir Deckung. Die Alarmanlage ist mit der nächsten Polizeidienststelle verbunden. Die Beamten sollten also schon auf dem Weg hierher sein. Ich werde sie über die Ereignisse informieren. Falls dich jemand verfolgt, können sie ihn abfangen. Und sobald ich das hier unter Kontrolle habe, melde ich mich bei dir."

Sie schaut mich entsetzt an. „Kommt überhaupt nicht infrage! Ich helfe dir. Auf gar keinen Fall werde ich dich jetzt allein lassen." Mit spitzen Fingern greift sie nach der Waffe. „Es befindet sich also jemand auf dem Gelände?"

Ich nicke. „Ja, mindestens zwei Personen. Ich komme schon klar. Bring dich verdammt noch mal in Sicherheit!", befehle ich ihr.

„Aber …"

„Kein Aber!", unterbreche ich sie schroff. „Ich würde es mir niemals verzeihen, wenn dir etwas geschehen würde. Hast du mir nicht versprochen, keinen Widerstand mehr zu leisten?"

Sekundenlang blickt sie unschlüssig drein, dann nickt sie. „Also gut." Mit sichtlichem Widerwillen schlüpft sie in ihre Klamotten, schnappt sich den Autoschlüssel und küsst mich liebevoll auf den Mund.

Ich begleite sie in die Scheune, die konstant von einem gedämpften Licht erhellt wird, und vergewissere mich, dass Amber auch wirklich in den BMW steigt.

„Pass auf dich auf", wirft sie mir noch über die Schulter hinweg zu.

„Das werde ich. Keine Sorge."

Sie startet das Fahrzeug und tuckert davon.

Im Geiste schüttle ich den Kopf.

Herrgott, das ist ein 300 PS Wagen, kein Traktor!

Amber, gib endlich Gas!

Zähneknirschend behalte ich die Scheune und die Ausfahrt im Auge, damit niemand auf meine Süße schießen kann. Auch will ich in Erfahrung bringen, ob ihr jemand folgt.

In diesem Moment spüre ich hinter meinem Rücken einen Luftzug. Ich fahre herum und knalle einen in Schwarz gekleideten Typen ab, der sich von der Seite angeschlichen hat.

Stöhnend fällt er zu Boden.

Vorsichtig nähere ich mich ihm, wobei ich in alle Richtungen spähe, da ich ja weiß, dass sich irgendwo noch ein Einbrecher aufhalten muss.

Ein Fauchen schreckt mich auf. Ich sehe etwas Rötliches davonjagen, bei dem es sich nur um Garfield handeln kann. In dieser Sekunde entdecke ich den zweiten Kerl, der neben einem meiner Fahrzeuge kauert. Ich feuere mehrmals auf ihn, bis erneut ein schwerer Körper zu Boden fällt.

Erleichtert atme ich aus, doch plötzlich ertönt ein weiterer Schuss. Ein scharfer Schmerz durchzuckt mich, als eine Kugel meinen Oberkörper streift.

Scheiße, es waren drei!

Mit einem Hechtsprung bringe ich mich hinter einem Wagen in Deckung. Noch im Fallen wirble ich in der Luft um die eigene Achse und schieße auf den dritten Mann, der soeben Anstalten macht, die Scheune zu verlassen – vermutlich, um Amber zu verfolgen. Er stößt ein gurgelndes Geräusch aus, ehe auch er der Länge nach zu Boden geht.

Jetzt tritt Stille ein.

Ich halte den Atem an, lausche in die Dunkelheit und kann nur hoffen, dass kein weiterer Angreifer zugegen ist, oder sich einer an Ambers Fersen geheftet hat, denn leider scheinen ihre Fahrkünste immer noch nicht die besten zu sein. Wenn sie Angst hat, das Gaspedal durchzutreten, nutzt auch der getunte BMW nichts. Vielleicht werde ich ihr neben dem Schießen und Boxen demnächst noch beibringen, wie man einen Wagen über eine Rennstrecke bewegt.

Ich erhebe mich vorsichtig und laufe in gebückter Haltung zu einem der drei am Boden liegenden Eindringlinge. Nachdem ich ihm die schwarze Sturmhaube vom Kopf gezerrt habe, mustere ich ihn. Er verfügt über arabische Gesichtszüge, also kann ich davon ausgehen, dass es immer noch um diese verfluchten Atomwaffen geht.

Wird das denn nie enden?

Offensichtlich sind die Typen bei Nuclearis und Ambers Eltern aufgrund der hohen Vorsichtsmaßnahmen nicht weitergekommen, sodass sie es wieder bei ihrer Tochter versucht haben. Wie gut, dass ich Amber die ganze Zeit über in meiner Nähe haben wollte.

Aber warum The Eye die Kerle nicht im Vorfeld aufgestöbert hat, ist mir ein Rätsel. Da gibt es eindeutig Verbesserungsbedarf. Höchstwahrscheinlich handelt es sich tatsächlich um Schläfer, die bereits im Land waren und aktiviert wurden. Die gefährlichste aller Bedrohungen, da diese Verbrecher an keiner Grenze gestoppt werden können.

Ich lasse von dem toten Terroristen ab und renne auf die Ausfahrt zu, um nachzusehen, ob Amber auch wirklich verschwunden ist. In dieser Sekunde wird mir schwindelig. Verwundert schiele ich an mir hinab.

Blut fließt aus meiner linken Körperseite.

Viel zu viel Blut!

Mein Shirt ist bereits über und über darin getränkt. Wo ich dachte, es wäre nur ein Streifschuss gewesen, der mich erwischt hat.

Ich höre schnelle Schritte, die sich mir nähern und reiße den Arm mit der Waffe in die Höhe.

„Clive, alles in Ordnung?“, vernehme ich in diesem Moment Ambers Stimme.

Einerseits erleichtert, andererseits wütend lasse ich die Pistole sinken. „Was hast du denn noch hier zu suchen?“, fahre ich sie ungehalten an.

„Ich hörte beim Davonfahren die Schüsse und konnte dich unmöglich zurücklassen.“

Erzürnt schüttle ich den Kopf. „Wie oft soll ich dir denn noch sagen, dass ich alles im Griff habe? Blöderweise wurde ich von einer Kugel getroffen. Könntest du dir die Wunde bitte einmal ansehen. Aber lass uns schnell in Haus gehen. Dort sind wir sicherer. Nicht, dass hier noch so ein Irrer herumgeistert.“

Erschrocken mustert sie mich. Ihre Augen weiten sich, als sie meine blutüberströmte Seite entdeckt.

„Ach, herrje, komm mit! Am besten ins Schlafzimmer. Leg dich auf dein Bett, dort kann ich dich am besten untersuchen.“

Ich wende mich ab, nehme noch einmal vorsichtshalber die Umgebung ins Visier und gerate dabei ins Wanken.

Amber bemerkt es und wirft mir einen Arm um die Taille, um mich zu stützen. Wir schaffen es gerade noch so ins Schlafzimmer, bevor ich auf dem Bett zusammenbreche. Meine süße Ärztin kriecht neben mich, zerrt mir das Shirt empor und betrachtet die Wunde.

„Teufel noch mal, das sieht gar nicht gut aus!“ Sie greift nach ihrem Handy und wählt den Notruf. „Einen Krankenwagen, schnell!“, befiehlt sie. Nachdem sie noch die Adresse durchgegeben hat, holt sie ein Handtuch aus dem Bad und presst es auf die Blutung.

Der Schmerz bringt mich zum Stöhnen.

„Lieg ruhig und versuch, ganz normal zu atmen!“, weist sie mich an. „Es gibt keine Austrittswunde. Aber ich kann die Kugel hier nicht rausholen, das wäre zu gefährlich, da ich nicht genau weiß, wo sie sitzt. Sie könnte sich nah am Herzen befinden. Du musst also durchhalten, bis du im Krankenhaus bist. Ich werde so lange alles in meiner Macht Stehende tun, um die Blutung zu stoppen.“

Ich sehe, dass ihr eine Träne über die Wange rinnt, und begreife in dem Moment, dass es nicht gut um mich steht.

„Nicht weinen, Darling. Es ist nur eine kleine Schusswunde, nichts weiter“, will ich sie trösten.

„Wer ist hier der Arzt? Du oder ich?“ Sie schluchzt. „Bitte, bleib bei mir, Clive. Ich würde es nicht ertragen, dich ein weiteres Mal zu verlieren. Ich liebe dich.“

„Du liebst mich?“, hake ich nach, da ich mir nicht sicher bin, ob ich sie richtig verstanden habe, denn so langsam schwinden mir die Sinne.

Sie nickt. „Ich habe dich immer geliebt. Nur dich.“

„Das trifft sich gut. Ich liebe dich nämlich auch“, hauche ich kraftlos und nehme Amber noch einmal genau in Augenschein, für den Fall, dass sie das

Letzte sein sollte, was ich in diesem Leben sehe. „Jetzt sterbe ich zumindest als glücklicher Mann“, krächze ich noch, dann wird es mir schwarz vor Augen.

Kapitel 19

Amber

„Dad, Mom!“, überrascht blicke ich auf, als die beiden Clives Krankenzimmer betreten.

Eine sonderbare Mischung aus Emotionen durchfährt mich, sodass mir sekundenlang der Atem stockt. Freude, Zuversicht, aber auch eine gehörige Portion Wut, steigen in mir auf, denn immerhin ist mein Vater nicht unschuldig an der fürchterlichen Situation.

Ich schlucke meinen Verdruss hinunter, erhebe mich und schließe meine Mutter in die Arme, die ziemlich eingeschüchtert wirkt. „Geht es dir gut, Mom?“

Sie seufzt leise. „Es ist ungewohnt, das Anwesen zu verlassen, aber ich wollte unbedingt mit ins Krankenhaus.“ Hilfe suchend lehnt sie sich gegen mich.

Ich wische mir eine Träne der Rührung von der Wange. „Das ist so lieb von dir. Ich freue mich unsagbar darüber.“

Sie richtet ihr Augenmerk auf das Bett. „Wie geht es Clive?“

„Das wissen wir noch nicht so genau. Er hat sehr viel Blut verloren. Für den Moment können wir einfach nur abwarten. Aber woher wisst ihr eigentlich, was geschehen ist?“

„Von Clives Vorgesetztem“, antwortet mein Vater. „Er hat Nuclearis gekauft.“

„Percy?“, stoße ich überrascht aus. Ich habe ihn mittlerweile persönlich kennengelernt, da er am Vortag nach Clive gesehen hat. Ein beeindruckender

Gentleman, genau wie die russische Schönheit, die ihn begleitete, wenngleich ich sie im ersten Moment für seine Tochter hielt. Dass die beiden jedoch große Zuneigung verbindet, war unübersehbar und hat mir wieder einmal vor Augen geführt, welche seltsamen Wege die Liebe manchmal geht.

Mein Vater nickt. „Es tut mir so leid, dass ich euch in derartige Gefahr gebracht habe. Niemals hätte ich das vermutet." Er schenkt seine Aufmerksamkeit dem Patienten. „Clive hat dir mehrfach das Leben gerettet, hat Percy Wilson mir erzählt. Entspricht das der Wahrheit?"

„Allerdings, denn du wolltest ja leider nicht auf mich hören", lasse ich meinen Unmut nun doch heraus. „Aber das ist noch nicht alles: Clive hat zudem dafür gesorgt, dass dem Premierminister nichts geschieht, und die ganze Zeit über seine schützende Hand sogar über euch gehalten. Oder was denkst du, warum damals die Security so schnell bei euch vor Ort war, als es eine Notlage gab? Und ihr während der vergangenen Wochen derart gut bewacht wurdet?"

Dad sieht betreten zu Boden. „Das war mir nicht klar. Wie gesagt, ich hätte nie gedacht, dass Nuclearis solche Probleme verursachen könnte. Doch jetzt ist das Thema ja vom Tisch."

Mir entfährt ein wütendes Schnauben. „Ja, für dich vielleicht." Ich deute mit der Hand auf das Bett. „Aber was ist mit ihm? Clive ist der selbstloseste Mensch, den ich jemals kennengelernt habe, und mir ist klar geworden, dass ich niemals aufgehört habe, ihn zu lieben", lasse ich die Bombe platzen, während ich meinem Vater direkt in die Augen sehe.

Da, nimm das! Das hast du dir verdient.

Wie erwartet blickt er fassungslos drein.

„Nun, dann hoffen wir mal, dass er überlebt“, äußert er schließlich, auch wenn ich nicht davon überzeugt bin, dass diese Aussage von tiefstem Herzen kommt.

„Das heißt, ihr seid wieder zusammen?“, will meine Mutter jetzt wissen.

Ich nicke. „Ja, wir hatten gerade zueinandergefunden.“ Ich werfe Clive einen traurigen Blick zu. „Und nun das.“

Dad geht einen Schritt auf das Bett zu und mustert meinen Liebsten, der an Unmengen von Schläuchen und Kabeln hängt, genauer. „Er ist ein Kämpfer. Er wird es schaffen.“

„Dein Wort in Gottes Ohr.“ Ich schaue zwischen meinen Eltern hin und her, während ich eine Träne wegblinzle. „Wie sieht es aus, habt ihr Lust, eine Kleinigkeit mit mir essen zu gehen? Lange kann ich allerdings nicht weg, da ich Clive nicht allein lassen möchte.“

Dad betrachtet meine Mom, die unentschlossen wirkt. „Ich denke, das wäre zu anstrengend für deine Mutter. Ich bringe sie lieber wieder nach Hause. Möglicherweise beim nächsten Mal.“

Ich nicke in ihre Richtung. „Ja, klar. Ich freue mich trotzdem unsagbar, dass du die Strapazen auf dich genommen hast. Vielen Dank.“

Nachdem sie gegangen sind, sinke ich erneut an Clives Seite und lasse meinen Tränen freien Lauf. „Clive“, schluchze ich. „Bitte, du musst bei mir bleiben. Eventuell wird ja doch noch alles gut.“

Leider antwortet er nicht.

Woran sich auch im Lauf der nächsten Tage nichts ändert.

Mittlerweile habe ich endlich auch Clives Eltern erreicht, die irgendwo im Norden Englands unterwegs waren, wo es keinen Handyempfang gab. Schweren Herzens habe ich sie über die Ereignisse und den Zustand ihres Sohnes informiert.

Als sie im Krankenhaus eintreffen, liegen wir uns lange in den Armen und weinen gemeinsam um den Mann, den wir über alles lieben. Auch sein Bruder schaut vorbei, genau wie ein Freund von Clive, den ich noch von früher kenne. Darüber hinaus tauchen drei seiner Kollegen, namens Pam, Roy und Chris auf, denen ich niemals zuvor begegnet bin, die aber ebenfalls in großer Sorge um unseren Patienten zu sein scheinen.

Sollte Clive das hier überleben, muss ich ihm unbedingt erzählen, wie vielen Menschen er etwas bedeutet, denn ich hatte in letzter Zeit häufiger das Gefühl, dass ihm das gar nicht so richtig bewusst ist.

Die Zeit vergeht und schon bald sehe ich einem Zombie ähnlich, da ich mich standhaft weigere, längere Zeit von Clives Seite zu weichen. Tag und Nacht verbringe ich an seinem Bett, bin nicht in der Lage zu arbeiten oder zu schlafen. Ich bin nur mehr ein Wrack, vegetiere vor mich hin und kann einfach nicht glauben, dass das hier wirklich passiert.

Warum meint es das Schicksal ein weiteres Mal derart böse mit mir? Was habe ich nur verbrochen?

„Amber, du gehst jetzt endlich nach Hause!“, fährt mich Mia eines Abends an. Die Hände in die Hüften gestemmt, steht sie in der Tür von Clives Krankenzimmer. „Ich informiere dich umgehend, falls sich etwas an seinem Zustand ändern sollte. Versprochen.“

„Ich will ihn nicht verlassen. Was wenn er stirbt oder aufwacht?“

Sie kommt auf mich zu und legt mir eine Hand auf die Schulter. „Ach, Süße, es tut mir so leid, aber du kannst im Moment doch ohnehin nichts für ihn tun. Du benötigst dringend Schlaf und ein wenig Ruhe. Darüber hinaus einen Tee, etwas zu essen und eine Dusche.“ Sie schnüffelt an mir und zieht theatralisch die Nase kraus. „Es ist doch niemandem geholfen, wenn du uns irgendwann auch noch zusammenbrichst.“

Ich weiß sie hat recht, dennoch fällt es mir schwer, Clive sich selbst zu überlassen. Letztendlich erhebe ich mich. „Sag mir bitte sofort Bescheid, wenn irgendetwas geschieht. Vollkommen gleich, um was es sich handelt.“

Sie nickt. „Ich gebe dir mein Wort darauf.“

Kraftlos schleppe ich mich nach Hause, wo ich weinend auf dem Sofa zusammenbreche.

Trotz der Bedrohungslage war ich während der letzten Wochen glücklich. Von Tag zu Tag wurde die Verbindung zwischen Clive und mir inniger. Ich denke, wir waren auf dem besten Weg, uns wieder auf eine Beziehung einzulassen - dieses Mal vielleicht für immer.

Und nun das.

Gott, wenn er stirbt, drehe ich durch!

Letztendlich steige ich unter die Dusche, taue mir danach eine Pizza auf, an der ich appetitlos nage und trinke ein Glas Rotwein. Minuten später falle ich völlig erschöpft ins Bett.

Mia hatte recht, es hätte nicht mehr lange gedauert und ich wäre kollabiert. Ich bin so froh, dass es sie gibt, denn ich weiß, sie wird sich gut um Clive kümmern, solange ich nicht vor Ort bin.

Schon nach kurzer Zeit versinke ich zum Glück in einen tiefen Schlaf, den ich dringend benötige.

Ein paar Wochen später ist die Situation unverändert, doch ich bin endlich wieder imstande, meiner Arbeit nachzugehen. Mein direkter Vorgesetzter schont mich, da er weiß, wie sehr mich die ganze Sache mitnimmt. Aber irgendwie muss ich mich von den trüben Gedanken ablenken und das gelingt mir am besten, wenn ich mich um die Patienten kümmere.

Clives Angehörige sowie seine Freunde und Kollegen schauen regelmäßig im Krankenhaus vorbei und spenden mir Trost. Mit Percy Wilsons Frau Anna verstehe ich mich inzwischen blendend, man könnte sogar sagen, wir sind Freundinnen geworden. Die hübsche Russin ist hoch intelligent, aber zudem unsagbar lustig und einfühlsam.

Zum ersten Mal höre ich von den Fallen Agents, da Clive niemals so richtig über seinen Job gesprochen hat. Doch auch Anna und Percy halten sich bedeckt. Was vielleicht gut ist, denn es erscheint mir, als ob da illegale Aktivitäten ablaufen würden. Demzufolge ist es sicher besser, wenn ich nicht allzu genau darüber im Bilde bin.

Dessen ungeachtet bewundere ich Percy Wilson von Tag zu Tag mehr. Ich kann nicht einschätzen, wie vielen Menschen er bereits eine zweite Chance gegeben hat, aber es müssen einige gewesen sein.

Nach und nach gewöhne ich mich sogar an die Vorstellung, dass er mit seinen Fallen Agents vermutlich hin und wieder gegen das Gesetz verstößt, denn er macht die Welt dadurch zu einem besseren Ort.

Gelegentlich übernachte ich bei meinen Eltern oder bei Mia, da mich die Einsamkeit in meiner Wohnung regelmäßig zu überwältigen droht.

Clive war seit jeher der Einzige, der immer für mich da war, egal, was ich angestellt habe. Ich weiß nicht, wie ich es verkraften soll, falls ich ihn ein zweites Mal aufgeben muss.

Als Ärztin ist mir natürlich bewusst, dass mit jedem Tag, der vergeht, die Chance schwindet, Clive wieder gesund und munter in meine Arme schließen zu dürfen, doch ich will das nicht wahrhaben. Denn dann müsste ich mich der Tatsache stellen, dass ich womöglich niemals wieder in seine wundervollen, eisblauen Augen blicken darf.

Kapitel 20

Amber

„Amber, er ist aufgewacht“, überfällt mich Mia, als ich eines Morgens das Krankenhaus betrete.

„Clive?“, erkundige ich mich vorsichtig, da ich befürchte, sie könnte von einem anderen Patienten sprechen.

Sie wirft die Hände in die Luft. „Natürlich Clive! Wer denn sonst?“

Mein Herz macht einen unkontrollierten Hopser, bevor es wild zu trommeln beginnt. „Im Ernst? Warum hast du mich nicht angerufen?“

„Er kam erst vor ein paar Minuten zu sich, und ich wusste ja, dass du bereits auf dem Weg bist. Er ist noch sehr schwach, scheint aber darüber hinaus alles gut überstanden zu haben.“

„Oh, mein Gott! Ich kann es noch gar nicht so richtig glauben.“ Meine Absätze klacken auf dem Boden, als ich wie verrückt durch den Gang renne und in Clives Zimmer stürze.

Er blinzelt leicht, nachdem ich neben seinem Bett zum Stillstand gekommen bin. „Amber“, flüstert er mit rauer Stimme, als er mich erkennt. „Geht es dir gut?“

Ich zerre mir einen Stuhl ans Bett, sinke darauf und greife nach seiner Hand. „Die Frage ist doch eher, wie es dir geht. Clive, du lebst! Ich könnte gerade platzen vor Glück. Wie fühlst du dich?“

„Ich weiß nicht so genau. Schwach. Jede noch so winzige Bewegung fällt mir schwer.“

„Das ist normal, mach dir keine Gedanken. Du

hast eine komplizierte Operation hinter dir. Die Kugel hat das Herz gestreift, außerdem hast du viel Blut verloren und lagst wochenlang im Koma. Aber jetzt habe ich die Hoffnung, dass du wieder ganz gesund wirst."

Er räuspert sich. „Du meinst, ich könnte vielleicht trotz allem weiterhin meinem Job nachgehen?"

Ich nicke hektisch. „Selbstverständlich! Zugegeben, eine Zeit lang wirst du die Füße still halten müssen. Aber ich bin zuversichtlich, dass das nicht auf Dauer sein wird."

„Das beruhigt mich jetzt." Er mustert mich versonnen. „Das, was du mir gesagt hast, bevor ich ohnmächtig geworden bin, war das dein Ernst?"

Verwundert nehme ich ihn in Augenschein. „Wovon sprichst du?"

„Du hast mir gestanden, dass du mich liebst."

„Habe ich das? Ich kann mich gar nicht mehr richtig erinnern, da ich völlig durcheinander war, als ich begriffen habe, wie schwer du verletzt bist. Aber ja, wenn ich das gesagt habe, dann war das auch so gemeint."

Er schmunzelt. „Du denkst also nicht, dass du mich irgendwann wieder hassen wirst?"

„Auf gar keinen Fall. Du glaubst gar nicht, welche Angst ich während der letzten Wochen um dich ausgestanden habe. Ich weiß nicht, was ich gemacht hätte, wenn du gestorben wärst. Und ich muss dir noch etwas sagen: Meine Eltern waren hier. Es sieht ganz danach aus, als ob sie dir ebenfalls verziehen hätten. Darüber hinaus gibt es eine weitere Neuigkeit: Dein Chef hat Nuclearis gekauft. Die Bedrohungen sollten damit endgültig vorüber sein." Die

Worte sprudeln jetzt geradezu aus mir heraus. Es hat sich so viel ereignet, was ich ihm erzählen muss.

„Percy?“

„Ja, er hat häufiger nach dir gesehen. Ein sehr netter Mann, ein wenig geheimnisvoll, aber unglaublich sympathisch. Und mit seiner Frau Anna verstehe ich mich mittlerweile richtig gut.“

„Was will er denn mit Nuclearis anfangen?“

„Keine Ahnung. Gott, Clive, ich kann es kaum fassen, dass jetzt eventuell doch noch alles gut wird.“

Er drückt meine Hand. „Das heißt also, du bleibst bei mir? Für immer?“

„Wenn du das möchtest?“

Er lächelt. „Mehr als du dir vorstellen kannst. Amber, ich liebe dich. Es gab immer nur dich in meinem Leben.“

Ich wische mir eine heiße Träne von der Wange. Weiß gerade nicht, ob ich lachen, weinen oder schreien soll. Ich hatte Clive schon fast abgeschrieben und nun das. In diesem Moment würde ich am liebsten die ganze Welt umarmen. „Und ich liebe dich. Clive, lass mich nie wieder allein, das könnte ich nicht ertragen.“

Er schmunzelt. „Dein Wunsch ist mir Befehl. Und jetzt küss mich endlich.“

Epilog – Sechs Monate später

Clive

„Die Wohnung ist wunderschön.“ Ähnlich einem aufgeregten Welpen saust Amber von einem Zimmer ins nächste. „Lass sie uns nehmen.“

„Liebend gerne.“

Dadurch dass das schicke Apartment in der Nähe des Krankenhauses liegt, hätte Amber zukünftig einen wesentlich kürzeren Weg zur Arbeit. Was mich bei ihren häufigen Schichtdiensten beruhigen würde.

Sie läuft auf mich zu, fällt mir um den Hals und küsst mich. „Aber den Bauernhof behalten wir auch.“

„Selbstverständlich. Wo sollte ich denn sonst meine Babys parken?“

Wochenlang war ich auf der Suche nach einer geeigneten Wohnung in London, da Ambers Bleibe zu klein für uns beide ist. Vor ein paar Tagen habe ich dann endlich ein schickes Apartment mit Blick auf die Themse gefunden.

Hier werden wir uns sicher wohlfühlen.

Da Percy mich für meinen Einsatz wirklich königlich entlohnt, können wir uns dieses Prachtstück auch problemlos leisten. Zwar hätte Ambers Dad uns gerne eine Wohnung geschenkt, doch ich habe abgelehnt.

Scheint fast, als ob er ein schlechtes Gewissen mir gegenüber hat. Aber das ist sein Problem. Obwohl wir uns in letzter Zeit ein paarmal begegnet sind, wird dieser Mann niemals mein Freund werden. Einzig Amber zuliebe rede ich überhaupt noch mit ihm. Almosen werde ich jedoch definitiv keine von ihm annehmen.

Den Job bei Percy kann ich zum Glück behalten. Als Terrorismusspezialist habe ich während der letzten Monate verstärkt für ihn recherchiert. Diese Aufgabe kam mir entgegen, da ich nach meiner Entlassung aus dem Krankenhaus einige Wochen benötigte, um wieder richtig fit zu werden.

Darüber hinaus unterstütze ich Anna dabei, verschiedene Programme für The Eye weiterzuentwickeln. In erster Linie suchen wir nach einer Lösung, um gefährliche Schläfer besser enttarnen zu können. Eine hochinteressante und komplexe Aufgabe, die mir große Freude bereitet.

Natürlich werde ich auch weiterhin für Außeneinsätze zur Verfügung stehen, denn dazu bin ich prädestiniert. Aber Percy hat mir versprochen, auf mein Privatleben Rücksicht zu nehmen, wo es nur geht. Und ich weiß, dass ich ihm vertrauen kann, vor allem da Anna und Amber inzwischen die besten Freundinnen geworden sind.

Momentan ist Lincoln in Kanada einem etwaigen Giftgasangriff auf der Spur, von dem die kanadische Regierung bislang nur wenig mitbekommen hat. Wie so oft ist The Eye einige Schritte voraus. Demzufolge werde ich womöglich schon bald nach Montreal fliegen, um Lincoln zu unterstützen. Amber hat damit glücklicherweise kein Problem und mir sogar vorgeschlagen, mich in Kanada zu besuchen, falls sich der Einsatz länger hinziehen sollte.

Manchmal kann ich es kaum fassen, dass ich eine derart selbstständige und entgegenkommende Freundin habe. In dieser Hinsicht hätte es nicht besser laufen können.

Zum Glück haben die englischen Geheimdienste inzwischen auch die meisten Hintermänner ausgeschaltet, die es auf die Sprengkörper von Nuclearis abgesehen hatten. Die Terrorzelle wurde fast vollkommen zerschlagen, hiervon sollte also keine Gefahr mehr ausgehen. Nicht zuletzt, da Percy Nuclearis vor Kurzem an die Amerikaner verkauft hat. Dadurch kann die Technologie weiterentwickelt werden, ohne dass sie länger eine Bedrohung für unser schönes England darstellt.

Ein cleverer Schachzug, für den ich ihm ewig dankbar sein werde.

„Wann können wir einziehen?“, will Amber in diesem Moment von mir wissen.

„Meinetwegen sofort.“

„Klingt gut.“ Sie schmiegt sich an mich. „Ich liebe dich, Clive. Ich weiß gar nicht, wie ich fünf lange Jahre ohne dich überstehen konnte.“

Ich grinse. „Ja, das verstehe ich auch nicht. Denkst du, du wirst es den Rest deines Lebens an meiner Seite aushalten?“

„Aber sicher doch.“

„Perfekt, dann heirate mich.“

Überrascht starrt sie mich an. „Ist das ein Scherz?“

„Nein, mein voller Ernst. Ich habe zwar keinen Ring parat, frage dich aber trotzdem: Amber Stuart, willst du meine Frau werden?“

Sie schmunzelt und küsst mich. „Nichts lieber als das.“

Natürlich geht es weiter mit den Fallen Agents!

Teil 2: Lincoln – coming soon

Wenn ihr ab sofort keine Neuveröffentlichung mehr verpassen möchtet, dann registriert euch unter der Rubrik News für meinen Newsletter.

http://www.amandafrost.de

Weitere Bücher der Autorin:

Secret Circle

Romantisch – Sinnlich – Spannend

Diese Männer sind reich, mächtig und haben sich zusammengetan, um die Welt zu beherrschen. Kein Außenstehender darf jemals von ihrer Existenz erfahren. Aber was, wenn man sich plötzlich zwischen Liebe und Pflichterfüllung entscheiden muss?

Geheime Sehnsucht – Teil 1

Eric Carpenter ist der Vorsitzende des Secret Circle und Inhaber eines Weltkonzerns. Als Ava Turner, die frühere Assistentin seines Vaters, eines Tages hinter sein dunkles Geheimnis kommt, ist er ratlos. Denn im Grunde genommen müsste er sie jetzt bei Nacht und Nebel verschwinden lassen. Doch es gäbe eine Alternative, die Ava ewiges Stillschweigen auferlegen würde. Aber ist diese kratzbürstige Frau es wirklich wert, ein solches Risiko einzugehen?

From Miami with Love

Prickelnde Liebeskomödien, so heiß wie die Sonne über dem Sunshine State Florida.

Scarlett & William (Teil 1)

Aufgrund einer Erbschaft findet sich der erfolgsverwöhnte New Yorker Anwalt William Malone plötzlich in Miami wieder, wo er sich dem letzten Willen seines Vaters beugt und für ein Jahr die Leitung eines Luxushotels übernimmt. Eine Herausforderung, die ein Mann wie er problemlos meistern sollte, wäre da nicht diese sexy Südstaatenlady Scarlett Jenkins, eine Restaurant- und Hoteltesterin, die ihm das Leben zur Hölle macht.

Schon bald ist die Anziehungskraft zwischen den beiden jedoch derart intensiv, dass sie hin und wieder ihre eigentlichen Ziele aus den Augen verlieren.

Dreams

Romantisch – Sinnlich - Humorvoll

Zauber einer Nacht (Teil 1)

Eine junge Frau auf der Suche nach sich selbst – und der großen Liebe. Romantisch & sexy!

Diamonds are a girl's best friend? Von wegen! In Wirklichkeit gibt es nichts, was die Heidelbergerin Sophie mehr verabscheut als Juwelen. Und den Schmuckkonzern ihres Vaters übernehmen? Niemals!

So flüchtet sie kurzerhand in die USA, wo sie die Bekanntschaft des unnahbaren Hotelbesitzers Oliver macht. Dummerweise entspricht die liebenswerte Chaotin jedoch so gar nicht seinem bevorzugten Frauenbild. Mehr als eine heiße Affäre ist daher für ihn nicht drin. Ihr bleibt nur eins übrig: Um Olivers Herz zu erobern, muss sie endlich ihr Leben in den

Griff bekommen.
Eine aufregende Reise durch Amerikas Westen beginnt – geprägt von Spannung und prickelnder Leidenschaft.

Endless

Prickelnde Fantasy: Die Geschichte einer großen Liebe! Dramatisch & Leidenschaftlich!

In einem anderen Leben (Teil 1)

Mein Name ist Audrey Keen, geboren wurde ich 1766 als Emily Beauchamp im kanadischen Quebec. Ach, was ich noch erwähnen sollte: Ich bin unsterblich!

Alle, die ich je geliebt habe, sind tot. So habe ich mich schweren Herzens entschieden, keinen Menschen mehr an mich heranzulassen. Stattdessen habe ich mein Leben der Forschung gewidmet.

Bei einer Routineüberprüfung tritt eines Tages dieser junge, ehrgeizige FBI-Agent in mein Leben. Er muss wohl von Anfang an geahnt haben, dass ich etwas zu verbergen habe.

Während er nichts unversucht lässt, mein Geheimnis

ans Licht zu bringen, vergesse ich in seiner Nähe ab und an, dass ich mich nie wieder verlieben wollte. Aber kann ich ihm vertrauen?

Impressum

1. Auflage 2022

c/o Markus Trottnow, Blumenstraße 35, 85774 Unterföhring

Lektorat: MT Books

Umschlaggestaltung: MT Design Cover-Art

Bildnachweis: ©inarik, www.123RF.com
©tupungato, www.123RF.com

E-Mail: **Amanda.Frost@aol.com**

Homepage: **http://amandafrost.de**

Twitter: **http://twitter.com/frostamanda**

Facebook:
https://www.facebook.com/amandafrostautor/?pnref=lhc

Instagram:
https://www.instagram.com/amandafrost2/?hl=de

Printed in Poland
by Amazon Fulfillment
Poland Sp. z o.o., Wrocław

43051771R00161